MANESSE BIBLIOTHEK DER WELTLITERATUR

SAİT FAİK ABASIYANIK

Geschichten aus Istanbul

Aus dem Türkischen übersetzt
und mit einem Nachwort
von Gerhard Meier

MANESSE VERLAG
ZÜRICH

DAS BÜNDEL

Ich erinnere mich noch gut an den Abend, an dem sie zu uns kam.

Unter unserem Maulbeerbaum erzählte ich den Kindern aus dem Viertel gerade, was wir Großen am Fluss so getrieben hatten, und sie hingen mir an den Lippen, denn es konnte ja keiner von ihnen schwimmen. Sie waren begierig zu erfahren, wie ich es gelernt hatte, und ich berichtete so lebhaft davon, dass sie keinen Mucks von sich gaben. Ihre Blicke waren voller Fragen, und ich begriff in meinem Eifer sofort, was sie wissen wollten, und ließ sie erst gar nicht zu Wort kommen.

Als sie aus der Tür in den Garten trat und mich rief, ließ ich mir nicht anmerken, wie sehr ihr Anblick mich berührte, und redete einfach weiter. «Ich konnte also nicht mehr stehen und begann schon Wasser zu schlucken, aber irgendwie hatte ich überhaupt keine Angst und fragte mich nur, was ich tun sollte.»

«Junger Herr, Ihre Mutter ruft Sie.»

«Ich komme gleich», erwiderte ich rasch und

erzählte dann weiter, wie ich kurz vor dem Ertrinken innerhalb von Sekunden das Schwimmen gelernt hatte.

Erst als die anderen Jungen sich trollten, ging ich auf die Tür zu, an der sie noch immer wartete. Sie sah nicht mich an, sondern einen Stieglitz, der auf dem Quittenbaum tirilierte.

«Ist das eine Nachtigall?», fragte sie.

«Nein, ein Stieglitz.»

Sie tat so, als begreife sie nicht, und sagte dann: «Ach was, das vorhin war ein Stieglitz!»

«Ungezogenes Ding! Was bildest du dir ein?»

Mit traurigem Blick sah sie mich lange an. Dann gingen wir durch die Küche, ich vorneweg, sie hintendrein. Herablassend fragte ich sie, warum sie überhaupt bei uns im Haus sei.

«Ich war zuvor als Pflegekind bei Major Hidayet», antwortete sie.

Ach, wenn Sie wüssten, was für ein verzogenes Bürgersöhnchen ich war! Ich habe das Mädchen schikaniert, wo ich nur konnte. Auf ihrer dunklen Haut hatte sie von meinem Zwicken und Quälen bald blaue Flecken, ja regelrechte Wunden, und auf den zarten, blauadrigen Gelenken ihrer unförmigen kleinen Hände sah man die Spuren meiner Fingernägel.

Trotz all meiner Gemeinheiten wurde sie immer wieder zutraulich; darauf spuckte ich ihr ins Gesicht oder ohrfeigte sie. Laut Geburtsschein war sie ein Jahr älter als ich. In unseren kindlich mageren Körpern steckte viel Ungestüm und Frechheit.

Sie hatte unter ihrem schwarzen Kleid hoch angesetzte radieschengroße Brüste, hatte sonnengebleichte Haare und wunderschön geformte nackte Füße, die im Vergleich zu ihrem dunklen Teint außergewöhnlich weiß waren, und in dieser Gestalt erschien sie mir in einer Winternacht im Traum. Mir wurde darin die Hand des Mädchens in die meine gelegt, und zwar von einem Mann, der mir damals vorkam wie mein Großvater, während ich ihn später eher für einen Derwisch hielt und heute sogar für den Weihnachtsmann.

«Dass ihr mir ja nicht streitet», sagte der Mann im Traum zu mir und zog dabei die buschigen Augenbrauen bis zu den unteren Wimpern herab. Wir stritten uns auch nicht. Lediglich im Traum nicht, das muss betont werden. Ja, es war ein Traum. Und so ging er weiter: Wir standen händchenhaltend unter dem Maulbeerbaum. Der Stieglitz zwitscherte auf dem Quittenbaum, und über uns am Himmel glänzten große Sterne. Riesig stand am Horizont der Mond, einer schilfbewachsenen, kieseligen Bucht an einem Seeufer gleich. Auf diese Bucht gingen wir nun zu.

Nur so viel weiß ich noch von meinem Traum. Die Vorfreude auf eine Frucht ist intensiver als der eigentliche Genuss der Frucht. Ich erinnere mich vage, am Ende meines Traums eine seltsame Frucht gegessen zu haben, für die man aus dem Paradies verstoßen wird.

Am nächsten Morgen ging mit der Sonne auch die Wahrheit auf. Draußen im Garten zerstieß ich die Eisschicht am Brunnen und wusch mir mit viel Wasser das Gesicht. Noch immer war mir, als wandelte ich im Traum dahin. Ich traf sie im Flur, mit dem Schuhlappen in der Hand. Sie schien sich noch gar nicht das Gesicht gewaschen zu haben. Ihre Mandelaugen waren aufgequollen. Am Hals hatte sie Flecken wie Flohbisse.

Als sie sich daranmachte, meine Schuhe zu putzen, beugte ich mich zu ihr hinab, und aus bis dahin nie gekanntem Verlangen küsste ich sie aufs Haupt. Dann riss ich ihr schnell ein paar Haare aus, die ich auf dem Schulweg, noch immer wie im Traum befangen, genauestens untersuchte. Sie waren am einen Ende schwarz, am anderen aber fast blond.

Unsere Gespräche verliefen immer *so*:

«Du hast ja meine Schuhe nicht geputzt!»

«Und ob ich sie geputzt habe, junger Herr!»

«Hast du nicht, sage ich dir!»

Dann hatte ich wieder halb schwarze, halb blonde Haare in der Hand. Sie aber kauerte am Boden und weinte leise. Das machte mich noch wütender. «Hast etwa du das Heft zerrissen?»

«Habe ich nicht, junger Herr!»

«Natürlich warst du es!» Sie konnte schlecht ein zweites Mal sagen, dass sie es nicht war.

«Hast du meine Mappe durchwühlt?»

«Ich wollte nur die Bilder in den Büchern anschauen, junger Herr!»

«Wozu denn?»

«Weil sie mir gefallen.»

Als ich diese Antwort erhielt, hätte ich am liebsten den folgenden Satz erwidert, der mir seither nicht aus dem Kopf geht. Ich wollte sagen: «Du gefällst mir auch. Sogar noch mehr als die Pistazien, die ich so gern esse, ohne dir je davon abzugeben. Und doch kann ich dich nicht einfach von deiner Schale befreien und die herrliche grüne Frucht genießen ...»

«Mädchen!»

«Was ist, junger Herr?»

«Ach nichts.»

«Junger Herr!»

«Was ist?

«Ach, nichts.»

Wir saßen unter dem Maulbeerbaum. Die obigen Sätze sprachen wir nicht wirklich, doch war uns, als stünden wir längst in solchem Dialog. Ihr Kopf ruhte auf meinem Schoß, ich hatte ihren Duft in der Nase, und es war ein glühend heißer Sommermittag, als meine Mutter uns so ertappte. Ich schoss durchs Gartentor, rannte zum Fluss, dessen lauen Fluten ich bis zum Abend nicht entstieg. Daheim stand ich im Garten wieder mit den Nachbarsjungen zusammen. All meine Erregung schien verflogen. Ich tat, als hörte ich den Kameraden zu, doch lugte ich unentwegt zum Haus. Aber sie kam nicht, um mich zu rufen. Schließlich machten die anderen sich davon. Ich ging in die Küche, doch auch dort war sie nicht.

Jeder im Haus wusste, dass sie in einer Ecke der Rumpelkammer ihr Bündel aufbewahrte. Wenn im Haus etwas verschwand, sah man immer erst heimlich in dem aus roten, weißen, gelben und blauen Flicken zusammengenähten Bündel nach. Ich suchte das Bündel in der Ecke der Rumpelkammer, dort, wo es nach Mottenkugeln roch. Es war nicht mehr da.

DAS ZWEITE HAUS MEINES VATERS

Ich wusste damals nicht, warum wir zu jenem Haus auf dem Land ritten, in dem sie dem Bratensaft Bulgur und Grieß beimischten. Wir betraten es so umstandslos, als würden wir erwartet, doch warum das so war, will ich heute, wo ich einsam und sorgenvoll vom Hotelfenster aus auf die Straßenbahn sehe, nicht verraten.

Als wir im Nachbardorf die Pferde tränkten, ertönte schon der Ruf zum Abendgebet. Seit wir in der Stadt losgeritten waren, machte mein Vater ein verdrossenes Gesicht, vielleicht wegen des grauen Himmels über uns oder der staubigen Straße voller Schlaglöcher. Hätte ich auch nur ein Wort gesagt, so wären wir vermutlich umgekehrt. Wir wären durch die stillen, lediglich von Hundegebell erfüllten Straßen zurückgaloppiert, hätten die Pferde in den Stall gestellt, und mein Vater hätte sich ins Kaffeehaus verzogen und ich mich in mein Zimmer. Am besten schien mir, gar nichts zu sagen und ebenfalls nur mürrisch dreinzublicken. Ein paarmal strauchelte mein Pferd, weil ich nicht aufgepasst hatte, und ich sah dann, wie die Brauen meines Vaters sich sträubten. Er würdigte mich aber keines Blickes. Hätten wir einander angesehen, wäre ihm nämlich sein künstlich-spöttisches Lächeln entschlüpft. Sein Pferd strauchelte nie. Als wir an dem Haus ankamen, wurden uns die Pferde von einem schmächtigen Jungen abgenommen. Er hatte an der Mütze eine Nelke stecken und meinte wohl, die hätte es mir angetan, denn er setzte sie ab und streckte sie mir entgegen. Dabei hatte ich vielmehr seine Augen und seine Wangen angesehen, die leuchteten wie feuchtes Stroh. Vielleicht, weil er mir jene nicht geben konnte, reichte er mir die Nelke. Mein Vater wandte mir den Rücken zu. Ich roch an der Blume. Als ich sie hinters Ohr steckte, drehte mein Vater sich gerade zu mir um. Er lächelte nicht. Richtig ernst wirkte er allerdings auch nicht. Eher ausdruckslos, von geradezu blödsinnigem Gleichmut. Ich muss rot geworden sein. Da erblickte ich plötzlich einen Kampfhahn mit kahlem rotem Hals; im Halbdunkel sah er riesig aus. Vermutlich war er ungeheuer stark.

«Na, komm schon», murmelte mein Vater.

Während wir ins Haus gingen, führte der Junge bedächtig unsere Pferde davon.

Drinnen roch es nach Stroh und getrocknetem Kuhmist, aus Butterfässern schlug mir säuerlicher Ayran-Geruch in die Nase. Wir stiegen ein paar Treppenstufen empor. Auf einer Art Podest, wie sie in Klassenzimmern oder bei Feiertagsreden üblich sind, verrichtete eine alte Frau ihr Gebet. Mein Vater stand auf der fünften Stufe, ich auf der dritten, und so warteten wir ab. Da wir vor dem Haus die Schuhe ausgezogen hatten, schien es mir, als hätten wir in unseren Strümpfen nicht das leiseste Geräusch gemacht. Demnach würde uns die Frau, wenn sie zum Abschluss des Gebets den Kopf nach links wandte, urplötzlich erblicken und – da die ohnehin schon geisterhafte Erscheinung meines Vaters im Halbdunkel noch größer und unheimlicher wirkte – mit ihren Entsetzensschreien das ganze Dorf wecken. Nichts dergleichen geschah. Die Frau stand zu unserer Rechten und entdeckte uns bereits beim ersten Teil des Gebetsgrußes[1]. Erst fiel mein Blick auf ihre Lippen, die sich aber kaum regten. Dann sah ich ihre Augen und die hervorstehenden Wangenknochen. Als die Frau zur anderen Seite grüßte, ging durch mein Herz ein zärtlicher Hauch. Wenn ich nur an ihrem Kopftuch riechen dürfte, sagte ich mir. Es war aus weißem Musselin, wie das meiner Großmutter. Nun wandte die Frau ihren liebevollen

Blick wieder uns zu und nickte sanft in Richtung der Tür gegenüber.

«Ömer», sagte sie, «Fatma ist da drinnen, geht nur hinein.»

«In Ordnung», erwiderte mein Vater. «Es geht dir gut, ja?»

Wieder nickte die Frau nur, und wir betraten das Zimmer. Es saß eine junge Frau darin, die in den Abend hinein ein Lied sang. Bei unserem Anblick stand sie lächelnd auf.

Es roch nach überreifen Früchten in dem Zimmer. Der Teppich leuchtete unter der Petroleumlampe feuchtrot wie kochende Marmelade.

Durch den merkwürdigen Ausflug war meine Neugierde aufs äußerste gereizt, und ich versuchte mir alles einzuprägen, aber da sagte mein Vater auch schon, noch bevor er den Gruß der Frau erwiderte: «Komm, geh hinaus zu Emin und hilf ihm mit den Pferden. Sie sollen nicht in den Stall, bevor sie Wasser gelassen haben.»

Das hatten sie bereits, und im Stall waren sie auch schon und hatten Heu vor sich. Emin saß an der Schwelle zum Stall und schnitt mit einem Taschenmesser Kerben in einen Ast. Ich setzte mich zu ihm, aber er sah mich nicht an. Er schnitzte wohl nur deshalb so nervös an dem

Stock herum, weil er nicht wusste, was er mit mir reden sollte.

«Was ist das für ein Ast?», fragte ich schließlich.

Erst erwiderte er nichts, denn er hatte sich in die Hand geschnitten und leckte sich mit seiner spitzen, rosafarbenen Katzenzunge ausgiebig den Finger. Dann stieß er zwischen den kirschroten Lippen hervor: «Ein Kirschast.»

Weiter redeten wir nichts. Der Junge, der so frisch wirkte wie ein Bachlauf in der Sommerhitze, schien längst zu bereuen, sich mir genähert zu haben. Eine tiefe Frauenstimme rief uns ins Haus. Auf dem Boden sitzend aßen wir den Entenbraten mit dem Bulgur und dem Grieß im Saft. Die Servietten waren aus dickem Tuch, die Löffel aus Holz. Nur mein Vater und ich bekamen auch Gabeln. Die alte Frau erzählte, in einem Maisfeld sei es vor Kurzem bei Mondlicht zu einem entsetzlichen Versteckspiel mit Wildschweinen gekommen. Ein Junge im Alter von Emin sei von einem Schwein geradewegs entzweigebissen worden. Ausführlich berichtete die Frau, in wessen Feld sich das Ereignis zugetragen hatte, wer der Junge gewesen war und wer die Jäger. Mein Vater gab durch seine Miene zu verstehen, dass er jeden einzelnen von ihnen kannte. Emin sah mich fortwährend an. Zum Essen saßen nur wir drei Männer und die alte Frau beisammen; die junge Frau bediente uns. Das Henna auf ihren Handflächen sah ich nur, wenn sie auf den niedrigen Tisch eine Schüssel stellte. Wir aßen dort, wo die alte Frau gebetet hatte. Nach dem Essen gingen wir in ein Zimmer im Obergeschoss, in dem Emin sogleich den Ofen anschürte. Dann kauerte er auf einem schwarzen Ziegenfell nieder, auf dem er sich nach einer Weile ausstreckte. Er ragte kaum über das Fell hinaus.

Die alte Frau döste auf einem Kissen und hielt mir dabei die Hand, sodass der Schlaf wie eine ansteckende Krankheit über mich kam. Mir fielen die Augen zu. Ich löste meine Hand aus der sanften, unschuldigen Hand der alten Frau und streckte sie nach Emin aus, der weiter weg auf einem Fell lag.

Mein Vater saß indessen mit der jungen Frau auf der Polsterbank. Von seiner aufglühenden Zigarette kräuselte sich geheimnisvoller Rauch empor. Die beiden sprachen über Hochzeiten, über junge Mädchen und Burschen. Beim letzten Knacken eines verkohlenden Holzstücks verzog sich Emins Gesicht. Ich schlief ein.

Als ich geweckt wurde, graute der Morgen.

Auf dem Weg zurück in das gediegene Stadthaus, in das mein Vater eingeheiratet hatte, hatte ich noch immer den Geruch der frischen, dampfenden Büffelmilch in der Nase, spürte den Morgennebel im Gesicht, die Lippen der alten Frau auf meiner Stirn und zwischen meinen Fingern die dicken Finger meines Bruders Emin.

Lange hielt ich diese Eindrücke fest, wie auf den Platten der Schnellfotografen. Dann vergilbten und verschwammen sie.

DER SAMOWAR

«Der Muezzin hat schon gerufen. Steh auf, Junge, sonst kommst du zu spät.»

Ali hatte endlich Arbeit gefunden. Seit einer Woche ging er in die Fabrik. Seine Mutter war darüber heilfroh. Sie hatte bereits ihr Morgengebet verrichtet, es aber nicht über sich gebracht, den Jungen, der von blinkenden, ratternden Maschinen, von triefendem Öl und dröhnenden Dieselmotoren träumte, schon früher zu wecken. Ali war hochgewachsen und kräftig gebaut, doch sein Gesicht sah noch kindlich aus. Verschwitzt und mit rosiger Haut lag er da, als wäre er gerade von der Arbeit nach Hause gekommen.

Der Schornstein der Fabrik in Halıcıoğlu reckte sich wie ein Hahnenkamm der hinter Kağıthane[2] aufscheinenden Morgenröte entgegen. Fast wirkte es, als würde er gleich krähen.

Endlich war Ali wach. Er umfasste die Beine seiner Mutter. Dann zog er sich wie immer die Decke ganz über den Kopf, bis die Mutter ihm die herausstehenden Füße kitzelte. Er sprang aus dem Bett, auf das Mutter und Sohn sich sogleich wieder fallen ließen, die Mutter mit einem Jungmädchenlachen, das sie glücklich aussehen ließ. Waren sie nicht Kinder eines Viertels, in dem nur wenige glücklich waren? Was hatte die Mutter anderes als ihren Sohn und der Sohn anderes als seine Mutter? Umschlungen gingen sie ins Esszimmer, in dem es nach geröstetem Brot duftete. Der Samowar brodelte gemütlich vor sich hin. Für Ali war der Samowar wie eine Fabrik, die keine Mühsal kannte, keinen Streik und keine Unfälle. Nur Düfte, Dämpfe und morgendliches Glück wurden darin produziert.

Außer dem Samowar liebte Ali auch die Kupferkanne, aus der vor dem Fabriktor allmorgendlich Salep[3] ausgeschenkt wurde. Und die Klänge, die er dort hörte. Das Trompeten aus der Militärschule in Halıcıoğlu und der langgezogene, übers Goldene Horn[4] schallende Sirenenton der Fabrik weckten bei Ali Sehnsüchte und ließen sie wieder verklingen. Unser Ali hatte durchaus einen Sinn fürs Poetische. Zeigt ein Elektroarbeiter in einer Großmühle Empfindsamkeit, so ist das, als würde ein Transatlantikdampfer ins Goldene Horn einfahren. Aber so sind wir nun mal, egal ob wir Ali, Hasan oder Mehmet heißen: Tief im Herzen ist jeder von uns ein Löwe.

Ali küsste seiner Mutter zum Abschied die

Hand und fuhr sich dann mit der Zunge über die Lippen, als hätte er etwas Süßes gegessen. Seine Mutter musste wieder lachen, obwohl er das schon eine Weile so machte. Aus einem Blumentopf im Gärtchen draußen zupfte Ali ein Basilikumblatt ab, zerrieb es zwischen den Fingern und roch daran. Dann trollte er sich.

Der Morgen war kühl, das Goldene Horn lag im Nebel. Am Bootssteg traf Ali seine Kollegen, lauter aufgeweckte Burschen. Zu fünft setzten sie über.

Den ganzen Tag über arbeitete Ali voller Eifer, ohne sich jedoch vor den Kollegen hervortun zu wollen. Am liebsten werkelte er unauffällig vor sich hin. Dabei hatte er gelernt, dass manchmal auch Klappern zum Handwerk gehörte, und zwar von seinem Meister, einem deutschen Elektriker, der ihm die Kniffe und Finessen der Arbeit beibrachte. Um sich von anderen abzuheben, die so geschickt waren wie man selbst, musste man nur flinker wirken, also Sportsgeist an den Tag legen, jugendlichen Eifer.

Am Abend ging Ali mit dem guten Gefühl nach Hause, den Kollegen ein guter Kumpel zu sein und den Vorgesetzten ein zuverlässiger Arbeiter.

Er umarmte seine Mutter und lief gleich weiter ins Kaffeehaus zu seinen Freunden, mit denen er Karten spielte. Danach sah er einer heiß umkämpften Partie Tavla[5] zu und ging anschließend heim. Seine Mutter verrichtete gerade ihr Abendgebet. Er kniete vor ihr nieder, schlug auf ihrem Gebetsteppich Purzelbäume und streckte ihr die Zunge heraus. Noch bevor die Frau ihr Gebet beendet hatte, schaffte Ali es, sie zum Lachen zu bringen.

«Ach Ali, hör auf, das ist doch eine Sünde, Junge, mach das nicht!», protestierte sie.

«Gott verzeiht das schon», erwiderte Ali. Und mit einer Unschuldsmiene fügte er hinzu: «Meinst du nicht, dass Gott auch mal lacht?»

Nach dem Essen vertiefte sich Ali in ein Nat-Pinkerton-Heft[6]. Seine Mutter strickte an einem Pullover für ihn. Dann holten sie die nach Lavendel duftenden Matratzen aus dem Schrank und legten sich schlafen.

Als der allmorgendliche Gebetsruf ertönte, weckte die Mutter Ali wieder.

Im Esszimmer duftete es nach geröstetem Brot, und der Samowar brodelte gemütlich. Für Ali war der Samowar wie eine Fabrik, die keine Mühsal kannte, keinen Streik, keinen Chef. Nur Düfte, Dämpfe und morgendliches Glück wurden darin produziert.

Der Tod seiner Mutter kam zu Ali wie ein Gast, wie eine fromme Nachbarsfrau. Stets machte die Mutter dem Jungen das Frühstück und das Abendessen und hatte sonst nicht viel zu tun, doch schmerzte ihr immer wieder das Herz, und wenn sie abends zu schnell die Treppenstufen nahm, fühlte sich ihr Körper, der nach Falten und Musselin roch, matt, verschwitzt und weich an.

Eines Morgens, als Ali noch schlief, erlitt sie am Samowar einen Schwächeanfall und sackte auf einen Stuhl. Es war zu Ende.

Ali wunderte sich zwar, dass seine Mutter nicht kam, aber begriff zunächst nicht, wie spät es schon war. Da drang durch das geschlossene Fenster hindurch die Fabriksirene an sein Ohr, viel weniger hoch und kreischend als sonst, wie durch einen Schwamm gedämpft. Er sprang aus dem Bett. Von der Tür zum Esszimmer aus sah er die Tote auf den Tisch gestützt dasitzen wie im Schlummer. Er dachte wirklich, sie schlafe. Langsam ging er auf sie zu und fasste sie an den Schultern. Als er die Lippen auf ihre schon erkaltenden Wangen legte, durchzuckte es ihn.

Wie wir es auch anstellen: Angesichts des Todes agieren wir nicht anders als gute Schauspieler. Gute Schauspieler, mehr nicht.

Er umfing sie mit den Armen und zog sie auf ihr Bett. Dann deckte er sie zu, um ihren Körper zu wärmen, und suchte ihr mit seinem eigenen Körper wieder Leben einzuflößen. Hilflos ließ er sie schließlich aufs Kopfkissen sinken. Sosehr er weinen wollte, er brachte es an jenem Tag nicht fertig. Die Augen brannten ihm fürchterlich, aber nicht eine Träne kam heraus. Er sah in den Spiegel. War es denn selbst in allerhöchster Trauer nicht möglich, anders auszusehen als nach einer schlaflosen Nacht?

Am liebsten wäre es ihm gewesen, er wäre auf der Stelle ergraut, ein fürchterlicher Schmerz hätte ihn gebeugt, und er hätte sich entsetzlich alt und schwach gefühlt. Er sah noch einmal zu der Toten hin. Es war kein schlimmer Anblick.

Vor allem das Gesicht der Mutter war sanft und gütig wie eh und je. Mit ruhiger Hand drückte er der Toten die noch halb geöffneten Augen zu. Dann stürzte er aus dem Haus und sagte einer alten Nachbarin Bescheid. Während immer mehr Frauen angelaufen kamen, machte er sich auf den Weg zur Arbeit. Bei der Fahrt über das Goldene Horn kam ihm der Tod schon sehr vertraut vor.

Nebeneinander hatten sie stets geschlafen, unter der gleichen Decke. In seiner Güte hatte der Tod, sobald er in seine Mutter gefahren war, alles Weiche und Empfindliche von ihr angenommen. Nur etwas kalt war er, der Tod. Ansonsten nicht so schlimm, wie man immer dachte. Nur etwas kalt, weiter nichts.

Tagelang lief Ali durch die leeren Zimmer. In der Nacht saß er da, ohne Licht anzumachen. Er horchte auf die Nacht. Dachte an seine Mutter. Aber weinen konnte er nicht.

Eines Morgens im Esszimmer standen sie einander gegenüber, der Samowar und er. Der Samowar auf dem Wachstuch des Esstischs, ruhig und glänzend, als hätte sich die Sonne in sein gelbes Messing gebohrt. Ali fasste ihn an beiden Griffen und schaffte ihn außer Sichtweite. Dann sackte er auf einen Stuhl und begann zu weinen, und weinte sich aus wie ein stiller Regen. Nie wieder brodelte der Samowar in dem Haus.

Stattdessen trat eine Salep-Kanne in Alis Leben.

Am Goldenen Horn ist es im Winter kälter und nebliger als irgendwo sonst in Istanbul. Wer schon frühmorgens über das schlammig verkrustete Eis auf den ramponierten Gehsteigen laufen musste – Lehrer, Viehhändler, Metzger –, der lehnte sich zwischendurch gerne ein wenig an die mächtige Fabrikwand und trank mit Ingwer und Zimt bestreuten heißen Salep.

Da standen sie dann, Arbeiter, Lehrer, Viehhändler, Metzger, und manchmal auch arme Schüler, die Salep-Tasse in den behandschuhten Händen, mit dem Rücken gegen die mächtige Fabrikwand gelehnt. Die Nase lief, der Kopf brodelte wie ein streikgequälter Messing-Samowar, und Schluck für Schluck tranken sie den Salep, der mit den Resten ihrer Träume bestreut war.

DIE HOCHZEITSNACHT

Trotz seiner sechzehn Jahre stand Ahmet noch nicht im Melderegister. Er hatte einen dunklen, fast schwarzen Teint und glänzende Haare, die seiner schmalen Stirn und der platten Nase einen bläulichen Schimmer verliehen. Seine Wangen waren von erstem Bartflaum bedeckt, und unter der Kleidung ließ sich ein schlanker, voll entwickelter Körper erahnen. Sein Vater, der ihn zum Meldebeamten brachte, wurde von diesem sogleich angefahren.

«Ja schämen Sie sich denn nicht? Warum haben Sie den Jungen nicht schon längst gemeldet? Und bei der Volkszählung, was haben Sie da getrieben?»

Bei der Volkszählung hatten sie Ahmet im Strohschuppen versteckt. Sie dachten, es sei wieder Krieg und ihr einziger Sohn Ahmet müsse, auch wenn er erst zwölf war, zu den Soldaten. Die Sache hatte sich dann aufgeklärt, aber Ahmet zählte noch immer nicht als türkischer Staatsbürger. Das müsse sich ändern, fand sein Vater Rüstem schließlich.

Der Meldebeamte fragte: «Zwanzig ist der Junge also?»

Es war nötig geworden, den sechzehnjährigen Ahmet mit einer sechsundzwanzigjährigen Frau zu verheiraten – die offiziell achtzehn war.

Es war ein dunkler Herbstabend, es goss in Strömen, und der Himmel hing tief ins Dorf herab. Ahmet wurde von laternentragenden Männern über den Dorfplatz geführt, auf dem Kastanienhaufen lagerten.

Der Schwarze Abdi ließ sich mit Ahmet ein wenig zurückfallen und sagte zu ihm: «Ahmet, jetzt hör mir mal gut zu, was ich dir als Trauzeuge sage.» Er legte eine Pause ein. «Wenn wir dir auf die Schulter geklopft haben und die Tür hinter euch zugeht, verrichtest du auf dem Gebetsteppich in dem Zimmer erst einmal zwei Gebete, verstanden?»

Es schüttete, was es nur konnte. Im schwachen Laternenschein gingen sie dahin, ohne auf die Pfützen zu achten, bis sie völlig durchnässte Hosenbeine hatten.

Als sie am Kaffeehaus vorbeikamen, wischten einige junge Gäste neugierig lächelnd die beschlagenen Scheiben frei. Ein paar Ältere, die bis dahin schweigend über Steuersorgen gegrübelt hatten, traten an die Tür und bedachten Ahmet mit anzüglichen Bemerkungen.

Verwirrt stolperte Ahmet in einen Kastanienhaufen und tat sich an den Stacheln weh. Ali half ihm wieder auf und rief der vorauseilenden Truppe mit den Laternen nach: «Wartet doch!» Und zu Ahmet gewandt sagte er: «Na ja, den Rest muss ich dir hoffentlich nicht erklären, bist ja ein großer Junge!»

Ahmet erwiderte nichts. Immer noch schmerzten ihn die Hände. Er schien an etwas herumzukauen. An einer Kastanie? Oder einer Frage? Sie holten die anderen wieder ein. Gemeinsam hatten sie zuvor ein paar Glas Raki getrunken, und nun ließ jeder dem Jungen mit den glänzenden Augen und dem hochgewachsenen, schlangengeschmeidigen Körper einen scherzhaften oder auch ernst gemeinten Ratschlag zukommen.

Wie weit Gülüms Haus an diesem Abend doch entfernt war! Um dem entsetzlichen Regen zu entkommen, rannten sie jetzt geradezu. Als sie das Haus erreichten, wurde ihnen von den Frauen drinnen eilig die Tür geöffnet. Der Bräutigam war über und über mit Schlamm bespritzt, und die Frauen machten sich sofort ans Reinigen. Der Anzug aus dunkelblauer Wolle hatte nun die gleiche Farbe wie Ahmets Haar.

Durch den Flaum, der nass auf Ahmets Wangen glänzte, wirkte der Junge weniger unansehnlich als sonst. Als er sein Taschentuch herausholte und sich damit die wie Schweiß anmutende Nässe abwischte, glich sein Gesicht einem polierten Apfel.

Ahmet sah niemanden an und zog sich noch immer Stachelreste aus den Händen. Man brachte ihm Kaffee, den er entgegen Abdis Warnung in zwei Schlucken hinunterstürzte. Das Zittern, von dem sein ganzer Körper erfasst war, erinnerte ihn an seine Beschneidung vor vier Jahren. Dann wurde er vom Stuhl gezogen, von allen mit kräftigem Schulterklopfen bedacht und in ein Zimmer geschoben.

In dem niedrigen, halbdunklen Raum hingen in Girlanden Weintrauben, Äpfel, Birnen und Quitten von der Decke, sodass einem vom Duft ganz schwindlig wurde. Aber nicht nach Obst allein roch es, auch nach Musselin, nach Brautkleid und sehr nach Frau.

Er schloss das Fenster und sah durch die Scheibe den Frauen und Männern nach, die einer nach dem anderen mit ihren Laternen das Haus verließen. Dann wandte er sich um, erblickte auf einer Konsole mit Fliegendreck beschmutzte Papierblumen und ein Soldatenfoto und rückte beides zurecht. Er drehte die Petroleumlampe herunter. Währenddessen stand die Frau bewegungslos da. Ahmets Blick fiel auf den Gebetsteppich. Hastig legte er den Teppich zusammen und feuerte ihn in eine Ecke. Er stellte sich vor den Spiegel und sah in sein gerötetes Gesicht. Die Frau setzte sich ans Fenster. Genau wie der Schwarze Abdi es angekündigt hatte, war in ihrer Nähe ein Sitzkissen frei. «Du setzt dich ihr gegenüber», hatte Abdi gesagt, «und dann redest du mindestens eine Stunde mit ihr.» Was sollte er denn reden mit einer Frau, die er nicht kannte? Ihm brannte der Kopf, und an allen Nervensträngen zerrte es. Er blickte nochmals in den Spiegel. Dann starrte er lange auf den Docht der Petroleumlampe, als suchte er etwas darin, und schließlich drückte er ihn mit seinen kräftigen Fingern aus. Die Frau, die in Dunkelheit und Regen hinaussah, war nur noch zu erahnen.

Ahmet setzte sich leise ihr gegenüber auf die Polsterbank. Fahrig drückte er die Hände an die Schläfen. Er war zu keinem klaren Gedanken fähig. Er hörte nur furchtbar laut den Regen trommeln und tosende Geräusche aus dem Dorf; seine anderen Sinne hingegen drehten sich rasend im Leerlauf wie eine wild gewordene Spule. Nicht sein Kopf war schuld an dieser Verwirrtheit. Hätten nur die Hunde aufgehört zu bellen und der Regen ein wenig nachgelassen, so hätte er auch wieder klar denken können. Bläulich zuckten nun Blitze ins Zimmer herein. Hatte Ahmet sich bis dahin gefühlt, als wäre er allein in einen seltsamen Raum gesperrt, sah er nun bei einem der Blitze die furchtgeweiteten Augen der Frau vor sich. Das blaue Leuchten schien von ihr auszugehen, schien aus dem Gewand dieses weißlichen Geschöpfes hervorzuzucken. Taten ihm noch die zerstochenen Hände weh? Oder hatte er zu viel gegessen und verspürte dieses schmerzhaft Schwere im Magen? Alles verschwamm ihm vor den Augen, es sauste in seinem Kopf, und kalter Schweiß brach ihm aus. Zitternd wie im Malariafieber sackte er zu Boden.

Als er am nächsten Morgen erwachte, sah er die Frau am anderen Ende der Polsterbank in ihrem Gewand vergraben schlafen.

Der Regen hatte nachgelassen, verdüsterte aber noch die Morgendämmerung und den Platz vor dem Haus. Vereinzelt hörte man Hunde bellen. Die Glocken der vorbeiziehenden Kühe klangen nach Nässe und Nebel. Ahmet sah verdrossene, in ihre Filzumhänge verkrochene Hirten.

Auch Gülsüm war nun wach. Mit blassem Gesicht setzte sie zu einem Lächeln an. Das von der Decke hängende Obst wurde von dunstigem Lichtschein umfangen. Ahmet hatte Durst und aß ein paar Trauben. Dann griff er sich ein zweites Büschel, ging auf die bleich daliegende Frau zu und steckte ihr zwei Weintrauben in den Mund. In der Dämmerung sah sie weißer aus denn je. Ohne ein Wort zu sagen, drückte Ahmet ihr seine dicken, verschwitzten Lippen auf den Hals.

Die Sonne ging auf und spielte im Spiegel und in den Augen der beiden. Sie zogen die Vorhänge zu.

DAS SEIDENE TASCHENTUCH

Die breite Front der Seidenfabrik glänzte im Mondschein. Ein paar Leute eilten am Tor vorbei. Ich schlenderte unschlüssig umher, als mir auf einmal der Pförtner nachrief.

«Wo willst du denn hin?»

«Ach, nirgends.»

«Schaust du dir nicht den Seiltänzer an?»

Als ich nicht antwortete, fügte er hinzu: «Da gehen alle hin. So ein toller soll noch nie in Bursa[7] gewesen sein.»

«Interessiert mich nicht», erwiderte ich.

Mit Bitten und Betteln brachte er mich dazu, für ihn ein Weilchen auf die Fabrik aufzupassen. Ich setzte mich also und rauchte erst einmal. Dann pfiff ich ein Liedchen. Bald war mir langweilig. «Was tun?», dachte ich. Schließlich griff ich mir den eisenbeschlagenen Stock des Pförtners und begann in der Fabrik herumzuspazieren.

Kaum war ich in der Raupenzucht angelangt, wo die Mädchen arbeiten, da hörte ich etwas rascheln. Ich knipste die Taschenlampe an und ließ ihren Strahl umherfahren. Sogleich erhaschte ich zwei nackte Füße, die sich davonmachen wollten. Ich lief hinterher und erwischte den Kerl.

Ich zerrte ihn ins Pförtnerhäuschen und schaltete das Licht an. Wie klein der Dieb im gelblichen Lampenschein auf einmal war! Beinahe hätte ich ihm seine zierliche Hand zerquetscht. Mit glänzenden Augen sah er mich an.

Ich ließ ihn los und schüttelte mich vor Lachen. Da hatte er auch schon ein kleines Taschenmesser in der Hand und stürzte sich auf mich. Bevor ich ihn wieder packen konnte, hatte der Teufel mich am kleinen Finger verletzt.

Ich durchsuchte seine Taschen und fand etwas Tabak und Zigarettenpapier, ganz offensichtlich Schmuggelware, und ein sauberes Taschentuch. Ich drückte etwas Tabak auf die Wunde, riss das Taschentuch in Streifen und ließ mir von dem Kerl damit den Finger verbinden. Mit dem restlichen Tabak drehten wir uns zwei richtig dicke Zigaretten und unterhielten uns dann freundschaftlich.

Er war fünfzehn und gewiss kein Gewohnheitsdieb, aber eben jung und leichtsinnig! Jemand hatte sich ein seidenes Taschentuch von ihm gewünscht, irgendein Mädchen, in das er verknallt war. Wie hätte er sich so etwas leisten können? Da war er eben auf diese Lösung verfallen.

«Nun gut», sagte ich, «aber die Werkhalle ist auf der anderen Seite, was hattest du hier zu suchen?»

Er lachte nur. Wie er sich denn in der Fabrik auskennen solle?

Wir rauchten eine meiner Billigzigaretten und unterhielten uns weiter.

Er war direkt aus Bursa und noch nie im Leben in Istanbul gewesen, ja noch nicht einmal in Mudanya[8]. Mit was für einem Gesicht er das sagte!

Damals, als wir immer im Mondlicht an der Emir-Sultan-Moschee Schlitten fuhren, hatte ich Freunde, die waren ganz wie er. Ich bin sicher, er hockte sich genau wie sie zum Bräunen an den Göksu, den ich von fern rauschen hörte. Im Lauf der Jahreszeiten nehmen Früchte ja die Farbe ihrer Schale an.

Das Gesicht des Jungen war so dunkel wie eine Walnuss, wenn die äußere Schale von ihr abfällt, und seine Zähne waren von dem spröden Weiß der noch nicht ganz reifen Nuss. Die Hände der Jungen von Bursa riechen von Sommeranfang bis zur Walnusszeit nach Pflaumen und Pfirsichen, und ihre Brüste, die durch löchrige Hemden scheinen, nach den Blättern der Haselnuss.

Die Uhr des Pförtnerhäuschens schlug zwölf. Der Seiltänzer würde seine Vorstellung bald beendet haben.

«Ich hau jetzt ab», sagte der Junge.

Während es mir noch leid tat, dass ich ihn hatte ziehen lassen, ohne ihm eines der seidenen Taschentücher mitzugeben, ließ mich ein Poltern hochschrecken. Fluchend kam der Pförtner herein, mit meinem Dieb im Schlepptau...

Diesmal zog ich ihm die Ohren lang, und der Pförtner schlug ihm mit einem Weidenstock die Fußsohlen grün und blau. Zum Glück war der Chef nicht da, denn der hätte nicht lange gefackelt und den Jungen der Polizei übergeben. «In dem Alter schon ein Dieb!», hätte er gesagt. «Im Gefängnis wird er schon zu sich kommen!»

Sosehr wir dem Jungen auch zusetzten, vergoss er doch keine Träne. Er sah zwar drein wie ein Kind, das gleich losweint, aber seine Lippen zitterten kein bisschen, und seine Augenbrauen verloren nichts von ihrer Entschlossenheit. Lediglich etwas zerzaust waren sie. Als wir ihn freiließen, schoss er hinaus wie eine Schwalbe, streifte mit spitzem Flügel Mondlicht und Maisfeld und war weg.

Ich schlief damals im Obergeschoss der Fabrik, wo man die Fertigware stapelte. Es war ein wunderschönes Zimmer, vor allem wenn der Vollmond es beschien.

Vor meinem Fenster stand ein Maulbeerbaum, durch dessen Blätterwerk das Mondlicht mein Zimmer betupfte. Ob Sommer oder Winter, mein Fenster war fast immer geöffnet, und so wehte es mal kühlend, mal verwirrend zu mir herein. Von meiner Arbeit auf den Dampfern her waren mir die Winde vertraut, und ich wusste sie allein schon am Geruch zu unterscheiden: den Lodos, den Poyraz, den Karayel, den Günbatısı.[9] Oft wehte es über meine Bettdecke wie ein seltsamer Traum.

Ich habe einen sehr leichten Schlaf. Gegen Morgen weckte mich ein Geräusch von draußen. Da war jemand im Maulbeerbaum. Vor Angst konnte ich nicht aufstehen, nicht schreien. Da sah ich im Fenster eine Gestalt.

Es war wieder er. Behände schlüpfte er herein. Ich schloss die Augen, als er an mir vorbeischlich. Lange machte er sich an den Schränken zu schaffen. Ich gab keinen Ton von mir. Er verhielt sich schon wieder so dreist, dass ich auch nichts gesagt hätte, wenn er mit der gesamten Ware verschwunden wäre. Dabei wusste ich ganz genau, dass der Chef mich am nächsten Morgen als Taugenichts beschimpfen und mit einem Fußtritt davonjagen würde.

So lautlos, wie er gekommen war, schlich der Junge sich hinaus. Da hörte ich draußen einen Ast knacken. Der Junge musste vom Baum gestürzt sein. Als ich unten ankam, standen schon der Pförtner und ein paar andere um ihn herum.

Er lag im Sterben. Plötzlich öffnete sich seine geballte Faust, und ein seidenes Taschentuch floss ihm aus der Hand wie Wasser.

So ist das nun mal bei echter Seide. Man kann ein solches Taschentuch drücken und knautschen, wie man will; kaum öffnet man die Hand, fließt es heraus wie Wasser.

DIE SCHLEPPKÄHNE

Auf der abendlich verwaisten Galatabrücke[10] standen zwei Männer etwa gleichen Alters beisammen. Dem einen sah man von Weitem den Arbeiter an, der andere steckte in Matrosenkluft. Schweigend blickten sie nach Üsküdar[11] hinüber und rauchten dabei.

Mit seinem rötlichen Lichtschein aus tiefem Schlafesdunkel wirkte Üsküdar wie ein seltsam schönes Dorf in unerreichbarer Ferne.

Der Matrose sagte zu dem anderen Mann: «Ich habe eine Tante in Üsküdar, die könnten wir doch mal besuchen.»

«Ja, könnten wir.»

Sie sahen auf einen Dampfer hinab, der unter der Brücke hindurchfuhr. Über die Kähne, die er im Schlepp hatte, waren Planen gebreitet, unter denen sich Weiches vermuten ließ, Weizen, Mais oder Gerste.

Dem Arbeiter kam in den Sinn, von der Brücke aus ganz einfach mitten in den Getreideberg des letzten Kahns zu springen. Auch wenn das unsinnig klang, er musste es sagen.

«Da mitten reinspringen!»

«Wie im Film, was?»

Der Arbeiter erwiderte nichts, er lächelte lediglich.

Sie wandten sich zu den Leuchtschriften um, die an diesem Ramadan-Abend zwischen den Minaretten gespannt waren.

«Schön, die vielen Lichter», sagte der Matrose.

«Wirklich schön!», erwiderte der Arbeiter.

Ihre freien Tage verbrachten sie in verschiedenen Vierteln, der eine in Galata, der andere in Şehzadebaşı[12]. Ab und zu gingen sie zusammen zur Brücke und sahen in die Nacht. Sie betrachteten die vor Galata vertäuten großen Dampfer, die kleineren an den Anlegestellen und die Schleppverbände mit den leeren oder vollen Kähnen. An solchen Abenden begriffen sie auch ohne viele Worte, dass sie sich aufeinander verlassen konnten.

Jedes Mal, wenn sie dort standen und ein mit Weizen beladener Kahn vorbeizog, packte den Arbeiter wieder die Lust, aufs Brückengeländer zu steigen und mit den Füßen voraus mitten in die weiche Masse hineinzuspringen. Manchmal sagte er das seinem Kameraden auch noch einmal, und der entgegnete: «Wie im Film, was?»

Danach gingen sie auf ihr Zimmer und legten

sich schlafen, oder wenn es noch früh am Tag war, brachte das Wort «Film» sie auf die Idee, sich in der Yüksekkaldırım[13] in die erste Reihe eines Kinos zu setzen.

Was für ein Film lief, kümmerte sie wenig, sie waren stets zufrieden. Auf ihrem Zimmer schwiegen sie wieder. Der eine dachte an seine Freundin in Galata, die er liebend gerne so geküsst hätte, wie der Kerl im Film es getan hatte, und der andere sehnte sich danach, jener Frau in Şehzadebaşı in einer dunklen Gasse die Handflächen zu kosen, und so brachten sie sich gequält um den Schlaf.

Der eine sagte: «Schläfst du schon?»

Der andere: «Ja.»

Wenn der Erste dann lachte, schlief der andere gleich ein. Lachte er nicht, schlief er wohl schon.

Es war eine helle Mondnacht. Beim Anblick des wolkigen Rauchs aus den Dampferschloten mochte leises Fernweh aufkommen. Vom Meer her fuhr hin und wieder ein beleuchteter Dampfer an die Anlegestelle heran, und Fahrgäste huschten über die Landungsbrücken.

«Sollen wir gehen?», fragte der Arbeiter.

«Ja, gehen wir.»

Sie schliefen beide im gleichen Zimmer. Der

eine stammte aus Sivas[14] und war Vertäuer auf einem Dampfer, der andere, aus Izmir, arbeitete in einer Mühle. In dem Zimmer, für das sie vier Lira[15] bezahlten, saßen sie abends nie beisammen und sahen einander somit kaum. Der eine hatte um neun Uhr Feierabend, der andere kam erst um Mitternacht und legte sich gleich schlafen. Es war ein sehr dunkles Zimmer, das auf einen ebenso dunklen, feuchten und modrigen Hof hinausging. Durch das vergitterte Fenster drang kaum Tageslicht. Das eine Bett stand rechts, das andere links. Der Arbeiter hatte keine Bettdecke und blieb deshalb angezogen, der andere schlief in Hemd und Unterhose.

Der eine musste bereits morgens um sechs am Dampfer sein, der andere fing erst nachmittags an. Manchmal, wenn sie beide schon sehr früh wach waren, sagte der eine, der für einen Griechen arbeitete: «Schönen *kalimera*[16] erst mal!»

Und der andere gab zurück: «Jaja, auch einen schönen Karamell!», und dann lachten sie beide.

Eines Tages wurde der Matrose entlassen, wegen seines Vorgesetzten an der Anlegestelle. Er sagte nur: «Der hat mich Idiot genannt, da habe ich ihm die Fresse poliert.»

«Hättest du besser bleiben lassen», erwiderte sein Freund.

Das ging dem Matrosen so an die Nieren, dass er drei Tage lang hungrig herumlief, ohne seinen Freund um Hilfe zu bitten. Der fragte nicht nach, weil er dachte, der Matrose besitze Erspartes. Schließlich fand dieser Arbeit in einer Glasfabrik. Da er dort auch schlafen konnte, verabschiedete er sich von seinem Freund. Sie umarmten sich. Den letzten Abend verbrachten sie auf der Brücke.

«Jetzt waren wir gar nicht bei meiner Tante in Üsküdar», sagte der Arbeiter.

«Stimmt. Vielleicht später mal.»

Es schien so herrlich der Mond, dass man am liebsten dort hinauf geklettert wäre, in diese wundersame Welt. Doch sagte das keiner der beiden dem anderen. Im stillen Wasser hörte man einen Dampfer herantuckern. Er hatte gut zehn Kähne im Schlepp. Die hatten wieder Berge von Weizen geladen, und der Arbeiter sah lange zu ihnen hinab. Zum ersten Mal hatte er nicht den Wunsch, hineinzuspringen.

WEN KÜMMERT'S?

Von unten sieht das Haus am Berg ideal aus. Man könnte sich dort oben einen Krämer denken, der sich seine Jugendträume erfüllt hat, einen Kaufmann oder einen Playboy, auch einen pensionierten Lehrer, einen Schriftsteller oder einen verbannten Politiker, der hier gerne seine letzten Tage verbrächte, aber nicht darf.

Der Weg hinauf scheint von allein entstanden, als wären Felsen zerbröckelt und zerbröselt, bis es ihn eben gab. Sonntags benutzen ihn Verliebte, ansonsten ist er so seltsam verwaist wie nicht nur mancher Weg. Ein paar Leute auf der Insel gehen ihn gern, um nach Einbruch der Dunkelheit die Sterne zu betrachten – vielleicht kommt das aber auch nur mir so vor. Zur einen Seite des Wegs liegt die unberührteste Gegend der Insel, ein undurchdringliches Dickicht. Darum finden sich unter den Kiefern auch keine verdächtigen Taschentücher mit Lippenstiftspuren, keine Zeitungsfetzen, keine Sardinendosen. Was, von der anderen Seite des Wegs, aus der Ferne wie ein einzelnes schönes aussieht, sind in Wirklichkeit zwei hässliche Häuser, auf drei Seiten wiederum von Kiefernwald umstanden.

Außer dem Leblebi-Verkäufer[17], der manchmal dort hinaufkam, um seine Ware zu verkaufen, oder vielleicht auch nur, um unter einer Kiefer von einem Land ohne Weinberge und ohne Kiefern zu träumen, wusste wohl kaum jemand, wer in dem Haus wohnte, das von unten den Wunsch in einem erweckte, Wind und Kiefernduft einzusaugen und glückliche Tage zu verbringen. Die Menschen in dem Haus führten ein unauffälliges Leben. Hetzte im Winter ein blonder Mann fortgeschrittenen Alters zur Anlegestelle, sagte der Friseur zu seinem Kunden: «Das ist der alte Knacker von dem Haus da droben.» Mehr wurde nicht gelästert. Der Mann kam mit diversen Beuteln und Päckchen zurück und ließ sich dann wieder wochenlang nicht blicken. Die Leute, die sonst gern übereinander herzogen, rissen sich zusammen, sobald die Fischer vom Schwarzen Meer eintrafen, denen sie heimlich Zimmer vermieteten. Wer dies nicht heimlich tat, machte kein Geschäft mit den Sommergästen. Die Fischer waren nämlich ledig. Ledig und Fischer. Und dass im Hemd jedes Fischers Flöhe hausen, galt als ausgemacht, ob es nun stimmte oder nicht.

Obwohl die Leute wussten, wer an die Fischer vermietete, behielten sie es für sich, und lag ihnen ein verräterischer Satz auf der Zunge, so schluckten sie ihn hinunter. Keinem fiel hingegen auf, wie lange der blonde Alte schon nicht mehr da gewesen war.

An einem wunderschönen klaren Wintertag – die Fischer waren in der Stadt und die Dorfstraßen menschenleer – tauchte auf einmal eine schmächtige Frau auf, mit mehr weißen als blonden Haaren, aber noch recht jungem Gesicht. Im Kaffeehaus ließ sich der Wirt gerade rasieren.

«Wer ist das denn?», fragte er.

Der Friseur sah aufmerksam hinaus. Es blitzte in seinen Augen, als wollte er sagen: «Mein Gott, wer ist denn die bloß? Sie kommt mir bekannt vor.»

«Kenne ich nicht», sagte er dann.

Die Frau kam ins Kaffeehaus. In einer Ecke spielten ein paar einheimische Fischer Tavla[18]. Die Frau blickte sich kurz um, dann eilte sie wieder hinaus, in Richtung Anlegestelle. Einer der Fischer sagte: «Das ist die Frau von da droben.» Und die anderen: «Na, so was!»

An der Anlegestelle erzählte die Frau dem Beamten, ihr Mann sei in der Nacht gestorben und ihr Kind habe Hunger. Ob man ihr bei der

Bestattung nicht helfen könne? So ein Anliegen war dem Beamten noch nicht untergekommen. Da war mal jemand nicht darauf aus, umsonst mitzufahren oder für sein Gepäck eine Ermäßigung herauszuschinden.

«Ich kann da nichts machen», antwortete er. «Meine Aufgabe ist, mich um den Dampfer zu kümmern.»

«Sind Sie denn kein Muslim?»

«Gott sei Dank bin ich einer, aber ich bin auch Beamter. Ich habe eine Verantwortung und kann hier nicht weg. Versuchen Sie es beim Chef der Lastenträger.»

Dieser wohnte in einem ansehnlichen zweistöckigen Haus mitten im Dorf. Während die Frau darauf zuging, schien sie eine aus einem Ofen züngelnde Flamme zu beschwören. Man konnte gar meinen, in einem gemütlich warmen Zimmer entströmte einem Kristallgefäß bernsteingelber Tabakrauch, und die Frau berichtete dazu Geschichten aus der Nachbarschaft.

Sie klopfte an die Tür.

Um einen Blechofen saßen zwei Kinder, ein Junge und ein Mädchen, und zwischen ihnen ein dunkler Mann, der in einer vergilbten Zeitung las. Er hatte eine Brille auf, und aus seinem langen Gewand standen zwei muskulöse, stark behaarte Unterschenkel heraus. Einer seiner Pantoffeln war ihm heruntergefallen, sodass sich der Frau ein ausgesprochen scheußlicher Fuß von der Größe und Farbtönung eines neugeborenen Babys entgegenstreckte.

«Ja, bitte?»

Wie zuvor dem Beamten klagte die Frau auch ihm ihr Leid.

«Mein Mann ist gestern ...»

«Gute Frau, haben Sie Geld?», erwiderte er. «Welchen Träger soll ich Ihnen bei diesem Wetter hinaufschicken? Da geht mir keiner! Sind doch selber alles Hungerleider. Was sie im Sommer verdient haben, ist längst verbraucht. Vom Fischfang haben sie nichts, jetzt siechen sie mir dahin. Ich kann schon etwas tun für Sie, aber nicht ganz ohne Geld.»

«Ich habe auch nichts zu verkaufen, ich sage es Ihnen ja. Und unser Kind daheim hat Hunger.»

«Und Sie können nirgendwo Geld auftreiben?»

«Könnte ich nach Istanbul hinüber, dann vielleicht ...»

«Hier, nehmen Sie das da!»

Die Frau dankte ihm für die Münzen und ging davon, geradewegs zum Bäcker. Sie kaufte ein Brot und stieg dann den Weg hinauf. Auf halber Höhe lief ihr ein kleines Mädchen entgegen und klammerte sich an sie. Zehn Minuten später herrschte erneut Sehnsucht nach Brot.

Die Frau ging wieder hinunter. Ihr war der Amtsarzt eingefallen. Der war im Winter mit chemischen Versuchen beschäftigt. Er brachte Nitrate zum Schmelzen, ließ blauen Lackmus rot und roten blau werden, erzeugte Chlor, analysierte Wasser, ließ Strom fließen, schnüffelte an Ozon.

Als ihm die Frau gemeldet wurde, analysierte er in dem kleinen Labor gerade seinen Urin. Er hatte ihm einen Stoff zugesetzt, um zu sehen, ob er nicht Zucker enthielte.

Dem sich bläulich färbenden Urin entwichen zunächst ein paar Gase, dann wurde er plötzlich ziegelrot.

«Ach herrje!», dachte der Arzt. «Es hat mich erwischt. Ich ahnte es ja schon. Deshalb der ewige Durst! Und die Schlaflosigkeit! Das ist die Strafe Gottes!»

Seine Frau streckte den Kopf zur Tür herein.

«Da ist eine Frau, die dich sprechen möchte.»

«Ich komme.»

Er grummelte vor sich hin. «Der werde ich was husten! Stört mich einfach!»

«Also, was fehlt Ihnen?»

Die Frau erzählte.

Darauf der Arzt: «Er darf nicht weggebracht werden, bevor ich ihn gesehen habe.»

«Aber er ist doch nicht krank, sondern tot, mausetot.»

«Wie soll ich das wissen?»

«Erklären Sie ihn für tot, dann kann er beerdigt werden.»

«Ich kann da jetzt nicht hinauf. Wissen Sie, ich bin selber krank. Zuckerkrank. Und alt und müde. Wenn Sie mir einen Tragesel beschaffen, komme ich mit, sonst nicht.»

«Nun gut, ich versuche einen Esel aufzutreiben.»

Draußen sah die Frau verwundert, wie das am Morgen noch so milde Wetter sich gewandelt hatte. Es wehte ein scharfer Wind. Die Wolken zogen hinauf zum Kiefernwald und zu den beiden Häusern, als wären sie zur Bestattung einer wichtigen Persönlichkeit unterwegs. Die Frau eilte nach Hause. Sie wickelte den Toten in ein Leintuch und schaffte ihn hinaus. Es hatte zu schneien begonnen. Innerhalb einer Minute war ihr Gewand ganz weiß. Halb trug, halb zog sie den Toten den Hügel hinauf. An dem jenseitigen Abhang hielt sie inne.

Leise fiel der Schnee, doch war es hier wieder milder. Der südliche Steilhang der Insel wurde vom warmen Lodos[19] bestrichen, während hier über die Kiefernwipfel der eisige Poyraz nur so pfiff.

Das Zittern, das ihr um die Lippen fuhr, als sie den Toten den Abgrund hinunterstieß: War es ein Gebet? Oder nur die Kälte? Sie lauschte, doch das Einzige, was man von unten hörte, waren rollende Kiesel.

Drei Tage schneite es. Drei Tage wehte der Wind. In drei Tagen legten nur drei Dampfer an. Der Chef der Lastenträger las am Ofen seine zwei Jahre alten Zeitungen und röstete Puffmais. Der Amtsarzt aß unter dem Vorwand seiner Urinanalyse immer wieder ein Portiönchen Pilaw[20]. Dass eine Frau bei ihm gewesen war, wusste er schon nicht mehr.

Der Beamte von der Anlegestelle war ein dünnes, nervöses Männchen. Hin und wieder verspürte er in sich ein Brennen. Ihm fiel dann ein, dass eine Frau um die Erlaubnis zur Bestattung ihres Mannes gebeten hatte, und gleich darauf vergaß er es wieder.

Doch immer wenn es ihm einfiel, glaubte er seine eigene Leiche vor sich zu sehen, die tagelang nicht fortgeschafft wurde.

An einem milden Tag rasierte der Friseur einen Kunden. Mit der Spitze seines Rasiermessers zeigte er nach draußen. «Da ist die Frau von droben. Wo die wieder hinwill?»

Ganz gelb im Gesicht ging die Frau zur Anlegestelle. Dort blieb sie stehen. Als hätte sie es sich anders überlegt, schlenderte sie dann am Kai entlang. Auch ein älterer Herr spazierte dort umher, so einer von denen, die sich sagen, na, warum soll ich bei dem schönen Wetter nicht ein wenig auf die Prinzeninseln[21]?

Die Frau ging auf den Herrn zu. Sie wollte etwas zu ihm sagen. Doch sie ließ es, lächelte nur, als sei ihr etwas Lustiges eingefallen, und kehrte zur Anlegestelle zurück, um den Dampfer zu erreichen, der gerade hinter der Nachbarinsel aufkreuzte.

Sie war die einzige Frau auf dem Dampfer und hatte als einzige keine Fahrkarte. In Kadıköy[22] aber gingen genau so viele Leute von Bord, wie man auch Fahrkarten verkauft hatte. Keiner mehr und keiner weniger.

DER GASOFEN

Das Dorfkaffeehaus war an jenem Abend besser besucht als sonst, denn Recep, der Wirt, hatte in der Stadt einen nagelneuen Gasofen gekauft. Wie er darauf verfallen war, wusste kein Mensch. Er war seit jeher ein wenig übergeschnappt.

Von jedem seiner Stadtbesuche brachte er irgendeine Neuheit mit, mal für das Kaffeehaus, mal für sich selbst, mal für alle. Da jeder daran herumfingerte, gingen die Sachen kaputt, ehe ein Monat um war, und selbst Recep würdigte sie dann keines Blickes mehr.

Einmal hatte er ein Zahlenschloss gekauft, das auf «3796» eingestellt war. Recep stellte es neu ein, vergaß die neue Zahl, bekam das Schloss nicht mehr auf und warf es fort.

Er hatte auch die erste Taschenlampe ins Dorf gebracht, worauf der Imam hoch und heilig geschworen hatte, er habe Dämonen gesehen.

Nun also hatte er einen Gasofen gekauft. Ohne dass die Petroleumlampe angezündet wurde, versammelte sich alles um den Ofen, der das Kaffeehaus in ein schwaches violettes Licht tauchte. Lange saßen sie schweigend da und warteten darauf, dass die eiskalten Eichenbänke sich endlich erwärmten. Als das Kaffeehaus von nichts weiter als ihrem Atem warm wurde, sagte ein älterer Gast: «Recep, wir sollten die Lampe anmachen. Wir sehen uns ja gar nicht mehr.»

Sobald die Lampe brannte, büßte das seltsam schöne Gerät, von dessen blauen, roten und grünen Glimmersteinen bis dahin ein zarter Schein ausgegangen war, auf einen Schlag seine Märchenhaftigkeit ein und wurde zu einem realen Gegenstand. Gerade die jüngeren Gäste aber hatten es an Winterabenden so gar nicht mit dem Realen. Ihnen war nach buntem Schein, nach Traum und Trug, nach Märchen. Nur um die Älteren nicht zu kränken, hielten sie an sich.

«War doch schön zuvor!», sagten sie lediglich. «Wir hätten die Lampe nicht anmachen sollen.»

Nun, da sie brannte, zeigte sich wieder, wie zerschlissen die Korbstühle waren, wie zerkerbt und fleckig die Bänke. Das Kaffeehaus war wieder das altbekannte Kaffeehaus, dessen Fenster so schmutzig waren, dass man kaum noch hinaussah. Zerbrochene Scheiben waren durch dicke, bunte Handarbeiten oder durch vergilbte

Zeitungen ersetzt, die zwar wärmten, aber leblos wie eine bloße Erinnerung wirkten. Durch ein Schlupfloch fuhr manchmal der kalte Poyraz[23] herein, vorbei an lithografierten Kriegsbildern. In einer trüben Ecke verstaubte eine Saz[24], denn keiner im Dorf vermochte sie noch zu spielen, und hin und wieder seufzte jemand: «Wie die sich nach einem Musiker sehnt!» Die restlichen Scheiben beschlugen vom Atem der Gäste, bis der vernebelte und verrauchte dunkle Dorfplatz draußen vor den Augen verschwand.

Die jungen Burschen vertieften sich in ihre Spiele. Die Allerjüngsten saßen um einen alten Mann gruppiert und ließen sich von ihm ein Märchen erzählen, und was kam da nicht alles vor: Städte, Gebäude, Länder, Wasser, Brücken, Herbergen, Frauen, Türme, Springmesser, Ferngläser und selbst Neuheiten, die Receps Neuheiten weit in den Schatten stellten. Und in den Augen der Zuhörer sah man noch viel mehr...

Die Alten dagegen saßen in einer Ecke und wurden politisch, wurden ernst und «real». Nichts sei mehr etwas wert. Die Saat sei von einem Sturm ruiniert worden, und die Kartoffeln seien vom Reif befallen und noch vor dem Keimen erfroren. Der Steuerbeamte sei ein guter Mann. Kein Blutsauger. Oder eben doch ein

Blutsauger. Und was wohl die da droben über das Dorf dächten, die hohen Herren?

Receps Tochter wurde dem Sohn von Ahmet versprochen, und Mehmets Enkel der Tochter von Hacıs Tante. Hin und wieder stand einer auf, verrichtete auf einer Strohmatte sein Gebet und kam zurück.

Recep kochte Kaffee und pries seinen Salep[25] an, denn so wie er das Getränk mische, sagte er, eigne es sich gut als Schlaftrunk.

Recep war ein äußert reger Geist. Er hatte blaue Augen, stark hervortretende Wangenknochen, und in seiner Kleidung glich er so gar nicht den anderen Dorfbewohnern, als habe er seine eigene Mode erfunden. Er trug einen schlichten Dolman[26] und eine blaue Hose mit ebenfalls blauem Gürtel, in dem etwas steckte, was wie ein Dolchgriff wirkte, sich bei näherem Hinsehen jedoch als Schuhlöffel entpuppte. Aus seiner Hosentasche hing die Quaste einer Gebetskette aus Bernstein.

Recep war ein Mensch, der sich Gedanken machte und sich in andere einzufühlen wusste. Wenn die jungen Männer im Dorf den Winter über nichts zu träumen hatten, half alles Umgraben und Bäumeausholzen und auch die sogenannte Treibjagd nichts: Sie wurden schwermütig. Erst der Wehrdienst ließ auch sie «real» werden. «Real» sein bedeutete, dass man funktionierte wie ein Uhrwerk. Der Winter wachte wie ein aufgezogener Wecker über die jungen Männer und weckte sie rechtzeitig zum Sommer wieder auf. Gleich nach dem Abendgebet zu Bett gehen, morgens erst nach langem Recken aufstehen, die Hand nach Verbotenem ausstrecken, im Kaffeehaus das große Wort führen, das durfte man erst, wenn man Vater von zwei Kindern war und seinen Wehrdienst abgeleistet hatte.

Recep diente allen Burschen als Vorbild, war er doch nicht beim Militär gewesen und hatte auch nicht die üblichen zwei Kinder. Kinder hatte er vielmehr reihenweise, und insgesamt drei Frauen; mit einer war er offiziell verheiratet, mit einer vor dem Imam, und dann war da noch die vierzehnjährige Emine, eine Art Dienerin. Dennoch war er ein Tagträumer geblieben. Er war wie sie, wie die Kinder; das heißt nein, nicht wie die Kinder: Er war der Anführer der Kindgebliebenen.

So brachte er also stets Dinge mit, die jedermann erstaunten, und am meisten ihn selbst, er betrog seine drei Frauen, wann immer es ging, er knurrte Gäste an, die es wagten, einen Kaffee zu bestellen, während er einem Märchen lauschte, und er fuchtelte rotäugig mit seinem Schuhlöffel herum. Verschmitzt lächelnd hatte er den verpackten Gasofen bis zum Bus geschleppt, ihn im Kaffeehaus aufgestellt, solange die Läden noch geschlossen waren, und ihn erst angezündet, als um den Ofen herum genügend Gäste saßen.

Ganz vertieft in das rote und blaue Glimmern der Ofenwand, war er in seine Kindheit versunken wie in einen Brunnen. Das Kaffeehaus hatte damals seinem Vater gehört.

Aus Bursa[27] war seinerzeit eine Schar fideler, leichtlebiger Menschen ins Dorf gekommen, und einer davon hatte vor den Kaffeehausgästen eine Leinwand aufgespannt und ein Schattenspiel aufgeführt. Die Sprüche von Karagöz[28], wegen derer sich die Zuschauer vor Lachen den Bauch hielten, bekam Recep gar nicht mit, so fasziniert war er allein schon von der Leinwand. Wenn nun bei gelöschtem Licht im Kaffeehaus der Gasofen brannte, kam Recep jene Leinwand in den Sinn, und ihm war, als säße er wieder in einer Karagöz-Vorstellung.

Und er erinnerte sich daran, wie seine Kollegen in Bursa ihn einmal ins Kino mitgenommen hatten. Das war ja auch eine Art Karagöz-Aufführung. Recep hatte das Licht betrachtet, das vom Vorführapparat bis hin zur Leinwand flimmerte. Menschen, Tiere, Berge, Wasser, alles Mögliche hatte er gesehen. Sogar küssende Paare. Gut aussehende Männer, schicke Frauen. Richtig gewundert hatte sich Recep da noch nicht. Das mochte es ja alles geben. Aber dann hatte es im Kino plötzlich begonnen zu schneien, und Schnee hatte sich auf den Kragen der Menschen gesammelt. Das hatte Recep verblüfft. Alles andere ließ er sich eingehen, aber Schnee? Wie konnte es mit einem Mal schneien? Das wollte ihm nicht in den Kopf, und zurück im Dorf hatte er den Stadtunerfahrenen den ganzen Winter über erzählt, wie es mitten im Juli plötzlich geschneit hatte.

Receps Gasofen strahlte bis nach dem abendlichen Gebetsruf in rotviolettem Schein, und die Lampe wurde lange nicht angezündet. Die alten und die «realer» gesinnten Gäste wichen in Bekirs Kaffeehaus gegenüber aus. Die Jüngeren und die auf Strohmatten den Märchen Lauschenden starrten im Dunkel auf den Gasofen und hörten sich bis in die frühen Morgenstunden an, wie es in Receps Kino geschneit hatte, wie die berühmten Ringer Hüsmen und Dev Ali miteinander gekämpft hatten und wie es dem in französische Gefangenschaft geratenen Ali in Marseille und in Algerien ergangen war.

Erst die zarte Morgensonne erinnerte die jungen Burschen an Stürme, Krisen, Nöte, Steuern, Qualen, Fluten und Tod, die in der realen Welt ihrer harrten, und sie machten sich zu ihren Feldern auf oder zum Rauchen vor dem Kaffeehaus, wo sie sich den Sommer über eine Zigarette nach der anderen ansteckten.

Mit den niedrigen Hockern draußen, den langen Holztischen und der angenehm schattigen Atmosphäre, die den Müden zum Rasten einlud, hatte Receps Kaffeehaus im Sommer so gar nichts Winterliches an sich. Und mochten die Wintermärchen, der herabrieselnde Schnee, der Nebel und der Gasofen auch trügerisch und schön erscheinen wie ein Traum, so glich doch im Sommer die Erinnerung daran für den Bruchteil einer Sekunde dem Gedanken an einen Menschen, dem man beim Sterben die Hand gehalten hatte.

Als das Korn zu reifen begann, ruhte an die zehn Tage lang die Arbeit. Die jungen Burschen badeten im Dağlıdere, und wer das nicht tat, der kam in Receps Kaffeehaus.

An einem dieser Tage war das Kaffeehaus wieder einmal gut gefüllt. In einer Ecke saß blass und mit ausdruckslosen weißen Augen ein junger Mann, der bei einer Hochzeitsfeier einen der

Freudenschüsse[29] in die Leiste bekommen hatte. Zwischen diesem blassen Menschen und einem etwa vierzigjährigen dunkelhäutigen Mann mit rabenschwarzem Haar entspann sich wie aus dem Nichts heraus ein Streit. Die Älteren führten Klage darüber, dass die jungen Burschen nicht mehr richtig arbeiteten und stattdessen lieber alles Anstehende auf den nächsten Tag verschoben.

Der dunkelhäutige Mann erklärte: «Und ich kann euch auch sagen, warum das so ist: Weil die sich den Winter über ans Faulenzen gewöhnen.»

Da schaltete sich der junge Mann mit der Wunde ein. «Dann sollen wir also im Winter auch arbeiten?»

«Allerdings. Der Mensch ist ja keine Schlange oder ein Bär, dass er einen Winterschlaf bräuchte. Wer im Winter bloß auf Receps Gasofen starrt und träumt, ist im Sommer zu nichts mehr zu gebrauchen.»

Dem jungen Mann schoss das Blut ins Gesicht, und gleich darauf wurde er bleich, als wäre er ein zweites Mal angeschossen worden. «Receps Gasofen! Wenn wir Recep und sein Zeug nicht hätten, würden wir uns hier gegenseitig die Köpfe einschlagen. Und saufen wie die Löcher!»

Der Dunkelhäutige antwortete nicht, sondern wandte sich Recep zu, der ihm gerade Kirschsaft servierte. «Dein Gasofen soll ja wahre Wunder vollbringen! Drunter und drüber soll es ohne ihn gehen. Weißt du, Recep, woran mich dein Gasofen erinnert?»

Eine Tausendstelsekunde lang dachte Recep an den Winter, dann war das Bild, zu seinem Leidwesen, schon wieder verschwunden.

Der junge Mann mit der Wunde versetzte: «Na sag schon, woran erinnert er dich?»

«An ein Götzenbild, Gott steh mir bei! Ihr betet nicht, ihr fastet nicht, ihr lest nicht im Koran, und da fragst du noch, woran mich der Gasofen erinnert? Ja, woran denn wohl? Religion und Glauben habt ihr vergessen, und stattdessen betet ihr einen Götzen an. Im Winter einen Götzen und im Sommer die Faulheit.»

Da fuhr der junge Mann ihm über den Mund, und als der Streit handfest zu werden drohte, mussten die beiden von den Umsitzenden getrennt werden.

Wenige Tage später setzte sich in Receps Kopf ein Gedanke fest: Und wenn der Schwarze Ahmet nun recht hatte? Es war schon etwas dran an seinen Worten.

Was machte es für einen Unterschied, ob man

sich beim Beten ein Jenseits mit Paradiesjungfrauen und heiliger Quelle vorstellte oder ob man beim Starren auf den roten und grünen Glimmer des Gasofens in sinnverwirrendes Sehnen nach einer Welt verfiel, in die nicht zu gelangen war?

Doch wer weiß, vielleicht gab es jene Welt sogar, oder eine noch schönere, so schön nämlich, dass man sie sich nicht einmal vorstellen konnte.

Was der Schwarze Ahmet gesagt hatte, ließ Recep lange keine Ruhe.

An Religion hatte er noch nie geglaubt. «Paradies? Hölle? Nein, gibt es nicht», sagte er immer. Dass kein Gott existiere, hatte er dagegen nie behauptet. Er glaubte lediglich mehr an das Weltliche, denn ein Paradies auf Erden, das nur leider für ihn unerreichbar war, das gab es schon. Er fühlte das. Tage- und wochenlang schleppte er solche Gedanken mit sich herum. Bis es Herbst wurde.

Auf dem Platz draußen lagen schon Kastanienhaufen, und in Recep rumorte es noch immer. Als es dann nebliger und nebliger wurde und auf den Berg der erste Schnee herabfiel, sperrte er sein Kaffeehaus für ein paar Tage zu und fuhr nach Bursa.

Was genau er dort wollte, hätte er nicht zu sagen gewusst. Wieder etwas Neues mit nach Hause bringen? Es ging geschäftig zu in Bursa, viele Skifahrer aus Istanbul waren da. Busweise wurden seltsam gekleidete Männer und Frauen den Berg hinaufgekarrt. Recep musste erst erklärt werden, was für Bretter und Stöcke sie da auf den Straßen schulterten. Er ging ins Kino, trieb sich in Kaffeehäusern und Vergnügungslokalen herum. Er besorgte sich Zeitungen, Zeitschriften und Bilder, die mit Winter, Schnee und Kino zu tun hatten. Als er ins Dorf zurückfuhr, hatte seine Seele wieder Frieden gefunden. In seinen Augen brannte kein solches Feuer mehr, und seine Lippen hatten sich entkrampft. Auch verspürte er nicht mehr das Sausen in den Ohren, das flaue Gefühl im Magen.

So war Recep nun mal. Wenn er an etwas zu denken begann, dachten Körper und Seele gleich mit. Er bekam es mit dem Magen zu tun, und das Herz schlug ihm schneller als sonst. Er konnte nicht mehr schlafen, schwitzte an den Händen, und abwechselnd war ihm nach Lachen und nach Weinen zumute.

Nun war die Krise vorüber. Er war wieder entspannt. Er lehnte den Kopf an die Busscheibe und träumte vor sich hin. Etwas Schöneres als zu träumen gab es doch gar nicht. Durch das Träumen wurde man zum Menschen.

Dass sein Entschluss feststand, merkte er erst, als er ihn am Horizont, über den Pfützen und dem goldenen Laub der Ebene von Bursa ruckartig ablaufen sah wie einen Filmstreifen aus lauter zusammengeklebten Schnipseln.

Das Dorf schien ihm weiter entfernt als zehn Jahre zuvor, da er den Weg noch mit dem Ochsenkarren zurückgelegt hatte. Als er auf dem Dorfplatz ankam, war es Abend.

Er ging direkt zu Emines Haus und klopfte an die Tür. Die schmale Frau mit dem Kindergesicht machte ihm auf. Als die Haustür sich schloss, fiel Emine ihm gleich um den Hals. Sie gingen in ein niedriges Zimmer, und Recep sagte: «Mach kein Licht an. Setz dich zu mir!»

Die Frau setzte sich im Schneidersitz auf den Boden, und Recep legte ihr den Kopf in den Schoß.

«Morgen Abend, wenn du am Kaffeehaus vorbeigehst, wirst du was erleben. Weißt du, was ich da drinnen anzünde?»

«Nein, was denn?»

«Den Mond!»

Vierzehn Tage später war Receps Luxuslampe kaputt.

Dem einen steckt eine Pfeife im Mund, der andere hat ein Akkordeon umhängen; sie haben Brillantine im Haar, und aus den kurzen Ärmeln ihrer Leinenhemden ragen muskulöse, behaarte Arme; zwei blendend aussehende junge Männer...

Unter riesigen Strohhüten flattern blonde Haare, die Röcke umwehen wohlgeformte Füße, gerade so braungebrannt, dass es verlockend wirkt; zwei hübsche junge Mädchen...

Der eine Junge arbeitet bei der Telefongesellschaft. Er hat eine englischsprachige Schule besucht und dann in Paris studiert, Fernmeldewesen. Nicht schlecht, oder? Und was er aus Paris alles mitgebracht hat: schicke Hemden, Sportschuhe, lauter hübsche und praktische Sachen, die hier keiner – oder fast keiner – besitzt, obwohl sie im Sommer doch jeder brauchen könnte, sodass man etwas neidisch wird. Bei dieser Hitze würde jeder gerne so leichte Schuhe tragen, so ein piekfeines Hemd, so wunderbar sitzende Hosen, die durchs Waschen noch weißer werden und strammer sitzen. Nur das mit der Pfeife macht keinen großen Eindruck. Was den Rest angeht, gibt es wohl niemanden, der ihn nicht darum beneidet. Auch nicht die Strandjugend, die vor Ort gekaufte, aber angeblich aus Europa stammende Sachen trägt: Hosen, die beim Waschen entsetzlich eingehen, und Schuhe, deren Gummisohle beim dritten Tragen abfällt. Ganz zu schweigen von den Fischern, den Bootsführern und Heizern, die schmutzige Hemden und trotz der Hitze die dicken Wollhosen aus der Textilfabrik in Kula[30] anhaben. Mit ihrer Sehnsucht verhält es sich anders. Gäbe man ihnen nämlich all diese schönen Sachen, so würden sie lange zögern, sie überhaupt anzuziehen. Irgendwann würden sie dann klammheimlich, ohne sich ihr Begehren selbst einzugestehen, in aller Verlegenheit erst das Hemd und eine Woche später die Schuhe tragen. Und dann? Dann würden sie die Sachen so schnell wie möglich verkommen lassen.

Die Art, wie der Telefonangestellte die Pfeife im Mund hält, lässt auf seinen Gemütszustand schließen. Der Fischer Ispiro raucht ja auch Pfeife, aber wegen des Tabaks. Raucht der junge Mann etwa wegen des Tabaks? Mag sein. Aber man hat doch den Eindruck, als ginge es ihm mehr ums Angeben. Warum auch nicht? Kleine Jungs fangen ja auch aus Angabe mit dem Rauchen an. Also? Ist er eben noch ein kleiner Junge. Was daraus zu folgern ist? Man lasse Nachsicht walten. Er mag seine Pfeife rauchen, um sich wichtigzutun, doch aus der schnöseligen Art, wie er den Mund dabei schiefzieht, schließe ich sogleich, vermutlich aus gekränkter Eitelkeit, dass er auf uns, die wir nicht tanzen und Bridge spielen und auch die Frauen nicht auf Französisch ansprechen können, aus himmelhohen Weiten herabschaut. Vielleicht tue ich ihm unrecht. Vielleicht muss er sich an das Rauchen erst gewöhnen und verzieht den Mund nicht herablassend, sondern ganz einfach, weil seine Drüsen beim Rauchen zu viel Speichel produzieren. Wer weiß...

Der andere Junge ist noch kräftiger und sieht auch noch besser aus. Ich kenne ihn schon vom Sehen, er ist ein polnischer Jude. Polnische Juden sind wirklich schöne Menschen. Höchstwahrscheinlich hat er in Deutschland studiert, sonst spräche er nicht so ausgezeichnet Deutsch. Das meinen zumindest Leute, die sich mit Deutsch etwas auskennen. Er rede, als beherrsche er neben dem Türkischen auch noch sämtliche anderen Sprachen, sagen sie; Türkisch lerne er erst.

Dabei haben sie ihn nur noch nicht Türkisch reden hören; ich aber schon, und zwar mit dem Bootsverleiher Ali, einem rechten Spitzbuben. Der kann erstaunlich gut Griechisch, und sogar Deutsch, wenn auch herzlich schlecht. Wo er das gelernt hat? Keine Ahnung. Er behauptet, im Weltkrieg habe er Deutsche gerudert. Eines Tages also mietete der polnische Jude an einem furchtbar windigen Tag bei diesem Ali ein Boot. Im Vertrauen auf seinen Bizeps machte er sich trotz des garstigen Wetters daran, die Insel zu umrudern. Er hängte sich in die Riemen und kämpfte sich schwitzend durch die Fluten. Und schließlich schaffte er, was selbst altgedienten Schiffern nicht leicht gefallen wäre. Bravo! Eine sportliche Leistung. Musste selbst Ali anerkennen, und das tat er auch.

Während man die Insel bei Windstille in eineinhalb Stunden umrundet, brauchte der Pole in heldenhaftem Kampf gegen die Wellen fünf Stunden, bis er endlich siegreich dem Boot entstieg und Ali so viel Geld gab, wie man für eine Inselumrundung üblicherweise zu zahlen hat. Da lief Ali augenblicklich rot an, und während er zu Anfang, als der Pole ins Boot gestiegen war, noch auf Deutsch geradebrecht hatte, packte er nun sein ungeniertestes Kneipentürkisch aus:

«Was, du Mistkerl, für fünf Stunden eine halbe Lira? So viel kostet eine Stunde! Dir haben sie wohl das Hirn weggefressen? Du schiebst jetzt sofort noch zwei Lira rüber, sonst kratze ich dir die Augen aus, du Bauerntrampel!»

Ich stand damals zufällig am Bootssteg. Der wie ein strahlender Prinz gekleidete Pole war genau so, wie Ali ihn einmal beschrieben hatte. Mächtig wie ein Eichenbrett stand er da, mit rotem, verdutztem Gesicht. Er murmelte etwas, sah aber wohl ein, dass nun mit Deutsch bei Ali nichts mehr auszurichten war, und plötzlich sprach er ganz normal Türkisch, und noch dazu mit dem Akzent von Kuledibi[31]: «Aber ich bitte Sie, ich habe nur anderthalb Lira, nehmen Sie die und lassen Sie mich um Himmels willen gehen!»

Wie sie die Sache schließlich geregelt haben? Weiß ich auch nicht. Ich bin irgendwann davongegangen, um fröhlich vor mich hin zu grinsen. Ich ergreife nun mal nicht gern Partei, was soll's?

Mir war nicht recht klar, warum ein Istanbuler sich als Deutscher oder Pole gebärden sollte, da mir doch erschien, man könne aus einem Zigeunerviertel stammen und trotzdem ein rechter Kerl werden, oder aber aus Paris und ein rechter Esel.

Was sollte zwischen den Leuten aus Kuledibi und denen aus irgendeinem Viertel in Dresden oder Warschau für ein grundlegender Unterschied bestehen?

Später begriff ich. Es ging darum, sich als Mitglied einer ganz eigenen Klasse aufzuführen, in der anders geritten, getanzt, gespielt, geschwommen und gefeiert wurde als von Einheimischen, sodass man gewissermaßen als imaginärer Kolonisator dastand und die Bewunderung erwarten durfte, die man Europäern etwa in Madagaskar entgegenbringt.

Auch das eine der beiden Mädchen war von dieser Art. Sie gab sich als Pariserin aus. Ihre Eltern waren katholisch, aber waschechte Istanbuler, noch dazu Armenier. Sie hatten lediglich vier Jahre in Paris verbracht, und gerade da war die Tochter zur Welt gekommen. Schwupps hatten sie ihr die französische Staatsangehörigkeit verpasst. Und natürlich einen klingenden Namen. Armenisch zu sprechen war bei ihnen zu Hause verpönt. Wie zahlreiche Ausländer in der Türkei hatten sie erst einmal Griechisch gelernt und beherrschten es auch recht gut. «Wir sind gräzisiert worden», nannten sie das. Ansonsten lässt sich sagen, dass das Mädchen außergewöhnlich hübsch war. Und unglaublich naiv.

Für Möchtegerndeutsche und -polen aus Kuledibi oder für türkische, griechische und armenische Burschen, die in Frankreich studiert hatten, gab sie alles. Sie verschenkte ihre Lippen, sobald einer Akkordeon spielte, und verschenkte ihr Herz, wenn jemand Französisch sprach. Wir Unwürdigen dagegen durften lediglich ihre wohlgeformten Beine bewundern, wenn sie auf dem Fahrrad ihres Bruders vorbeifuhr, und sehnsüchtig den Duft einsaugen, der ihrem kurzen Seidenpyjama entströmte. Es gab Zeiten, da war uns das genug.

Wir, also ein paar Jungs vom türkischen Gymnasium, drei kleine Angestellte, zwei verständige, wortkarge Fischer, ein gutherziger Krämerlehrling und ein gewitzter Kellner, wir mochten das Mädchen, doch manchmal ärgerten wir uns auch über sie, bis einer von uns sie mit dem immer gleichen Satz verteidigte: «Weil sie dich nicht ranlässt, was?»

Saßen wir abends im leichten Sommerwind vor dem Kaffeehaus, ließ regelmäßig einer seine Karten sinken und sagte: «Schaut, Jeannette kommt vorbei!»

Das zweite Mädchen war Türkin. Vermutlich war auch sie auf einer ausländischen Schule gewesen. Sie war Angestellte, aber nicht irgendeine, verdiente hundertachtzig Lira. Ein gut erzogenes, höfliches Mädchen. Vielleicht ein bisschen zu sehr den Männern zugetan ... Doch was gibt es da zu kritisieren? Schließlich arbeitete sie und verdiente ihr eigenes Geld, nicht wahr?

Allerdings hatte sie eine seltsame, ja reichlich fatale Einstellung: Sie war nämlich überzeugt, dass erst eine ganz und gar bürgerliche und auch ein wenig kosmopolitische Erziehung einen zum wahren Menschen macht. Es mochte zwar nicht ausreichen, sagte sie, wenn man gut angezogen war, sich auszudrücken wusste, in ein paar Fremdsprachen scherzen konnte und sich aufs Tanzen verstand, aber es sei eine Voraussetzung. Darum suchte sie sich ihre Freunde aus dem entsprechenden Milieu, mit einem deutlichen Hang zu Nichttürken. Die seien vornehmer. Nun, gar so vornehm waren sie vielleicht nicht, aber harmloser als die Türken. Sie fielen nicht so leicht über einen her. Den Männern zugetan, sagte ich vorhin, aber das wirkte nur von außen so. Zum Spazierengehen, Tanzen, Schwimmen, Französischplaudern, Bergsteigen, Motorbootfahren und Segeln waren ihr Männer gerade recht. Wer sich mehr einbildete, bekam einen Korb. Sie war also sehr auf ihre Ehre bedacht, aber insgesamt ziemlich beschränkt. In ihrem

Kopf nahmen Logik und gesunder Menschenverstand nur wenig Raum ein. Was anderen auf Anhieb einleuchtete und auch in ihrem Gehirn ein wahres Blitzgewitter hätte bewirken müssen, löste aufgrund ihres Eigensinns und ihrer seltsamen Erziehung oft nur ein schwaches Glimmen aus.

Wir hatten gesehen, dass die vier jungen Leute auf den Strand zugingen. Nun führt der Weg zum Strand den Kai entlang, wo sich nach einem großen Restaurant und einem kleineren die Kaffeehäuser der Fischer aneinanderreihen. Hier legen die Boote an, die aus der Bucht von Izmit Obst und Gemüse anliefern. Treffen die Boote mal nicht ein, verkaufen die unersättlich gierigen Gemüsehändler der Insel ihre Ware gleich zu Wucherpreisen, und der Krämer tut es ihnen nach. Ich hörte mal, für einen Kranken habe jemand ein Kilo Eis gebraucht und dafür sechzig Kuruş[32] zahlen müssen. Das konnte ich nicht glauben. Dann wurde bei mir jemand krank, und ich zahlte fast den gleichen Preis. Und konnte es immer noch nicht glauben.

Nun ja. Unsere Strandgänger standen vor den Booten und kauften Obst: Pflaumen und ein Kilo Pfirsiche. Ein kleiner Junge sah voller Bewunderung und wohl auch kindlichem

Neid zu dem imposanten Polen empor, der aufgrund seiner Größe allerdings auch etwas tapsig war, sodass er beim Bezahlen des Obsts durch eine ungeschickte Drehbewegung den Jungen ins Meer schubste. Die beiden Mädchen stießen gleichzeitig einen Schrei aus, während die jungen Männer wie erstarrt ins Wasser blickten. Noch bevor der Kopf des Jungen wieder auftauchte, sprangen vor dem Kaffeehaus kurz entschlossen zwei Männer auf, ein Bootsführer und ein Fischer, und stürzten sich ins Meer. Gerettet wurde der Junge von dem Bootsführer Karamursallı. Der Fischer, der den Jungen ebenfalls gern herausgezogen hätte, kroch mühselig ans Ufer zurück. Er hatte sich das Bein aufgeschnitten und war traurig und blass.

Unsere beiden jungen Männer waren indes reglos neben den Mädchen stehen geblieben, was sie aber nun reute, wie mir schien. Der Pole, der den Unfall verursacht hatte, blickte verlegen drein und kramte schließlich in seiner Tasche. Er ging zu dem Fischer mit dem aufgeschnittenen Bein und gab ihm Geld. Dann wandte er sich dem zweiten zu, der den Jungen gerettet hatte, um auch ihm etwas zu geben.

Der Bootsführer war ein schmächtiger, langbärtiger Mann von etwa fünfunddreißig Jahren.

Er kauerte auf dem Kai und wrang seine Hosenbeine aus. Das hingehaltene Geld würdigte er keines Blickes.

«Das braucht es nicht», sagte er.

Der Fischer, ein Grieche, rief ihm zu: «Nimm es doch!»

Der Pole streckte noch immer das Geld hin.

Da rief der Bootsführer aus: «Ich habe doch gesagt, ich will es nicht!»

Betreten kam der junge Mann zurück. Wir standen noch zu vielen da und schauten. Der jungen Türkin schien ein Licht aufzugehen. Versonnen sah sie zu dem Retter des Kindes hin. Dann blickte sie zu Boden, als hätte sie eine Entscheidung zu treffen. Schließlich schüttelte sie ihre blonden Locken und fragte den Polen: «Haben Sie diesen Unfall verursacht?»

«Ja, genau, es war ein Unfall... Ich habe den Jungen nicht gesehen...», murmelte der junge Mann.

Das Mädchen erwiderte, ebenfalls auf Französisch: «Sie haben Ihre Pflicht getan.»

Gemeinsam gingen sie los. Der Angestellte der Telefongesellschaft sann kurz darüber nach, dass er eigentlich seine Pfeife hätte aus dem Mund nehmen und ins Wasser springen müssen, aber damit hätte er sich die aus Paris stammenden Kleider ruiniert und *«ridicule»*[33] ausgesehen, sodass er doch recht froh war, es nicht getan zu haben, und sich die Pfeife wieder in den Mund steckte. Er schlenderte seinen Kameraden hinterher.

Nur die katholische Jeannette blieb zurück. Ihren Hut, der mich an den grünroten Ausflugskorb meiner Mutter erinnerte, hatte sie keck in den Nacken geschoben, und so stand sie da, zierlich, nachdenklich und schön.

Dann lief sie auf einmal los, in amerikanisch ungenierter Art. Vor dem Retter des Kindes blieb sie stehen, schlang ihm die Arme um den Hals, zog sein Gesicht zu sich heran und versetzte ihm vier, fünf schmatzende Küsse. Operettenhaft pfeifend und lächelnd ging sie dann davon, als dächte sie: «Uh, mein Akkordeonspieler wird mir aber böse sein! Egal, soll er doch!»

Von da an sahen wir unsere Jeannette von einer Gruppe zur anderen pendeln. Sie saß unter Kiefern mal mit einem Fischer zusammen, mal mit einem Tänzer, bald mit einem, der Französisch konnte, und dann mit einem anderen, dem schon das Türkische schwerfiel, und sang ihr an dem einen Tag ein Bootsführer etwas vor, so spielte am nächsten ein Student für sie Gitarre.

DIE ZUGRAMME

Als die Zugramme stand, sah sie beinahe aus wie eine Guillotine. Daneben lagerten die Eisenträger, die man vor der Anlegestelle mühsam in den Meeresboden trieb.

Ein etwa fünfzigjähriger, grauhaariger, recht kräftiger Mann in einer abgetragenen, vielfach geflickten Weste rief: «Salih, Abdurrahman, Şaban, Ali… Los jetzt!»

Zwei der Gerufenen – Salih und Şaban – eilten herbei, sowie sie ihren Namen hörten, und setzten sich zu beiden Seiten der Ramme, an der ein tausend Kilo schwerer Rammklotz emporgehievt wurde, auf den Boden.

Der Mann mit der geflickten Weste nahm das Stahlseil zur Hand, das um den Zylinder der Ramme gewickelt war. Nun kamen auch die beiden anderen Arbeiter. Mit einem trägen Blick auf die verbleibenden Eisenträger und die Fische im Wasser machten die vier sich daran, ihre Plätze an den beiden Kurbeln einzunehmen.

«Eine Dampframme wuchtet in null Komma nichts zweihundert, dreihundert oder fünfhundert Kilo nach oben. Um mit dieser Zugramme über ein Zahnradgetriebe tausend Kilo nach oben zu schaffen, braucht es dagegen vier Männer. Bis der Rammklotz oben ist, dauert es mindestens fünf Minuten. Außerdem muss jede Stunde eine Viertelstunde Pause eingelegt werden. Eine Lira ist eigentlich viel zu wenig für diese Arbeit, aber die Zeiten sind nun mal schlecht. Ich bin aus Karahisar[34], und vom Tauchen bis zur Werftarbeit habe ich schon alles gemacht, womit man am Meer sein Geld verdienen kann. Mit allem kenne ich mich ein wenig aus.»

«Los jetzt!»

Der erste der Arbeiter war ein blonder, zartgebauter Mann, der zweite groß, schmächtig und dunkelhaarig. Der dritte war klein, stiernackig, dick, und statt, wie man erwartet hätte, vor Anstrengung rot anzulaufen, wurde er gelb. Der vierte besaß, wie das bei Arbeitern oft der Fall ist, trotz seines unscheinbaren Aussehens unermüdliche Arbeitskraft.

Nun legten die vier sich mächtig ins Zeug.

Der blonde Zartgebaute und der dicke Stiernackige standen an der einen Kurbel, die beiden anderen an der zweiten. Der tausend Kilo schwere Rammbock glitt zwischen den beiden Laufruten empor, bis von den Leuten, die den

Führungsrahmen mit kräftigen Stricken festhielten, einer «Hoooo!» rief. Die vier Arbeiter an den Kurbeln hielten inne und wischten sich den Schweiß ab. Der Mann aus Karahisar, der das Stahlseil gepackt hatte, schrie: «Achtung!»

Da ertönte der Befehl: «Loslassen!»

Der Mann aus Karahisar ließ das Stahlseil los, die eisernen Puffer schlugen gegeneinander und erschütterten die ganze Anlegestelle. Tausend Kilo rammten den Träger mit dumpfem Schlag zehn Zentimeter tiefer in den unbekannten Meeresboden. Der Mann aus Karahisar nahm das Stahlseil wieder auf und sagte: «Los, Leute! Diesmal ziehen wir ihn noch höher. Je größer die Fallhöhe, desto mehr Wucht steckt dahinter.»

Der Blonde war puterrot angelaufen. Von den schmutzigen Händen wurden seine Haare immer fettiger. Seine Halsadern waren angeschwollen, er atmete heftig, und sein zarter Körper wirkte plötzlich beinahe athletisch. Auf dem Gesicht des Dicken, der an derselben Kurbel drehte wie er, zeigte sich dagegen nicht ein einziges Schweißtröpfchen. Dennoch zog er eine Grimasse, als hätte er sich riesig angestrengt. Allerdings spielte er das nicht sehr gekonnt. Den beiden Arbeitern an der anderen Kurbel war anzuhören, dass sie aus derselben Gegend stammten. Der eine war von geradezu bemitleidenswerter Magerkeit. Er hatte allein schon davon einen roten Kopf, dass er sich bemüht hatte, die ganze Arbeit seinem Kameraden zu überlassen. Dieser tat tatsächlich alles, um dem anderen auch den mindesten Krafteinsatz zu ersparen.

Der Mann aus Karahisar rief wieder: «Los!»

Der Juniregen hatte aufgehört, und über Anlegestelle und Meer regierte wieder drückend und windstill der Sommer. Die vier Arbeiter schwitzten. Wenn der Eisenträger im Meer auf einen Felsen stieß, trieb der Rammklotz ihn manchmal trotz all seiner Wucht nicht weiter als zwei Zentimeter in den Boden, oder aber er zerdrückte ihn gar wie Bienenwachs, worauf der Träger mit dem Schweißbrenner bearbeitet werden musste.

In einer Zigarettenpause sagte der blonde Arbeiter zu seinem Kollegen Salih: «Jetzt hör mal zu, du Drückeberger, halt mich ja nicht weiter zum Narren. Ich schwör's dir, wenn mir der Kragen platzt, werfe ich dich ins Meer.»

«Das möchte ich sehen», erwiderte Salih.

«Das wirst du schon sehen!»

Salih war ein Nachbar des Vorarbeiters aus Karahisar und konnte sich nur deshalb in seiner heimtückischen Art vor schweren Arbeiten drücken. Der Vorarbeiter tat so, als merkte er davon nichts. «Der arbeitet schon, unser Salih», sagte er, «und gar nicht mal schlecht. Ein guter Mann.»

Die Zigaretten waren fertiggeraucht. Auf Anhieb konnte sich nur Abdurrahman dazu aufraffen, aus dem Schatten des Gebäudes wieder in die pralle Sonne zu treten. Abdurrahman war der Blonde. Ihm folgte der Magere, dann dessen Kumpel und schließlich Salih.

«So, Kinder, ein letztes Mal noch, gleich ist er drin.»

Die Zahnräder drehten sich, das kleine trieb das große an, und der Rammklotz glitt langsam nach oben. Der Vorarbeiter feuerte sie an. «Los, noch ein bisschen!»

Aber sie kamen nicht mehr voran, so sehr sie sich auch plagten. Dem Vorarbeiter schnitt das dicke Drahtseil ins Fleisch.

«Noch einmal!»

Sie strengten sich ein letztes Mal an. Die Zahnräder gaben ein zartes Geräusch von sich, als lächelten sie. Dann vernahm man eine Art Kettenrasseln. Der Rammklotz war ganz oben angelangt. Laut dem Vorarbeiter würden die tausend Kilo nun wie tausendfünfhundert Kilo zu Boden sausen.

«Hooo!», hörte man es rufen, als wollte jemand ein Ochsengespann zum Stehen bringen.

«Achtung!»

«Loslassen!»

Der Eisenträger musste auf günstigen Boden geraten sein, denn auf einen Schlag sackte er gute zwanzig Zentimeter tiefer in den Sand. Fische stoben davon.

Die vier Arbeiter waren völlig außer Atem. Abdurrahman blickte seinen Kollegen Salih durchdringend an. Wegen ihm waren sie zuvor ins Stocken geraten, und er gab sich nicht einmal mehr Mühe, den Anschein zu wahren. Abdurrahmans Augen funkelten zornig, während Salih mit gleichgültiger Miene, wie sie unverschämte Menschen oft an den Tag legen, aufs Meer hinausblickte. Es reizte Abdurrahman ganz ungeheuer, den Mann, der ihm den Rücken zuwandte, mit einem gewaltigen Tritt in den Hintern durch die beiden Laufruten hindurch ins Meer zu befördern. Aber er sagte nur knapp: «Niete!»

«Was?», entgegnete der Vorarbeiter prompt. «Wen nennst du hier eine Niete?»

Abdurrahman scheute sich vor dem Vorarbeiter. Wenn der wollte, zahlte er ihm seinen Lohn nicht aus. In diesem Dorf mit seiner einsamen, nicht ganz geheuren Anlegestelle konnte er Abdurrahman in ziemliche Bedrängnis bringen.

«Meine Mutter.»

«Warum das denn?»

«Na warum schon, weil sie einen wie mich auf die Welt gebracht hat.»

«Du solltest dich schämen», sagte der Vorarbeiter nur. Dann setzte er wieder seinen gutmütigen Gesichtsausdruck auf.

«Los, Kinder, jetzt ist es wirklich das letzte Mal. Aber richtig hoch diesmal. Und los!»

Die Zahnräder drehten sich, blieben jedoch immer wieder ruckelnd stehen. Dann warf Abdurrahman stechende Blicke in Richtung Salih, der das Gesicht verzog, als müsse er dringend auf den Abort. Nur so, dachte er, würde man ihm abnehmen, dass er sich anstrengte. Es traten ihm aber weder die Halsadern hervor, noch merkte man den Muskeln seiner dicken, unbehaarten Arme irgendeine Anspannung an. Abdurrahman hängte sich mit unheimlicher Kraft in die Kurbel, als wollte er die Zahnräder am liebsten mit Fußtritten antreiben. Er zerrte die Kurbel hoch, drückte sie dann mit ganzer Kraft wieder hinab, und währenddessen blickte Salih, um nur ja Abdurrahman nicht zusehen zu müssen, zu den beiden Männern an der anderen Kurbel hinüber. Dort bemühte sich der schwächere Arbeiter merklich, seinem Freund wenigstens ein bisschen behilflich zu sein, doch so wie diesem das Hemd verschwitzt am Rücken klebte, war klar, dass er die Arbeit eigentlich allein leistete. Wieder blieben die Zahnräder ruckelnd stehen.

«Ein ganz kleines bisschen noch...»

Nicht nur Abdurrahmans Hals-, auch die Stirnadern schwollen gefährlich an. Salih indes befand es nicht einmal mehr für nötig, das Gesicht zu verziehen. Schließlich war der Rammklotz ganz oben angelangt.

«Hooo!», ertönte es wieder. «Achtung!» Und dann: «Loslassen!»

Tausend Kilo sausten wie tausendfünfhundert Kilo herab. Der Vorarbeiter gab das Drahtseil in einer Vorwärtsbewegung frei. Abdurrahman drehte sich blitzartig zur Seite und stieß Salih mit einem Fußtritt ins Meer. Er selbst fiel mit dem Rücken auf die Holzplanken. Aus seinem Mund troff Blut. Salih konnte nicht schwimmen und war schon bald im Meer verschwunden. Abdurrahman wurde ins Krankenhaus gebracht.

Sie hatten den letzten Träger in den Boden getrieben. Die beiden übrig gebliebenen Arbeiter bauten im Abenddunkel die Zugramme schweigend ab.

Der Mann stammte aus einem Dorf an der iranischen Grenze. Da er mit knapp hundert Wörtern auskam, um seine Sorgen zu schildern, war er im Grunde als sorgenlos zu bezeichnen. Trotz seiner siebenundvierzig Jahre hatte er nicht ein graues Haar. Er trug einen dünnen, aber ausladenden schwarzen Schnurrbart. Stark wie ein Fels war er. Wurden ihm an der Anlegestelle die schwersten Lasten aufgebürdet, knurrte er wohl mal oder verzog das Gesicht, oder es blitzte in seinen Kinderaugen auf wie von unterdrücktem Zorn. Manchmal musste er dann instinktiv lachen, wie Menschen, die ihre Kräfte eben nicht schonen müssen. Unglaublich! War er zufrieden? War er stolz? Es ließ sich nicht sagen. Nichts war ihm anzumerken. Geradezu mysteriös.

Ach was, von wegen mysteriös! Als die anderen Lastenträger dem neuen Kollegen, der die Lasten und Gewichte noch nicht einschätzen konnte, die schwersten Warenballen, die prallsten Säcke und die wuchtigsten Kisten aufluden, wussten sie über Ramos Unbedarftheit längst Bescheid. Das hatte sich so ergeben:

Als Ramo eines Wintertags aufgetaucht war, hatten die anderen Träger ihn gleich in das Kaffeehaus mitgenommen, durch dessen große Scheiben man direkt aufs Meer sah. Es schneite draußen, und der eiskalte Wind schüttelte die Bäume und ließ das Meerwasser bis auf den Beton vor dem Kaffeehaus klatschen. Drinnen war es angenehm warm. Die Fischer und die Träger spielten Sechsundsechzig. Von dem Tisch, an dem er mit den anderen zusammensaß, sah Ramo unverwandt auf Bäume, Wind und Meer hinaus. Kindlich verwundert berührte er schließlich die Scheibe.

«Was schaust du denn so, Ramo?», fragte ihn einer.

Er erklärte es auf Kurdisch.

Als er von zu Hause losgezogen sei, habe er noch nicht gewusst, was ein Fenster sei. «In unseren Häusern gibt es keine Fenster. Wir machen einfach die Tür auf.» In Van[35] habe dann einer zu ihm gesagt, er solle das Fenster öffnen. Da habe er eben die Tür aufgemacht. Glas kannte er schon, aber dass man daraus auch Fenster machte, wusste er nicht. Drinnen im Warmen sitzen und zugleich den Schnee sehen? In einem

Kaffeehaus in Van hatte er das zum ersten Mal erlebt. Nun war er schon etwas daran gewöhnt.

Als die anderen über seine Geschichte lachten, lachte Ramo ganz einfach mit.

Wurde ihm eine Last auf den Rücken geladen, wog er sie erst einmal prüfend ab, und in dem kurzen Rütteln lag die ganze Willenskraft eines Mannes, der sich in sein Schicksal gefügt hat. Die Truhe auf seinem Rücken schien nun nicht mehr ihre hundertzwanzig Kilo zu wiegen. Die Fliegen, die ihn auf dem schmalen Weg von der Anlegestelle her umschwirrten, verfluchte er in einer anderen Sprache als seinem Türkisch, worauf sie davonstoben, als wäre ein Windstoß in sie gefahren. Schwerfällig ging er weiter, ohne je an etwas zu denken.

Wenn die Dampfer abgefahren und die Ladearbeiten beendet waren, kauerte er sich an die Mole, und packte seinen Wortschatz aus, aber ohne etwas zu sagen. Wer weiß, vielleicht sagte er doch etwas, nur verstand ihn keiner. Fasst man einen Satz als Ausdruck irgendwelcher Tatsachen oder Gefühle auf, so hatte Ramo tatsächlich nichts zu sagen. Aber schließlich gab es etliche Dinge auf der Welt und etliche Menschen, und Beziehungen zwischen ihnen: Wörter…

Ahmet, Mehmet, Last, Traguntersatz, Brief, zu Hause, Lüge, Wahrheit, Hemd, Eisen…

Ein Brief von zu Hause, das Hemd, das ihm Mehmet gab und das sich dann in einem Eisen verfing, die Lüge von Cebrail, die Wahrheit von Ramazan…

«Ramazan Lüge, Cibo Wahrheit. Das Hemd Mehmet. In Brief Wolle verlangen. Faden schicken. Eisenbett Hemd zerrissen. Pfui, bulgarischer Milchmann Brief gelesen.» So erzählte er vor sich hin, ohne irgendjemanden anzusehen. Die anderen zwinkerten sich fortwährend zu, und ihre Schnurrbärte hüpften auf und ab vor lauter Lachen.

Es kam erneut ein Dampfer, und Ramo ruckelte an der schwersten Last, nicht ahnend, wie schwer sie tatsächlich war, der eigenen Kraft nicht bewusst; dann schleppte er sich den Weg hinauf. Die Fliegen verjagte er wieder im Idiom jener Dörfer nahe der iranischen Grenze. Bis das Lastentragen verboten wurde, lebte Ramo so dahin, und wenn sich auch nicht sagen ließ, er sei zufrieden mit seinem Leben, so bekam er von seinem Leben wenigstens nichts mit. Wenn er lachend den Mund aufsperrte und seine perlenweißen Zähne zum Vorschein kamen, wussten wir gleich Bescheid: Es ging eine Frau mit nackten Beinen zum Strand. Ramo blinzelte dann, als redete er mit jemandem; in einem Frauenbein sah er tausend Träume Nacktheit; wenn in jener Nacht sein Körper der Versuchung erlag, wusch er ihn am nächsten Morgen an einem abgelegenen Felsen und löschte auf diese Weise das vom Teufel entfachte Feuer mit eiskaltem Wasser. Winter wie Sommer hielt er das so.

Als schließlich die Lasten nicht mehr von Hand transportiert werden durften, hatte Ramo ein bisschen was gespart. Von zu Hause schickten sie gerade mal nicht Brief um Brief, um Geld zu verlangen. Es war Winter. Ramo hütete Halils Sommerhaus und ging ein wenig den Fischern zur Hand. Da kam eines Tages Ramazan zu ihm und redete eifrig auf ihn ein. Weil zum Lastentragen nun ein Wagen und ein Esel nötig seien, müssten sie sich diese beschaffen, einen anderen Ausweg gebe es nicht.

Den Wagen werde er kaufen. Den Esel Ramo.

Neben dem Misthaufen des Gärtners Hristo hatte Ramazan einen wackeligen alten Holzkarren gesehen, den bekam er umsonst und reparierte ihn. Ramos Esel wurde im Sommer gekauft. Ganz grau und alt sah er aus! Dabei war er noch jung und ungebärdig.

Beim ersten Transport ging es bergauf, und

eigentlich schaffte Ramo dabei sowohl den Karren als auch den Esel hinauf. Auf dem Rückweg dagegen ließ der Esel den Wagen in solchem Tempo den Weg hinunterpoltern, dass Ramo nur staunen konnte.

Das ohnehin schon baufällige Gefährt zerbrach an einer Platane in zwei Teile, und als Ramo diese aufsammeln wollte, wurden vier und fünf daraus. Der Chef der Lastenträger hatte inzwischen Handwägelchen bauen lassen, mit denen die Waren bis zum Weg hinaufgeschafft wurden, wo die Träger sie dann wieder auf den Rücken luden. Eine «Interimslösung» nannte er das lächelnd; das Wort hatte er beim Bezirksvorsteher aufgeschnappt. Ramo stand nun da mit seinem Esel. Er band ihn auf dem Friedhof fest, wo er sich an duftenden Kräutern gütlich tun konnte, oder ließ ihn frei zwischen Kiefern herumlaufen. Verkaufen konnte er ihn nicht. Das wollte er dem armen Tier nicht antun, das er im Übrigen nach Herzenslust drosch und mit Flüchen überzog. Er bestieg den Esel ohne Sattel, und dann schoss dieser auch gleich los zu Anhöhen voller Unkraut und Disteln. Ramo war ein guter Reiter und ließ sich von dem Esel, der gern vom Trab in den Galopp verfiel, weit in der Gegend herumführen. Sobald Ramo aber im

Schatten eines Baumes verweilen wollte, strebte der Esel energisch davon und ließ Ramo mehr als einmal an einem Ast hängen bleiben oder warf ihn ganz einfach ab.

Im Winter bekam Ramo einen Brief von zu Hause.

«Es geht uns allen gut, wir beten für Dich», hieß es darin.

«Haso hat Deinen Bruder ins Bein geschossen. Er lag lange krank im Bett, jetzt ist er tot. Wir waren sehr traurig, aber was soll man machen? Dann ist der Esel krank geworden. Es hat ihm den Bauch aufgebläht, dann ist er krepiert. Du musst uns unbedingt Geld schicken. Wir kommen ohne Mann zurecht, aber nicht ohne Esel. Schick uns zehn oder fünfzehn Lira für einen neuen.»

Ramo ärgerte sich über den Brief. Das im Sommer verdiente Geld war aufgebraucht. Nachts ging er heimlich ins Haus einer Griechin und ließ das mit seltsamen Lasten verdiente Geld bei ihr. Ganz ohne Reue. Was sie ihm dafür gab, war mit Geld nicht aufzuwiegen. Er hätte ihr restlos alles gegeben, doch die Frau hatte ein Einsehen und nahm ihm stets nur ein paar Lira ab. Bis er nichts mehr hatte ... Dann ließ sie ihn trotzdem ins Haus und kitzelte ihn und zog ihn am Schnurrbart. Ramo tat nichts weiter, als seine vier Wörter Griechisch und jene seltsamen Laute wiederzugeben, wie sie Mensch und Tier nun mal gemein sind. So verging der Winter.

Fünfzehn Lira waren eine Menge Geld. Der bulgarische Milchmann, der Ramo den Brief vorlas, hatte eine Idee.

«Ramo, was grämst du dich? Wenn von euch mal einer heimwill, dann gib ihm doch den Esel mit!»

In Istanbul waren die Leute aus Ramos Heimat alle vom gleichen Schlag: gesund und stark. Nur für Memo, den Müllmann, konnte Ramo nicht einstehen.

«Dass so einer von uns abstammt!», brachte Ramo einmal in einem ganzen Satz hervor.

Memo war ein schmächtiges, kränkliches Kerlchen, von Heimweh zerfressen, und ohne jedes bisschen Geld. Ramazan holte ihn aus der Stadt, und gemeinsam unterhielten sie sich unter einem Baum.

Am folgenden Morgen stieg Memo in Pendik[36] auf Ramos Esel und machte sich auf den Weg. Während der Esel am Gleis der Bagdad-Bahn entlanggaloppierte, fuhr gerade der Ankara-Express mit rauchendem Schlot in Richtung Tuzla.[37] Memo und der Esel verschwanden in den Dampfwolken und bald danach hinter einem Hügel. Ramo kehrte erleichtert zur Anlegestelle zurück. Er atmete auf.

Drei Jahre später bekam Ramo aus der Heimat den Bescheid, der Esel sei unversehrt im Dorf eingetroffen. Ruckelnd wog er das Bündel auf seiner Schulter ab, dann ging er den steilen Weg hinauf.

Zum ersten Mal ließ Ramo beim Lastentragen einen Gedanken zu, einen Gedanken wie einen Traum.

Eine große Wiese mit einem Baum in der Mitte. Unter dem Baum sitzt Memo. Der Esel ist an den Baum gebunden und weidet. Es wird Nacht. Memo ist hungrig und müde. Stundenlang hat er nach einem Dorf gesucht, in dem er sich satt essen könnte, aber vergebens. So beschließt er, auf der Wiese zu übernachten, und streckt sich ins Gras. Und so geht es Tage und Nächte. Über die tausend Nächte von drei Jahren hinweg.

Ramo musste lachen, und da spürte er plötzlich auf dem Rücken die ganze Last der hundertzwanzig Kilo. Ach!

«Wie viele Minuten noch?», fragte ich.

Als hätte er nicht gleich begriffen, fragte er zurück: «Bis wann?»

Verblüfft starrte ich ihn an. «Bis die Stunde um ist!»

«Ach so!»

Darauf zog er die große silberne Taschenuhr heraus. Widerwillig wandte er den Blick von der Tafel ab und sah bedächtig und zugleich furchtsam auf die Uhr. «Noch siebzehn Minuten.»

Der Herbstnachmittag ergoss sich ins Klassenzimmer. Unbekümmerte Fliegen umschwirrten die großen Fenster und den Biologielehrer und begatteten sich nach Lust und Laune, sodass der Samen, von dem der Lehrer die ganze Zeit sprach, im gleißenden Licht herumzutänzeln schien.

Von hinten erhielt ich einen heftigen Stoß. Unwirsch drehte ich mich um und bekam zu hören: «Frag ihn, wie lang es noch dauert!»

«Frag ihn selber, ich hab gerade schon gefragt.»

«Arschloch!»

So wandte ich mich wieder meinem konzentriert lauschenden Banknachbarn zu. «Du, Celil, hör mal, was meinst du, wie lange noch?»

Fast hätte der Junge schon wieder gefragt, was ich meine, doch als er meinen Blick sah, kam er von selbst drauf. Unwillig holte er die Uhr heraus. «Noch zwei Minuten.»

So ging es in jeder Stunde. Da er als Einziger eine Uhr besaß, musste er diese immer wieder aus der Westentasche ziehen und dann in getragenem Tonfall bekannt geben: «Noch zehn Minuten... Noch fünf Minuten... Noch zwei Minuten... Es ist so weit.»

Eine Schulstunde dauerte damals fünfzig Minuten. Ich kann mich erinnern, wie er einmal ebenso ungeduldig wie verlegen nach hinten rief: «Noch fünfundvierzig Minuten.»

Er entledigte sich dieser lästigen Pflicht mit der gleichen Ernsthaftigkeit, mit der er auch seine Schulaufgaben machte und sich auf Prüfungen vorbereitete. Dass er aus eigenem Antrieb auf die Uhr sah, erlebte ich nur während der großen Pause. Allenfalls in der letzten Studierstunde konnte es vorkommen, dass seine feinen, hübschen Züge sich trübten und er schließlich mit traurig-müdem Blick die Uhr hervorholte.

Ich selbst fragte ihn nur am ersten Tag nach der Zeit und dann nicht mehr, denn mir gab er von sich aus Auskunft.

Ich fragte ihn nicht einmal während der Geometriestunden, von denen ich so wenig begriff, dass meine Chancen auf eine Versetzung allmählich zerbröckelten und mich tiefe Verzweiflung ergriff. Selbst die größten Faulpelze bemühten sich, in Geometrie einigermaßen mitzukommen, sodass die Zahl der Frager abnahm. Nur ich döste dumpf vor mich hin.

Wieder einmal saßen wir in Geometrie, und ich zerbrach mir lange den Kopf, welches Element der Aufgabe mich wohl aufgeben lassen würde. Da ich die Lösung nicht fand, wandte ich mich an Celil.

Dem braungebrannten Gesicht des Jungen sah man die schnelle Auffassungsgabe an. Ich berührte ihn wie unabsichtlich an der Schulter. Lächelnd schaute er mich an. Irgendetwas in seinen Augen entsprach einem der Winkel an der Tafel.

«Schau, der eine Außenwinkel dieses Dreiecks entspricht der Summe der beiden Innenwinkel, und zwar weil …» Er hielt inne. Und dann sagte der Junge, der mir nie etwas abschlug und mir in

Studierstunden mit sanfter Gewalt Nachhilfe in Geometrie gab: «Na ja, das erkläre ich dir später; jetzt sehen wir erst mal auf die Uhr.»

Mit einer anrührend schlichten Geste holte er die Uhr mit seinen langen, kräftigen Fingern aus der Westentasche. Sein trauriger Blick fiel in beklemmender und doch auch wieder belustigender Art auf das Zifferblatt und ruhte dort eine ganze Weile. Im Geiste war Celil offensichtlich bei der Geometrie.

Ich wurde ungeduldig. Der Lehrer sah uns beide an. Da richtete Celil seine sanften Augen auf mich und sagte: «Ich habe sie wohl nicht aufgezogen. Sie ist stehen geblieben.»

Er versuchte sie aufzuziehen, doch schien die Feder durchzudrehen.

«Ich glaube, die Feder ist kaputt», sagte er.

Ich ging nicht weiter darauf ein und vernahm an diesem Tag zum ersten Mal bewusst eine Geometrielektion aus dem Mund des Lehrers. Und das gefiel mir sogar.

Nach Geometrie hatten wir Psychologieunterricht. Emotionslos erzählte der Lehrer uns von Emotionen. Er war schon ziemlich alt und seine Stimme noch älter. Die Gefühle, um die es in seinem Unterricht ging, waren bei ihm selbst längst erloschen. Ein im Grunde genommen angenehmes Fach wie Psychologie durfte nicht so unendlich monoton unterrichtet werden. Die Beispiele des Mannes waren schlecht, seine Vergleiche meist furchtbar weit hergeholt.

So ergingen an meinen Banknachbarn mehr und mehr Anfragen nach der Zeit; von nah und fern wurde ihm zugeflüstert. Er sagte immer nur mit kaum hörbarer Stimme: «Die Feder ist kaputt.»

In der letzten Reihe saß ein externer Schüler, der sich im Unterricht nur selten blicken ließ. Obwohl wir vermutlich gleichaltrig waren, wirkte er auf uns schon sehr männlich. Seine Art zu reden und zu rauchen erinnerte an die uns fremden Gestalten, von denen die Kaffeehäuser bevölkert waren. Seine Manieren hatte er von der Straße, und nicht gerade von einer guten Straße. Mit seiner unangenehm rauen Stimme röhrte er plötzlich nach vorn, als wollte er dem armen Lehrer demonstrieren, was unkontrollierte Emotionen sind: «Mensch, Celil, wie viele Minuten noch, verdammt noch mal?»

Mein Banknachbar lief rot an. Angewidert drehte er sich um und warf dem Schüler in der letzten Bank einen langen, hasserfüllten Blick zu. Trotz seiner sanftmütigen Art hätte er auf jenen wohl eingeprügelt, hätte der Lehrer ihn nur gelassen. Diesem wurde es nun zu viel. Mit bleichem Gesicht sagte er, um Höflichkeit bemüht: «Celil, mein Junge, würdest du bitte auf die Uhr schauen? Ich möchte nämlich auch gerne wissen, wann ich diese Klasse verlassen darf.»

Verlegen stand Celil auf. «Herr Lehrer, bei meiner Uhr ist die Feder kaputt.»

Nach kurzer Pause rief der Junge von ganz hinten und hielt sich dabei für Gott weiß wie originell: «Oje oje, die Feder kaputt! Feder-Celil! Feder! Feder!»

Und sogleich hieß es von allen Seiten: «Feder! Feder!»

Dass dieser Spitzname nach dem Unterricht derart um sich greifen würde, hätten weder Celil noch ich gedacht. Und doch hatte Celil, schon als er ihn zum ersten Mal hörte, eine böse Vorahnung.

Der Name Celil geriet binnen weniger Tage in Vergessenheit. Und ich konnte von da an meinen Kameraden mit dem traurigen Blick weder «Feder» noch «Celil» rufen. «Celil» ging deshalb nicht, weil die ganze Klasse ihn «Feder» nannte. Und «Feder» ging aus genau demselben Grund ebenfalls nicht.

Wenn andere ihn bei diesem Namen riefen, senkte er nur den Kopf, scheinbar ohne zu zürnen. Beim ersten Mal reagierte er jeweils absichtlich nicht, doch beim zweiten oder dritten Mal wandte er sich um, nicht wütend, aber voller Widerwillen, ohne Antwort zu geben.

Einmal, in der letzten Studierstunde, stand er von seinem Platz neben mir auf, um einem anderen Kameraden bei den Hausaufgaben zu helfen, und da sah ich auf der Bank die Reinschrift des Briefes liegen, an dem er schon die ganze Zeit geschrieben und herumkorrigiert hatte. Obwohl ich wusste, dass sich das nicht gehörte, schielte ich hinüber und las den Brief, ohne ihn zu berühren, so als ob der Junge noch an seinem Platz säße.

«Verehrter Vater,
Euren Brief vom achten des Monats habe ich bekommen. Ihr könnt Euch nicht vorstellen, wie sehr ich mich darüber gefreut habe. Hier war jetzt lange schönes Wetter, aber gestern hat sich der Himmel plötzlich überzogen, und es hat in Strömen geschüttet. Seit dem Regen ist die Nilüfer-Ebene, auf die ich von meinem Fenster aus blicke, noch schöner. Wenn sie morgens wie ein Meer vom Nebel bedeckt ist, erinnert sie mich an mein heimatliches

Gemlik, und dann sehne ich mich nach Euch und der ganzen Familie. Dem Unterricht folge ich so gewissenhaft, wie Ihr es mir empfohlen habt. Lieber Vater, seid mir nicht böse, wenn ich noch auf etwas zu sprechen komme. Die Uhr, die Ihr mir bei Eurem Besuch hier in der Schule geschenkt habt, ist nämlich kaputt gegangen. Nicht die ganze Uhr, aber ein metallenes Teil darin ... Dieses Teil, das so geschwungen und gebogen ist ... Das jedenfalls ist kaputt. Falls diese Woche jemand nach Gemlik fährt, gebe ich ihm die Uhr mit. Ich brauche sie auch gar nicht, die Schule ist voller Uhren. Lasst sie reparieren und benutzt sie dann lieber selbst. Herzliche Grüße an meine liebe Mutter.

Euer Sohn Celil»

UNTER DECK

Wenn das Wetter am allerschönsten ist, die Möwen vergnügt übers Wasser segeln, am Horizont die Luft erzittert und der Wind dahinhaucht wie der Atem eines schlafenden Kindes, dann steht das Unterdeck auf den Stadtdampfern meist leer.

Der Mann ging ganz nach unten, warf seine Jacke auf eine Bank, holte sein Zigarettenpäckchen aus der Hosentasche, legte es daneben und danach sorgfältig die Zündhölzer obenauf. Dann ließ er an sich vorbeiziehen, was ihm gerade in den Sinn kam: Villen, Apartmenthäuser, Vergnügungslokale, Frauen, Wintertage, Kinder, die er gerne mochte, Vögel, Ameisen, Frösche und ihre Sommerkonzerte, Sonnenfische, die zappelnd an der Angel hingen.

Noch zeigte sich niemand auf der Treppe, die zum Unterdeck hinabführte. Später würde der eine oder andere sie halb hinuntersteigen, mit der Hand über die Polster der Ersten Klasse fahren, einen Blick auf die mit verschossenem Leinen bezogenen Bänke werfen und dann wieder umkehren und lieber den Fahrtwind genießen, wenn der Dampfer messergleich durch den heißen Sommertag schnitt. Oder es würde jemand müde, ja bedrückt hinunterschleichen, die Schuhe ausziehen und sich irgendwo der Länge nach ausstrecken.

Wind und Meer glänzten violett herein und rotierten an der weißen Decke wie Ventilatorschatten. Auf die Nase, die nackten Arme und den schier lustvoll offen stehenden Mund des Mannes setzten sich ungeniert Fliegen, die jener nur durch zuckendes Mienenspiel verscheuchte, ohne sich je zu einer Handbewegung hinreißen zu lassen. Er dachte über die Fliegen nach. Irgendwo hatte er gelesen, dass Fliegen pro Sekunde dreihundertfünfzigmal mit den Flügeln schlugen. Versuchte nicht er, dreihundertfünfzigmal pro Sekunde das Leben zu lieben, jemanden zu streicheln oder sich an Honig zu laben?

Da stand plötzlich ein Mann auf der Treppe, gut rasiert, etwa Mitte sechzig, mit einer Vielzahl von Einkäufen beladen. Obwohl er sehr müde wirkte, trug er nicht die gelbliche Leidensmiene zur Schau, wie müde Menschen sie oft an sich haben. Er lächelte, denn er war zwar müde, aber zufrieden. Er stieg herab und setzte sich genau dem Mann gegenüber, der ganz in dem Schattenspiel befangen war, das oben an der Decke Meer und Sonne aufführten. Beim Hinsetzen seufzte er tief auf. Es war dies aber nicht der Seufzer eines Menschen, der die Last des Lebens nicht mehr zu tragen vermag, sondern der typische Seufzer eines Bewohners der Prinzeninseln[38], der sich an einem heißen Sommertag in die verschmutzten, schönen Straßen des herrlichen Istanbul aufmachen musste, um sich mit billigem Kram einzudecken.

«So was von müde! Aber so was! Tja, was kann man schon verlangen, mit fünfundsechzig? Da kann man nicht mehr wie ein Junger!»

«Ach, wissen Sie, bei der Hitze, da müsste man schon ein Kind sein, um nicht müde zu werden.»

«Über dreißig soll es haben. Steht wenigstens in der Zeitung.»

«Hat es bestimmt. Sogar den Vögeln ist es zu heiß.»

«Nur diese Fliegen werden nicht müde.»

«Ich habe gelesen, dass Fliegen in einer Sekunde dreihundertfünfzigmal mit den Flügeln schlagen. Insekten sollen ja ungeheure Muskelkraft haben. Ein gerade mal ein Gramm schweres Insekt soll in der Lage sein, mit dem Schnabel ein zweihundert Gramm schweres Eisenlineal aufzuheben.»

«Man sieht es ja auch bei Ameisen, was die alles fortschleppen können! Sachen, die schwerer sind als sie selber. Diese Kraft!»

Sie schwiegen eine Weile.

«Wo wohnen Sie denn?»

«Auf Burgaz[39].»

«Keine schlechte Insel.»

«Was den Ausblick angeht, ganz sicherlich.»

«Ich weiß schon, was Sie meinen. Man findet kaum jemand zum Reden dort. Sprechen ja fast alle nur Griechisch. Unser Sohn hat dort im Sommer mal einen Monat verbracht. Ist die ganze Zeit kein einziges Mal rüber in die Stadt, weil er ein bisschen was ansetzen wollte. Und als er wieder zurückkam, was hat er da geplaudert mit uns, obwohl er doch sonst kaum den Mund aufbringt! Da frage ich ihn: ‹Was ist denn mit dir los, Nurettin?› – ‹Ach Vater, es ist ja nur, weil ich einen Monat lang kein Türkisch geredet habe!›»

Der alte Mann erzählte dann von seiner letzten Beamtenstelle, von seinen Kriegserlebnissen an den Dardanellen[40] und schließlich von seiner Zeit in Ankara. Sein Gegenüber wurde indessen müder und müder und bekam zwar noch mit, dass der alte Mann in der Stadt zuerst seine Rente abgeholt und dann eingekauft hatte, aber irgendwann hörte er nicht mehr richtig zu, sondern ließ die verschiedenen Zeiten und Ereignisse und den Tagesablauf des alten Mannes eher wie einen Film oder einen Traum an sich vorüberziehen. Dass der Dampfer schließlich an eine Anlegestelle heranfuhr, dass das schillernde Leuchten an der Decke wie eine Seifenblase zerplatzte und es im Unterdeck auf einmal viel dunkler und kühler war, bekam er gar nicht mit.

Der alte Mann sagte noch «Auf Wiedersehen!», dann war er auch schon weg.

Dem anderen Mann, der nun allein dalag, hinterließ er seinen Sohn Nurettin, seine Tochter Kevser, den Grabenkrieg an den Dardanellen, die Tapferkeitsmedaille, die Beamtenjahre in Ankara, die Einkäufe in Mahmutpaşa[41] und seinen Schwiegersohn. Auf der Insel Kınalıada, wo der alte Herr ausgestiegen war, sah der Mann vom Dampfer aus ein Haus mit kleinen Türmchen, das in der Abendsonne glänzte. Sobald der alte Mann unten an der Straße auftauchte, lief ihm eine Schar kleiner Kinder entgegen. In einem seiner Einkaufspäckchen war Schokolade, in einem anderen eine schwarze Sonnenbrille, für Nurettin.

Und was ist da noch drin?

«Ah, ein Badeanzug. Ist der süß!»

Er zieht seine Pantoffeln an. Mit dem Wasser,

das man am Brunnen für ihn geholt hat, wäscht er sich die Füße. Von seinem Fenster aus blickt der alte Mann auf die Lichter des Bosporus, und in einem Traum, in dem die fünfundsechzig Jahre seines Lebens auf fünfundsechzig Sekunden zusammenschrumpfen, wartet er darauf, dass sie ihn zum Abendessen rufen. Die Geschenke sind längst vergessen. Einsamkeit und Alter haben sich im Schiffstempo auf einen unbekannten Weg gemacht.

«Vater, Vater, Essen!», rufen sie. «Essen!»

Der Vater ist aus dem offenen Fenster davongeflogen.

WELT ZU VERKAUFEN

Zum ersten Mal im Leben würde Emin einen Diebstahl begehen. Er war zwar nur ein kleiner Beamter, doch auf einem Posten, der sich für dergleichen eignete.

Dreimal, nämlich als er heiratete, als seine Frau starb und als sein Kind geboren wurde, war ihm in den Sinn gekommen, in seinem Haus einen Wohlstand einziehen zu lassen, wie er ihn nicht kannte und sich ihn nicht einmal vorzustellen vermochte. So Lebensnotwendiges wie Brot und so Überflüssiges wie ein Grammophon war ihm damals im Kopf herumgespukt, hatte mehrfach Ort und Funktion gewechselt, bis Emin schließlich jegliche Entscheidung unmöglich wurde. Alle drei Male hatte er im Wachzustand gesehen, was ihm früher als Kind, wenn er hungrig zu Bett musste, im Traum erschienen war. Der Wunsch zu stehlen war nur ein leises Verlangen gewesen. Dennoch hatte er damals süßere, unerträglichere Minuten verbracht als nun, da er zum Stehlen fest entschlossen war. Auch diesmal war es nur ein leiser Wunsch.

Als sein damals geborenes Kind sieben Jahre später im Sterben lag, kam der Wunsch erneut in ihm auf, erneut leise, dann aber plötzlich ganz heftig, ja anfallsartig, sodass er sich gerade noch in eines der verspiegelten Kaffeehäuser retten konnte, die sich am Kai aneinanderreihten.

Es war ein goldgelber Nachmittag. In den Straßen wimmelte es vor Menschen. Verloren liefen hübsche Mädchen herum.

Mit Mühe erreichte er also das Kaffeehaus. Von einem Tisch aus riefen ihm zwei Männer zu: «Komm, Emin, spielen wir eine Runde Fitil[42]!»

Es gab nichts, was Emin über einer Partie Fitil nicht hätte vergessen können. Er regte sich nämlich beim Spielen fürchterlich auf, fluchte wie ein Müllkutscher und bekam rote Ohren wie ein kleiner Junge.

Seine beiden Mitspieler hielten ganz offensichtlich zusammen. Emin merkte das von Anfang an, aber er spielte eisern weiter. Als die Partie verloren war, blies er sich die Zigarettenasche von der zerschlissenen Hose und rief: «Für wie dämlich haltet ihr mich denn? Ihr mogelt, und ich soll zahlen, was? Den Teufel werde ich tun!» Und schon stürmte er hinaus.

Alle lachten ihm hinterher, der Wirt, die Kiebitze, und jeder war bereit, Emins Kaffee zu bezahlen, sogar seine Mitspieler. Es ging ja nur darum, mit Emin Karten zu spielen, wer redete da von Geld?

Während solch einer Partie Fitil hatte Emin völlig vergessen, dass er aus Schmerz über sein todkrankes Kind eigentlich stehlen wollte, und war danach schnurstracks nach Hause gegangen. Seine Frau war seit vier Jahren tot. Um den Sohn kümmerte sich Emins alte Tante. Der Kleine lag im Fieber. Ihm war ein Serum verabreicht worden, und eigentlich hätte bereits eine Besserung eintreten sollen.

Ein schmächtiger Arzt mit feinen Gesichtszügen und faltiger Haut saß an seinem Bett. Er roch stark nach Alkohol. Melancholisch blickte er auf die Kalligrafie an der Wand und fühlte dabei dem Jungen den Puls.

Dann stand er abrupt auf und kritzelte ein Rezept auf einen Zettel.

«Besorgen Sie das sofort und geben Sie ihm davon jede halbe Stunde. Das wird ihn beruhigen.»

Dann machte der Arzt sich so schnell davon, dass Emin nicht einmal Zeit fand, ihm die eilig von der Tante ausgeborgte Lira zu überreichen.

Der Apotheker mischte für vierzig Kuruş[43] das Medikament zusammen. Mit dem Restgeld kaufte Emin sich eine Flasche Branntwein, die er noch auf dem Weg leer trank. Alkohol war er nicht gewohnt, und so schien es ihm, als sei er in eine Traumwelt gelangt. Wie lauwarmer Regen kam sehnend alles auf ihn zugetröpfelt. Die Schatten, die Laternen, die Menschen, das Meer, die Dampfer, alles lag in einer öligen Masse reglos bereit und wartete auf seinen Befehl.

Der Junge lebte zwar am nächsten Morgen noch, doch sein Gesicht war maskenhaft erstarrt, wie bei Menschen, die in eine andere Welt aufbrechen. «Mit unseren schönen, verlorenen Alltagsgesichtern haben wir dort keinen Zugang», sinnierte Emin.

Wie scheinbar gleichmütig er das konstatierte... Unendlich fern erschienen Emin manche Tage, an denen der Junge ihm abends entgegengelaufen war und ihm das Herz klopfte, sobald er ihn erblickte. Wohin war die herrliche Aura des Jungen entschwunden, die dem Vater die Seele gereinigt und ihn aus dem verregneten Istanbul in immergrüne Hochebenen und schneebedeckte Berge entführt hatte? Es war, als sei der todkranke Junge in dem Bett ein völlig anderes Kind.

Wieder kam Emin in den Sinn, Geld zu stehlen. Er musste schmunzeln. Was sollte das noch, wenn der Junge doch im Sterben lag? An jenem Tag hatte er so viel zu tun, dass er bis zum Abend nicht einmal Zeit zum Essen fand. Auf dem Weg nach Hause fühlte er sich von trüber, schlechter Luft umgeben. Etwas dröhnte in seinem Kopf, und jede Menge Unsinn fiel ihm ein. Mit einem Mal aber schien es, als würden sämtliche Fenster aufgerissen.

Gedanken schossen ihm durch den Kopf, und es war, als sei er plötzlich mit einer Welt in Kontakt, die ihn spüren ließ, dass er lebte, fühlte und dachte.

Blitzartig ging das vor sich. Bis hin zum Horizont schien alles von einem blauen Leuchten erfüllt. Doch kaum war diese Sekunde vorbei, fiel ihm wieder ein, dass zu Hause sein sterbenskrankes Kind lag. Ihn durchfuhr ein unbeschreiblicher Schmerz. Wehmütig dachte er an die kleinen Schuhe des Jungen, an seine stets rabenschwarzen, schwächlichen Knie, seine am Hintern geflickte Hose, an die so zarten Handgelenke, bei deren Anblick es ihm jedes Mal einen Stich gab, an den Mund voller schlechter Zähne, an sein Gesichtchen, das manchmal ganz unverhofft aufblühte und dann hübsch anzusehen war. Und wie der Junge immer an seinen Beinen emporgeklettert war …

Sein Verstand arbeitete nun auf Hochtouren. In rascher Folge lösten tausend kleine und große Erinnerungen einander ab. Manchmal wollte er einer davon nachgehen, sie zu einer Geschichte aufblähen, aber das war unmöglich. Oft vergaß er, was er eine Sekunde zuvor noch gedacht hatte, und wie jemand, der in Schlaf versinkt, vermochte er keinen Gedanken festzuhalten.

Er fand den Jungen tot vor. Die Nachbarinnen hatten Essen vorbeigebracht, das er mit seiner Tante schweigend einnahm. Aus dem Zimmer, in dem der Knabe lag, hörten sie eine Frauenstimme rezitieren.

Etwas rebellierte in Emin.

«Ich gehe noch mal raus. Luft schnappen.»

Doch Emin fand in Istanbul an jenem Abend nicht die Luft, die er suchte. Er war sechsunddreißig Jahre alt und von kräftigem Körperbau. Sein Gesicht konnte man geradezu als schön bezeichnen. In seinen weit geschnittenen, schäbigen Kleidern machte er den Eindruck eines starken, etwas schwermütigen, aber guten Menschen.

Er trieb sich fortan an der Galatabrücke herum. Ihm war auch der letzte Grund abhandengekommen, etwas zu stehlen, denn mit seinem Gehalt kam er nun aus. Seine einzige Freude bestand darin, abends Fitil zu spielen. Er rauchte nicht. Gab ihm jemand Raki aus – was meistens der Fall war –, trank er ihn. Er verfiel dann leicht ins Stottern. Dem edlen Spender hörte er jeweils aufmerksam zu. Da Leute, die einem Unerzählbares erzählen wollen, dafür auch gerne einen Raki ausgeben, kannte Emin bald sämtliche Kneipen der Stadt.

Was hatten diese braunen, staunenden Augen nicht schon alles zu hören bekommen? Wie viele Heldentaten, Sorgen, Liebesgeschichten und Niederträchtigkeiten … Allem, sowohl den Heldentaten als auch dem Niederträchtigen, hatte er staunenden Auges gelauscht und von nichts auch nur so viel verstanden, dass er es anderntags hätte weitererzählen können. Und da sollte er niemanden finden, der ihm Raki spendierte?

Fünf Jahre darauf starb seine Tante. Sie hatten gemeinsam in den zwei Zimmern eines Steinhauses auf der Anhöhe von Tophane[44] gewohnt. Die Tante hatte es als ihr Haus angesehen, obwohl Emin es hatte bauen lassen. Er hatte sich stets um seine Tante gekümmert, und doch war er in dem Haus eher stiefmütterlich behandelt worden. Das ging so weit, dass er die Tante fürchtete. Am meisten hatte jedoch seine Frau unter ihr gelitten.

Das zweite Zimmer vermietete er. Wenn er abends heimkehrte und sich ins Bett legte, kam es ihm vor, als habe er schon seit Jahren so gelebt. War alles nur ein Traum gewesen? Er hatte geheiratet und mit seiner Frau ein Kind bekommen. Wo waren die beiden bloß?

Eines Sommertages stopfte er Geld in eine Tasche und machte sich davon. Ein paar Tage später wurde er erwischt. Das Geld wurde zurückgegeben und Emin zur Gerichtsmedizin verbracht. Da man dort an seiner geistigen Gesundheit zweifelte, ließ man ihn frei.

Was er mit dem Geld vorgehabt hätte, verriet er zunächst niemandem. Erst als ein Gerichtsmediziner väterlich auf ihn einging, rief Emin aus: «Herr Doktor, Herr Doktor, ich wollte mir die Welt dafür kaufen!»

Bei dem Mann, der mit wirrem Haar und gutmütigem Blick in einer Ecke des Kaffeehauses sitzt, handelt es sich also um keinen Geringeren als um den Menschen, der die Welt kaufen wollte.

DER DORFLEHRER UND DER KUHHIRTE

Sobald an der Ecke die ersten Kuhköpfe auftauchten, liefen die Dorfkinder auch schon los. Die braunweiß gescheckten Kühe rissen ihre dicken, feuchten Lippen auf und muhten den Kindern und dem ganzen Dorf entgegen. Der junge Kuhhirte knetete seine schirmlose Mütze und schlich auf den Brunnen zu. Die Kühe wedelten mit ihren dreckverkrusteten Schwänzen über die Köpfe der nach Kuh und Erde riechenden Kinder und machten sich schwerfällig, aber munter lärmend auf den Weg zu den Lehmhäusern.

Auf dem Platz, wo unermüdlich das Wasser in den Trog rann, strich ich in meiner Eigenschaft als Schullehrer abends sowohl den Kindern als auch den Kälbern über den Kopf.

Wenn der kleine Kuhhirte mit seinen kräftigen Handgelenken, der krausen Stirn, dem rabenschwarzen Kopf und den wilden Augen pfeifend an mir vorüberkam, packte ich ihn an den kräftigen Handgelenken. Entwand er sich meinem Griff, fasste ich ihn bei seinem rabenschwarzen Schopf. Und ließ ich nicht locker, warf er mir einen Blick aus seinen wilden Augen zu. Schließlich machte er sich frei und rannte, die groben Schuhe bis zum Hintern hochreißend, davon.

Obwohl sich diese Szene Abend für Abend wiederholte, nahmen die alten Männer vor dem Kaffeehaus doch jedes Mal die Pfeife aus dem Mund und riefen lachend entweder mir oder dem Hirten etwas zu.

Der Junge hatte weder Vater noch Mutter. Ich wusste, in welchem Strohschuppen er hauste. Nur meinetwegen schlief er bei Mondschein unter irgendwelchen Apfelbäumen. Den ganzen Sommer über hatte ich mich bemüht, ihn abends abzufangen und ihm im Kaffeehaus eine Stunde lang Unterricht zu erteilen. Die ersten beiden Tage kam er aus freien Stücken. Er saß mit gesenktem Kopf da, ohne mich auch nur einmal aus seinen wilden Augen anzusehen, und hörte mir zu. Als ich am dritten Tag wieder im Kaffeehaus auf ihn wartete, blickte er mich durch die Scheibe an. Und er tat etwas, was ich ihm gar nicht zugetraut hätte: In regelrecht städtischer Manier streckte er mir die Zunge heraus.

Ich schnitt erst eine wütende Grimasse und stimmte dann in das Lachen der alten Männer ein. Schließlich aber packte mich der Ehrgeiz. Und wie ich den Jungen so Tag für Tag an seinen kräftigen Handgelenken fasste oder an den Haaren zog, merkte ich allmählich, wie in mir eine seltsame brüderliche Zuneigung zu ihm aufkeimte und immer neue Wurzeln schlug. Das ganze Dorf schien das mitzubekommen: Rückte die Stunde seiner Heimkehr näher, begann ich unruhig auf meinem Platz hin- und herzurutschen.

Es wurde Herbst. Über die Kastanienhaufen auf dem Dorfplatz gingen Regen und Nebel hernieder. Auf den Stacheln der Kastanienschalen bildeten sich mittags manchmal kristallene Tröpfchen. Große Vögel, vom Lärmen der Jäger verschreckt, zogen sich ins Dorf zurück und pressten ihr durchnässtes Gefieder ins Laub. Ein paar kranke Straßenhunde kauerten sich vor der Schultür zusammen und wurden morgens von den Kindern gestreichelt. Als ich erfuhr, dass diese Hunde dem Sohn des Bürgermeisters verhasst waren, verlor ich die Achtung vor ihm, mochte er auch noch so intelligent und reinlich sein.

Der Schüler Hasan aus einem Dorf in den Bergen brachte für die Hunde in seinem Proviantsack georgisches Schwarzbrot mit, und hatte es bei ihm oben schon geschneit, legte er uns einen schmutzigen Schneeball auf den Katheder. Dann standen wir um das seltsame Etwas herum, das bei uns noch als Regen, in Hasans Dorf aber schon als Schnee herniederging und bald auch hier alles bedecken würde.

Im Herbst starb auch jener kranke Junge, für dessen Genesung ich zwei Monatslöhne aufgewandt hatte. Daraufhin vermochten mich kein Wissen und keine Intelligenz mehr zu interessieren. Ich vergaß sogar, in dem kleinen, nach Atemdunst und Stall riechenden Schulraum die Fenster zu öffnen und die Bergluft hereinzulassen. Bei schönem Wetter brachte ich den Kindern nichts mehr über die Bäume bei und wollte auch nichts mehr über sie selbst erfahren, über ihr Leben, ihren Hunger, ihren Kummer.

Zusammen mit meinem kranken Schüler war mir das ganze Dorf begraben worden, und ich hatte ein Schäufelchen Erde hinterhergeworfen. Wie sehr ich den Jungen gemocht hatte!

Es war schon seltsam, mit anzusehen, wie sich der Nebel über unser Dorf hermachte. Vom fernen Gipfel des Bergs Katırdağ, der uns die Sterne halb verdeckte und den Mond so spät aufgehen ließ, kam eine Nebelkarawane heruntergezockelt, ständig schiebend und stoßend, und als sie sich in der Ebene verbreitete, schien der Nebel eine Weile fast verschwunden. Der Katırdağ zog sich an den Horizont zurück. Und dann, nach ein paar Minuten, sahen wir einander plötzlich nur noch auf zehn Schritte. Dafür aber doppelt so groß wie sonst. Das war kein Nebel mehr, das war eine regelrechte Wolke. Somit hatten wir unsere Ruhe. Den ganzen Winter über konnten wir auf diese Weise einiges voreinander verbergen. Unsere Sorgen, unseren Hunger, und mancherlei Niedertracht... Keiner wusste, wie es dem anderen ging, und man fragte auch nicht weiter nach. Ganz selten einmal klarte es kurz auf, und ein blauer Himmel stand über dem Dorf. Wenn sich zwei begegneten, hieß es:

«Hast ganz schön abgenommen!»

«Ist nicht zu übersehen.»

«Wie geht's euch denn so?»

«Ging schon mal besser.»

«Tja...»

Dann senkte sich vom Berg schon wieder eine Wolke herab.

Den Kuhhirten sah ich nie, und vor lauter Nebel, Unterricht und Sorgen war ich so wirr im Kopf, dass ich kaum an ihn dachte. Doch eines Tages stand er wieder da. Der Unterricht war soeben zu Ende gegangen, und wie durch ein Wunder herrschte schönes Wetter. Ich machte das verdrossene Gesicht, das mir stets aus dem Spiegel entgegensah, wenn ich an Nebeltagen Trübsal blies. So hatte ich denn auch keine Lust, auf die Straße zu gehen. Was hätten sie draußen schon groß zu mir gesagt?

«Sie sehen aber elend aus, Herr Lehrer...»

«Na und, Sie vielleicht nicht?!»

Was uns die Sommersonne an Gesundheit geschenkt hatte, sog der Nebel komplett auf wie ein Schwamm.

Der Kuhhirte sagte: «Ich will was lernen.»

«Warum?»

«Weil das besser ist. Mir ist am Abend langweilig.»

«Na gut.»

Und er lernte tatsächlich. Und staunte monatelang über alles Mögliche. Kuchen... Schokolade... Zeitschrift... Autor... Dampfer... Schiffsdeck... Schwertfisch...

Was mühte ich mich nicht ab, diesen und noch ganz anderen Wörtern aus ihrer Sinnlosigkeit heraus zu einem Sinn zu verhelfen!

Soso, ein Autor schrieb also. War dann der Bürgermeister auch ein Autor? Und war ich ein Autor? Und würde er selbst nach einem Monat ein Autor sein? Und wenn er dann Autor wäre, würde er dann jeden Tag Schokolade essen können wie die, die ich ihm einmal aus der Stadt mitgebracht hatte?

Um ihm den Unterschied zwischen einem Buch und einer Zeitschrift zu erklären, brauchte ich geschlagene zwei Stunden.

Was mich der Junge Nerven kostete! Als ich ihm sagte, nein, Pasta sei nicht das Maisbrot, das er einmal im tscherkessischen Nachbardorf gegessen habe, sondern eine Art Baklava[45], wie man sie in den großen Konditoreien von Istanbul und Ankara backe, glaubte er mir kein Wort.

Der Schluss, den er daraus zog («In Istanbul backen sie Baklava aus Maismehl»), machte schnell die Runde, und ich wurde zum Gespött des Dorfes.

In einer Zeitung lasen wir, es seien in dem Jahr nur wenige Schwertfische gefangen worden. Worauf er fragte, ob Schwertfische wirklich Schwerter hätten? Und ob sie damit Leute abstachen? Oder ob ein Schwertfisch einfach ein Draufgänger sei?

EIN ÜBERFLÜSSIGER MENSCH

Aus mir ist ein merkwürdiger Kauz geworden. Ich will keinen mehr sehen, keiner soll bei mir läuten, nicht einmal ein Postbote; dabei sind das doch die angenehmsten Menschen der Welt... Es gefällt mir in meinem Viertel, und zwar so gut, dass ich es seit sieben Jahren quasi nicht verlassen habe. Es weiß auch keiner meiner Freunde, wo ich wohne. Was ich mein Viertel nenne, sind gerade mal ein paar Straßen, und wenn man nicht mitzählt, dass ich alle drei Monate nach Karaköy[46] fahre, um Ladenmiete zu kassieren, dann bin ich wirklich seit sieben Jahren ununterbrochen hier.

Mein Viertel besteht aus drei Parallelstraßen, einer alle drei kreuzenden Querstraße und meiner eigenen Straße, einem Sträßlein eigentlich mehr, das etwas abseits liegt. Ihrer Bedeutung nach habe ich die Straßen durchnummeriert: Eins, Zwei, Drei und Vier. Meiner eigenen Straße habe ich keine Nummer gegeben; das habe ich nicht übers Herz gebracht.

Im Erdgeschoss meines Hauses ist ein Milchgeschäft, gegenüber sind zwei Schreiner. Schreiner haben von mir noch nie Arbeit bekommen. Ich kann mich nur wundern, wie sie überleben. Bis zum Abend sind sie durchgehend beschäftigt. Nicht jeder ist also wie ich, dass er achtundvierzig Jahre alt wird und nie einen Schreiner braucht. Ich kann fast nicht glauben, dass in Istanbul Leute wohnen, die etwas schreinern lassen. Und wer weiß, wie viele Schreiner es gibt, in so einer riesigen Stadt?

Kaum bin ich morgens auf, ziehe ich auch schon los ins Kaffeehaus. Blitzsauber sind die sieben, acht Tische dort. Die Leute kommen und gehen ohne viel Aufhebens. In einer Ecke wird Karten und Schach gespielt. Die Wirtin, halb Jüdin, halb Europäerin, ist eine herzensgute Frau. Wenn ich den Raum betrete, sage ich immer gleich: *«Bonjur madam.»* Und sie erwidert: *«Bonjur, mösyö, komantalewu?»*[47]

Ich sage etwas Passendes darauf, aber damit begnügt sie sich nicht. Sie überzieht mich mit einem Schwall vermutlich liebenswürdiger französischer Wörter, von denen ich manche verstehe, andere nicht. Ich sage dazwischen so oft *«vıy»*, wie ich es für angemessen halte, und damit ihr von dem *«vıy, vıy»* nicht ganz schwindlig wird, platziere ich hie und da auch ein *«no»*.

Wir verstehen uns ausgezeichnet. Sie drückt mir dann eine französische Zeitung in die Hand, in der ich mir vor allem die Bilder anschaue. Manchmal versuche ich auch etwas zu lesen. Die Wörter, die ich nicht verstehe, schreibe ich mir auf einen Zettel und schlage sie daheim im Wörterbuch nach. Wenn ich am nächsten Morgen den gleichen Artikel wieder lese, denke ich mir oft: «Verdammt!»

«Ön kapuçina?», fragt mich die Wirtin.

«Gerne», sage ich zunächst und schiebe dann mein *«Sesa!»*[48] hinterher. Da freut sich die Wirtin. Auf Deutsch erzählt sie mir anschließend, wie sie ihren *kapuçina* zubereitet.

Gegen elf Uhr gehe ich das Stückchen zur Trambahnlinie hinauf, biege nach links ab und stehe nach einem Dutzend Schritten vor einer Buchhandlung. Dort kaufe ich eine französische Illustrierte. Mit der Illustrierten unter dem Arm biege ich sogleich in unsere Straße ab. Ah, tut das gut! Die Menschen sind anders bei uns in der Straße, nicht so wie die Menschen in der Trambahnstraße. Vor den Trambahnstraßenmenschen fürchte ich mich.

Meist habe ich um diese Zeit keine große Lust auf Essen. Bei uns im Viertel gibt es einen Kutelverkäufer. Er hält seinen Laden schön sauber, und gute Kuttelsuppe macht er auch. Kein Vergleich mit den anderen, schmuddeligen Läden. Die Schüsseln bei ihm sind wundervoll altmodisch, seine Kutteln weiß wie Schnee.

«Sauer, Herr Mansur?»

«Sauer, Bayram.» Ich nenne jeden Kuttelverkäufer Bayram, ob er nun so heißt oder nicht.

«Mit Essig und Knoblauch, Herr Mansur?»

«Heute lieber nicht. Das letzte Mal habe ich Blähungen bekommen. Der Junge soll eine Zitrone holen.»

«Von Ihrer Zitrone von neulich ist noch die Hälfte da.»

«Ach nein, wirklich?» Ich freue mich wie ein Kind, dass die Zitronenhälfte noch da ist, und Bayram freut sich wie ein Kind, dass er sie aufgehoben hat. Er freut sich, dass ich mich freue.

«Soll ich die Hälfte ganz ausdrücken, Herr Mansur?»

«Ja, drück nur, Bayram, damit es schön sauer wird.»

Ich löffle die saure Suppe, dann gehe ich in mein Zimmer hinauf. Ich nehme mir vor, mit Hilfe des französischen Wörterbuchs die Bildunterschriften in der Illustrierten zu entziffern, und schon schlafe ich ein. Schlag halb fünf werde ich wieder wach. Halb fünf ist meine Spaziergangszeit. Ich gehe aus dem Haus, dann nach rechts, über Straße Nummer eins, bleibe auf dem linken Bürgersteig, ohne die Trambahnstraße zu überqueren, und biege in Straße Nummer zwei ein, eine Parallelstraße der Nummer eins.

Es ist eine enge, schmutzige Straße. Auf der rechten Seite kommt erst eine Bar, dann eine Bäckerei und schließlich ein Gasthaus. Ich habe den Eindruck, dass es in dem Gasthaus auch verbotene Früchte gibt. Abend für Abend sieht man die gleichen seltsam melancholischen Gäste, Männer und Frauen. Vielleicht essen sie Rattenfleisch, Frosch-, Krähen-, Katzen-, Hunde- oder gar Menschenfleisch? Bin ich am Gasthaus vorbei, stehe ich schon am Anfang unserer Straße. Ich gehe nach rechts und grüße die Obsthändlerin, und sie grüßt zurück. Sie hat ziemlich schöne Augen. Nun weiß ich nicht, ob ich nach rechts abbiegen soll oder nicht. Warum ich zögere?

Nun, es ist so: Das ist hier einer meiner Abendspaziergänge. Wenn man spazieren geht, sieht man umher, bleibt auch mal vor einem Schaufenster stehen, schaut jemandem ins Gesicht und bewegt sich in gemächlichem Tempo. Das alles kann ich hier nicht. Sobald ich hier einbiege, renne ich gesenkten Kopfes geradeaus und tue so, als sei ich verärgert und käme nur notgedrungen durch diese Straße. Und warum? Genau, das wollte ich erzählen.

Also, in einem der Häuser hier wohnt ein jüdisches Mädchen, ein recht leichtfertiges, hübsches Ding (nun gut, an einem Auge hat sie irgendwas, aber das macht ja nichts!). Ihre Hände sind so schön knubbelig, dass man Haselnüsse auf ihnen aufreihen könnte (wie alte Frauen es manchmal ausdrücken), und wenn ihr Gewand oben ein bisschen aufklafft, kann man ihre großen Brüste erahnen. Nun, jedenfalls sitzt sie oft am Fenster und näht. Manchmal steht sie auch an der Tür und hält stundenlang Ausschau, bis sie jemanden zum Schwatzen findet. Sie hat stämmige Beine, auf denen sie sicher steht. So eine dunkle jüdische Schönheit ist schon etwas ganz Besonderes. Was würde ich nicht dafür geben, wenn ich einmal im Leben diese Beine küssen dürfte!

Eines Tages ging ich die bewusste Straße entlang, da stand das jüdische Mädchen gerade vor der Tür, und der Schreiner gegenüber ebenfalls. Als ich auf ihrer Höhe war, pflanzte sich der Schreiner plötzlich vor mir auf.

«Jetzt pass mal gut auf, du Pflaumengesicht! Wenn du dich noch einmal hier blicken lässt, kriegst du was auf die Schnauze!»

Von jenem Tag an verspürte ich den dringenden Wunsch, erst recht durch jene Straße zu gehen. Was musste ich mich an den ersten Abenden beherrschen, um diesem Wunsch zu widerstehen! Mein Herz schlug wie wild. Ich stellte mir jedes Mal vor, wie ich vom Schreiner etwas auf die Schnauze bekommen würde. Da! Und da! Was waren das für Tage! Jahrelang hatte sich mein Herz keinen solchen Überschwang gegönnt. Nicht einen Schlag zu viel hatte mein Puls getan. Ich konnte messen, sooft ich wollte: dreiundsechzig, dreiundsechzig, dreiundsechzig. Höchstens dass er mal auf zweiundsechzig herunterging. «Beim Gehen wird er sich schon normalisieren», sagte ein befreundeter Arzt zu mir. Wie sollte ich mir beim Gehen den Puls fühlen! Einmal stürzte ich einen *kapuçina* hinunter, blickte mich um, ob auch niemand zusah, und holte die Uhr heraus: dreiundsechzig. Weder sah eine Frau mich an, noch regte ich mich auf, weil Orangen statt fünf Kuruş plötzlich fünfundzwanzig kosteten. Um fünf Kuruş aß ich welche, um fünfundzwanzig eben nicht. Nachdem ich mit Straße Nummer drei – so wie mit ganz Istanbul – nichts mehr zu tun haben wollte, machten die Abendspaziergänge eine Weile keinen Spaß mehr. Ich war in meinen zwei Straßen wie eingesperrt. Langweilig war mir trotzdem nicht. Mein Viertel ist zwar ruhig, aber es geht dort quicklebendig zu. Wie sollte es auch anders sein, wo die Hälfte der Leute Levantiner und Juden sind! Vor allem die Juden! Was für herzensgute und lebensfrohe Menschen das sind! Die Juden in meinem Viertel gehören nicht zu den Reichen, oder genauer gesagt habe ich mit den Reichen keinen Umgang. Gelingt es meinem Orangenverkäufer, mir vierzig Kuruş zu viel abzuluchsen, ist er der liebenswerteste Mensch der Welt. Noch dazu heißt er Salomon. Weder sieht er mir grimmig hinterher, wenn ich nichts kaufe, weil es mir zu teuer ist, noch murrt er, wenn ich ihm viel zu wenig anbiete. Im Gegenteil, er gibt mir sogar recht.

Es wird Abend. Das merke ich daran, dass im Kaffeehaus die Vorhänge mit dem Pflanzenmuster zugezogen werden. Zartgelb scheint es dann heraus. Die Wirtin zündet immer als Erste das Licht an, dann klebt Salomon auf eine Orangenkiste eine Kerze, und schließlich dreht der Thunfischhändler seine Dreihundert-Watt-Birne an. Schneidet er dann eine veilchenrote Zwiebel auf, glänzt sie so schön wie Lippenstift oder Nagellack. Und eingelegter Thunfisch sieht plötzlich aus wie Hintern und Schenkel einer molligen brünetten Griechin!

Wenn ich aus der Kneipe komme, drückt sich mein Viertel in all seiner Unglückseligkeit an mich wie eine Mätresse, die nicht verlassen werden will. Meine arme Straße!

In Straße Nummer zwei gibt es zwei Musikkneipen, vor denen Tag und Nacht Taxis warten. Zwischen den Taxis laufen Fahrer und Huren herum. Die glänzenden Metallstäbe an den Autos, die ich erst für Blitzableiter hielt (was ich mir manchmal noch immer einbilde, obwohl ich längst weiß, dass es Antennen sind), funkeln im Regen wie Blitze. Ich finde es witzig, wie das riesige Autotier sein kleines Schwänzchen hysterisch drohend in der Luft schwenkt.

Gegenüber vom Kuttelverkäufer bleibe ich im Regen stehen, ziehe mir den Hut über die Ohren und mustere die Passanten aus meinen bösen, weit aufgerissenen Augen, als wäre ich aus einem fernen weiberlosen Land hierhergeraten und suchte nach einer Frau, mit der ich die Nacht verbringen und meine Sorgen teilen könnte.

Nach etwa zehn Minuten kommt ein Mann vorbei, viel älter als ich. Ein riesiger Kerl mit grauem Schnurrbart. Er hat noch alle Haare, nur sind sie weiß. Als die Taxifahrer ihn sehen, rufen sie: «Abend, Alterchen!»

«Abend, Kinder!»

Dann trägt er aus dem Stegreif Verse des Dichters Fuzuli[49] vor. Als er weg ist, sagen die Taxifahrer: «Sehr gebildet, der Herr. Aber pervers. Auf kleine Mädchen hat er es abgesehen. Wenn sie nicht blutjung und von der gewöhnlichsten Sorte sind, nimmt er sie nicht mit, der Dummkopf!»

Der Mann geht in die Musikkneipe gegenüber. Ich folge ihm kurz darauf. Er setzt sich direkt vor die Musikkapelle. Einen gepflegten Eindruck macht er: Hände, Haare, Schnurrbart, alles tadellos. Er dürfte kaum älter als fünfzig sein. Auf der kleinen Bühne stehen Frauen: eins, zwei, drei, vier, fünf. Der Mann wirft ein Auge auf die jüngste, die sich von ihm sogleich einen Cocktail spendieren lässt. Es wird Granatapfelsaft serviert, mit ein paar Tropfen Waschalkohol darin. Und gleich noch ein Glas. Der Mann ruft die dralle Bedienung mit den sanften Augen zu sich, flüstert ihr etwas ins Ohr, und unmittelbar danach schläft er ein. Er lehnt den Ellbogen auf den Tisch, und weg ist er. Lediglich wenn der Geiger mit der schwarzen Brille, der mit brüchiger Stimme, doch im stets richtigen Rhythmus das gedämpfte Singen der Frauen unterbricht, zu seinem Solo ansetzt, macht der Mann ein Auge auf und kräht: «Mein Gott!» Wenn er eines der

Mädchen mit sich nehme, erzählt der Kellner Bekir, lege er diesem immer den Kopf auf die Brust, bevor er dann weine, schlafe, singe und Gedichte aufsage. Zu jenen fünf Tätigkeiten geselle sich nie eine sechste (etwa: lachen) hinzu. Der Mann schläft weiter, wenn so ein Gauner aus einem anderen Viertel mit großem Getöse in die Kneipe platzt und aus weiß der Teufel welchem Grund irgendjemanden dröhnend zusammenschreit; und er wird auch nicht wach, wenn es zu handfestem Streit kommt und der Wirt zwei Strolche am Kragen packt und so energisch hinauswirft, dass dabei eine Scheibe zu Bruch geht. Er schläft selbst dann seelenruhig weiter, wenn – wie es an manchen Abenden zu später Stunde geschieht – ein feister junger Zurna[50]-Spieler, fett und speckig von den Backen über Hals, Haare und Schnurrbart bis hin zum Mantelkragen, Regen oder Schnee in die Kneipe trägt, dabei an seinen Hosenknöpfen herumnestelt und sich schließlich auf einen Stuhl setzt, den eine müde alte Sängerin bereits geräumt hat oder dem Kollegen nun höflichkeitshalber anbietet, der daraufhin aufs Schrillste in seine Zurna bläst. Der Zurna-Spieler ist die letzte Nummer der Kapelle und tritt gegen elf Uhr auf. Den massigen Körper hin und her wiegend, wankt er auf seinen dicken kurzen Beinen dahin, legt den Mantel mit dem Samtkragen ab und winkt grüßend zu dem blinden Geigenspieler hinüber, dem der Gruß sogleich flüsternd vom Trommler übermittelt wird. Das frisch rasierte Gesicht des Zitherspielers, den man hinter den Sängerinnen meist kaum wahrnimmt, legt sich plötzlich in eine Million Falten... Der Zurna-Spieler setzt sich wieder auf seinen Stuhl. Hat seine Hose denn vorn gar keine Knöpfe? Oder hat es sie weggesprengt, weil er so dick ist? Aus dem Hosenstall ragen die Fransen seines langen Schals heraus, sodass die Leute schon lachen. Der Wirt macht ihn mit einer Kopfbewegung auf das Malheur aufmerksam, worauf der Zurna-Spieler sich verschämt umdreht, und minutenlang werkelnd den Gästen den Rücken zuwendet. Dann setzt er sich wieder hin und wirft eine Weile neugierige Blicke umher. Schließlich zieht er ein Etui aus der Tasche, man denkt an Zigaretten, aber es enthält Mundstücke für sein Instrument. Er zieht das Mundstück ab, das sich auf der Zurna befindet, und wählt bedächtig ein neues aus, als müsste es ganz speziell zu diesem Abend passen. Zu diesem Zeitpunkt stehe ich dann meistens auf und verlasse das Lokal.

Von dieser Straße mal abgesehen, gehe ich seit

sieben Jahren in ganz Istanbul nirgendwo aus. Weil ich einfach Angst habe. Dass ich bestohlen werde, geschlagen, gelyncht, irgend so etwas. Ganz komisch ist mir zumute, wenn ich irgendwo fremd bin. Vor jedem Menschen fürchte ich mich dann. Wer sind nur all die Leute auf der Straße? Diese Riesenstadt ist voller Menschen, die sich nicht kennen. Wenn sie doch sowieso nicht gut miteinander auskommen, wozu pfercht man sie dann so eng zusammen? Ich begreife das nicht. Damit die Leute sich gegenseitig verachten, betrügen, abmurksen können? Wie können so viele grundverschiedene, einander fremde Menschen in einer Stadt zusammenleben?

Bei uns im Viertel dagegen, da weiß man doch, woran man ist. Der Laden, von dem ich lebe, kann zwar abbrennen, und ich würde dann am Hungertuch nagen. Doch kommt es mir so vor, als würde mich der Kuttelverkäufer, bei dem ich mittags die Suppe mit Zitrone löffle, bis zu meinem Lebensende durchfüttern. Und so wie Salomon seine überreifen Orangen an die barfüßigen jüdischen Kinder verteilt, würde er dann eben mir welche zustecken. Ins Kaffeehaus würde ich mit meinen allmählich verkommenden Kleidern vielleicht nicht mehr eingelassen, doch vor der Tür würde die Wirtin mich meinen *kapuçina* weiterhin trinken lassen.

Vielleicht sind das jetzt alles nur Hirngespinste, aber ich liebe eben mein Viertel! Und von meinen alten Bekannten will ich sowieso keinen mehr sehen. Wenn sich mal einer zu uns ins Viertel verirrt und ausruft: «Ach so, hier steckst du also?», schaue ich nur schuldbewusst drein. Worauf es heißt: «Wer weiß, was du hier so treibst! Kannst wohl das Schlawinern nicht lassen, was?» Ich antworte, dass ich nicht auf das Schlawinern verzichte, sondern auf mich selbst, doch das versteht keiner.

«Ich kenn dich doch, du Strolch, wer weiß, hinter wem du her bist!»

Nicht mal hinter mir selbst bin ich noch her. Nur dieses brünette jüdische Mädchen mit den Patschhändchen, dem komischen Ding am Auge und dem Schreinerfreund, in die bin ich ganz vernarrt. Wer weiß, was sie außer den stämmigen Beinen noch für süße, duftende Stellen hat.

Gestern packte es mich, und ich verließ mein Viertel. Ich zog in Unkapanı los und kam bis Saraçhane[51]. Istanbul hat sich ganz schön verändert, ich konnte mich nur wundern. Einiges gefiel mir sogar. Die breiten Asphaltstraßen. Der bezaubernde Aquädukt[52]! Kilometerweit zu sehen, wie ein Triumphbogen! Und daneben die Gazanferağa-Medrese[53], so hübsch und strahlend weiß. Parks und Bäume sah ich. Und Menschen. Furchtsam schlich ich umher. An der Marciansäule in Fatih[54] kehrte ich um und ging weiter nach Saraçhane. Ich beobachtete, wie sie mit dem Abbruch eines Gebäudes begannen. Da war doch mal ein Hamam, dachte ich mir. Genau der wurde gerade abgerissen. Ich verspürte plötzlich einen furchtbaren Drang, mich in einem Hamam zu waschen.

Da wir schon bei meinen Schandtaten sind, kann ich's ja gestehen: Ich habe mich seit sieben Jahren nicht richtig gewaschen. Ist mir gar nicht in den Sinn gekommen. Doch wie es mich jetzt auf einmal kratzte und biss! Als hätte ich überall Flöhe am Leib. So ging ich also in einen Hamam. Ich wusch und wusch und wusch mich. Was für ein Dreck da herunterkam! Aber unendlich gut tat mir das. Ich schwitzte und schwitzte. Wohin ich auch fasste, überall rieb ich irgendetwas ab, ob es nun Hautfetzen waren, Dreck oder Fett. Was man nicht alles mit sich herumschleppt! Richtiggehend verkrustet war ich gewesen.

Nach dem Besuch im Hamam stieg ich direkt in eine Trambahn. Ich wollte erst nach Hause und mich dann abends wieder mal in Teşvikiye[55] umsehen. Aber kaum war ich daheim, legte ich mich sofort hin, und schwupps hatte ich rund um die Uhr geschlafen, an die zwanzig Stunden. Um zwei Uhr nachmittags stand ich auf und ging schnurstracks zum Kaldaunenhändler. «Gut sehen Sie aus, Herr Mansur», sagte Bayram.

Vom Hamam erzählte ich lieber nichts. Ich ließ mir Kuttelsuppe ohne Knoblauch servieren und zog dann los. Als es dämmerte, kam ich in Maçka[56] an, wo es noch mal ganz anders zugeht. Auf dem Rückweg nahm ich mir zunächst vor, nun wieder sieben Jahre das Viertel nicht zu verlassen, aber das hielt nicht lange an. Diese zwei Tage Leben hatten mich schwindlig gemacht. Und wissen Sie, was ich mir gedacht habe? Ich könnte ja den Laden und die Wohnung verkaufen. Ich habe doch von der Musikkneipe erzählt? Da gibt es dieses Mädchen, das die Bestellungen aufnimmt – die mit der niedrigen Stirn. Die könnte ich zur Geliebten nehmen. Und ein Jahr später sterben.

Dann steige ich eines Tages in einen Bosporusdampfer und setze mich ganz hinten auf eine Bank. Zwischen Bebek und Arnavutköy[57] stehe ich auf, sehe mich um, und wenn keiner da ist, lasse ich mich einfach ins Wasser fallen.

DAS VEILCHENTAL

Mein Freund hatte den Kopf auf seine riesigen Pranken gestützt und dachte nach. Die Weinflasche vor ihm war halb leer. Der Bohnensalat mit der einsamen Makrele darin sah so armselig ungenießbar aus, dass selbst ein seit Tagen Hungernder auf den ersten gierigen Bissen hin wie nach einem Schlag in die Magengrube davon gelassen hätte, was die Speisen erst recht so traurig dreinblicken ließ wie richtige Lebewesen. Wenn die Gäste drittklassiger Kneipen an ihrem Essen würgen, muss ich immer an den schmerzlichen Gesichtsausdruck verschmähter Männer und Frauen denken.

Bayram hieß der Freund. Ein Mensch mit beeindruckendem Knochenbau und albanischem Akzent. Einige Zeit verkaufte er vertrocknete Mandeln, die er zuvor so lange mit Asche und Säure behandelt hatte, bis sie aussahen wie frische. Dann arbeitete er als Losverkäufer. Danach als Kutscher. Schließlich wurde er sozusagen reich, verdiente um die dreißig, vierzig Lira am Tag. Zu dieser Zeit habe ich ihn kennengelernt.

Seine alten Gewohnheiten hatte er noch nicht abgelegt. Er lief noch immer wie ein Strolch herum und verprasste an einem einzigen Tag den Verdienst einer ganzen Woche. In den übelsten Kneipen lernte er die tollsten Mädchen kennen. Eines davon hieß Seher, Morgenröte, und der Name passte zu ihr. Bayram zog mit Seher zusammen. Hoch erhobenen Hauptes sah ich ihn oft in seiner Kutsche vorbeifahren. «He!», rief er. «Sehe ich nicht aus wie ein richtiger Herr?» Dann hieb er mit der Peitsche auf die Pferde ein, und die drahtigen Stuten schossen die Straße hinunter.

Seit Bayram mit Seher zusammenwohnte, gab es wegen ihr auch manchen Streit. Da blitzte schon mal ein Messer auf. Obwohl er oft ungeschoren davonkam: Irgendwann erwischten sie ihn. Sieben, acht Monate musste er sitzen. Und in der Zeit geschah es eben. Da war einer in Uniform, der Seher schon länger gefiel, und nun lief sie ihm nach. In die Kneipe in Asmalımescit[58] kam sie nicht mehr.

Bayram konnte danach nicht mehr arbeiten. Die Rippen standen ihm bald heraus wie Wagendeichseln. Schon am Morgen begann er mit dem Trinken. Er machte sich auf die Suche nach Seher. Zog bald ein riesiges Messer aus dem Gürtel und stieß es Seher in die Brust. Die aber starb nicht. Und verriet auch nicht, wer sie verletzt hatte. Als Seher aus dem Krankenhaus kam, besuchte sie unsere Kneipe wieder; mit Bayram redete sie jedoch kein Wort. Das setzte Bayram gehörig zu. Dass sie so tapfer gewesen war, lähmte ihn ganz und gar. Nach einiger Zeit schlossen Seher und Bayram Frieden. Bayram verkaufte die Pferde, verkaufte die Kutsche, und Seher verprasste alles. Bayram fuhr nun um zehn Lira am Tag für einen anderen Mann Kutsche. Seher ließ nichts unversucht, um ihn zum Mörder zu machen. Stets zog sie mit Männern herum, die Bayram zur Weißglut trieben. Bis Bayram zum Kutschieren nicht mehr imstande war. Da verkaufte er wieder Mandeln.

Wenn ich ihn abends in der Kneipe traf, wo er sein ganzes Geld versoff, erinnerte mich seine Miene an eine kriegsverdunkelte Stadt. Aus dem weißen, knochigen, nervösen Gesicht sahen einen fiebrig trübe Augen an. Auch schüttelte ihn ein trockener Husten. Nur wenn er trank, trat in seine Augen der Glanz von damals, als er losgezogen war, um Seher zu töten. Als ich ihn in diesem unseligen Zustand sah, rief ich: «Mensch, Bayram, was ist denn los mit dir? Du machst dich noch ganz verrückt.»

«Setz dich. Wirt! Noch eine Flasche Wein!»

Wir sprachen dem Weißen ordentlich zu. Irgendwann sah Bayram mich ganz seltsam an, als ob er etwas auf dem Herzen hätte. Schließlich rückte er damit heraus. «Du bist wie ein Bruder für mich, und ich doch für dich auch, oder?»

«Daran gibt's doch keinen Zweifel.»

«Wenn das so ist, kannst du mich dann nach Hause bringen?»

«Klar! So betrunken, wie du bist.»

«Aber nicht auf mein Zimmer, sondern nach Hause. Da, wo ich wirklich zu Hause bin. Und seit sieben Jahren nicht mehr war.»

«Seit sieben Jahren?!»

Er schmunzelte. «Vor sieben Jahren bin ich eines Morgens aus dem Haus gegangen. Ich war genau einundzwanzig. Es war Februar, aber bei uns am Bachlauf wehte ein frühlingshafter Wind, und es duftete nach Veilchen. Ich habe mir einen Armvoll gepflückt und sie in Beyoğlu[59] auf dem Blumenmarkt verkauft. Neun Lira habe ich dafür bekommen. Noch nie im Leben hatte ich Alkohol getrunken, nun tat ich es. Drei Jahre zuvor hatte ich geheiratet, aber noch nie war ich zu einer von diesen geschminkten, parfümierten Frauen gegangen. Nun tat ich es. Danach ging ich nie wieder heim. Ich weiß nicht mal, wer von denen noch lebt. Keinem bin ich je wieder begegnet. Ich hatte meine Eltern, meine Frau und zwei Kinder, eins mit eineinhalb Jahren, eins mit neun Monaten. Ich habe dann begonnen, Mandeln zu verkaufen, und den Rest kennst du ja.»

Er rief wieder den Wirt. «Bring uns jetzt Rotwein, aber guten, hörst du!»

«Bayram, du hast schon lange genug!»

Ich fragte den Kellner, die wievielte Flasche es denn sei. «Ich komm ja selber nicht mehr mit», sagte der. «Das muss jetzt die siebte sein, außer ich habe mich vertan.»

Bayram sagte beschwichtigend: «Na, komm schon, her damit, ich selber trinke nichts mehr.»

Tat er aber doch. Ich bestellte dann auch noch eine Flasche, und als wir schließlich auf die Straße hinausgingen, konnte keiner von uns beiden mehr richtig stehen. Wir wankten zu der Kneipe in Asmalımescit[60] und fragten den Kellner Bekir nach Seher. Nach Tepe sei sie gefahren, sagte der. So nahmen wir uns ein Taxi dorthin. Unterwegs sagte Bayram immer wieder: «Na warte, wenn ich die erwische, na warte …»

Zum Glück war sie auch dort nicht. Wir gingen zu Fuß weiter. Es war feucht und windig. Am Himmel trieben Wolken dahin wie Eisschollen. Hin und wieder tauchte der Mond auf, als wäre es gar nicht der, den wir sonst immer sehen.

Lang mussten wir gegen den Wind ankämpfen, dann schob er uns auf einmal vor sich her.

An einem windgeschützten Fleck hielten wir an. Vor uns ragte aus dem Dunkel ein herrschaftliches Haus. An der Gartenmauer entlangwankend gelangten wir auf ein Kohlfeld. Wir stapften auf weichem Boden einen sanften Abhang hinunter, Bayram voran, ich hinterdrein. Je weiter wir hinabstiegen, umso schwächer wurde der Wind, bis er nur noch ein laues Lüftchen war. Ich hörte ein Wasser rauschen. Aus ein paar geduckten Häusern drang heimeliges Licht. Hunde schlugen an. Wir klopften an eine Tür und hörten kurz darauf eine Mädchenstimme: «Mama, es hat geklopft!»

«Dann mach auf! Dein Opa wird aus dem Kaffeehaus zurück sein.»

«Ich fürchte mich aber!»

«Was gibt's denn da zu fürchten?»

«Da stehen zwei Männer draußen.»

«Du Dummchen, wer soll das schon sein? Dein Opa und Onkel Hasan.»

Die Tür ging auf. Ein blondes Mädchen mit blauen Augen sah Bayram staunend an. Dann musterte sie mit ihren glänzenden Augen auch mich. Und warf die Tür ins Schloss.

«Mama, Mama, da sind Einbrecher!»

Wieder ging die Tür auf, und vor uns stand eine Frau mit weißer Stirn und dunklen Augen. Ihr Kopftuch war nicht gebunden, sie hatte nur eilig die Zipfel in den Mund genommen. Voller Verwunderung sah sie uns lange an. Dann zog sie die Zipfel aus dem Mund und trat einen Schritt zurück. «Bitte schön!»

Wir traten ein. Es ging sogleich eine Treppe hinauf, und nach einem Dutzend Stufen standen wir vor einer Tür. In dem Zimmer, das mit einem Blechofen beheizt wurde, roch es streng nach Kindern und Lindenblüten. Wir nahmen auf einer Polsterbank Platz. Es wurde ein hölzernes Gestell auf den Boden gestellt und darauf ein rötlich schimmerndes Kupfertablett mit Essiggemüse, Käse, Marmelade und sechs hartgekochten Eiern. Wir setzten uns um das Tablett auf den Boden und aßen, ohne ein Wort zu wechseln. Während wir dasaßen, öffnete ein kleiner Junge die Tür, entdeckte uns und lief sofort davon. Das Mädchen servierte. Nach dem Essen kam die Frau herein, das Kopftuch nun sorgfältig gebunden, sodass auch die Stirn verborgen blieb. Sie räumte stumm alles ab, holte Bettzeug und richtete uns zwei Betten her. Dann brachte sie uns Kaffee. Wir legten uns wortlos schlafen. Als wären wir uns böse, blickten wir uns nicht einmal an.

Als ich am nächsten Morgen aufwachte, saß Bayram schon am Fenster und rauchte. Ich setzte mich zu ihm und sah hinaus. Im nebelverhangenen Garten sah ich eine Art Treibhaus, halb aus Glas, halb aus Matten. Ich öffnete das Fenster und hatte sogleich süßen Veilchenduft in der Nase. Es war mild draußen. Der Nebel begann sich zu lichten, und vor meinem Auge erstreckte sich ein Gemüsegarten: Kohl, Blumen, Petersilie, Salat in Hülle und Fülle. Dahinter waren noch andere Gärten und andere armselige Gebäude zu sehen. Überall die gleichen Pflanzen, die gleichen Tiere und die gleichen windschiefen, ziemlich weit auseinanderstehenden Häuser. Und Veilchenduft, allüberall Veilchenduft. Quer über den Weg sprudelte ein Bächlein. Waren wir etwa am Abend zuvor dort hindurchgewatet? Ich hatte doch gar keine nassen Füße bekommen.

Ein alter Mann trat ein. «Vater!», rief Bayram aus. Das war sein erstes Wort seit unserer Ankunft.

Der Alte begrüßte mich: «Willkommen, junger Mann!»

Eine alte Frau brachte uns Milch. Sie fragte den Mann: «Fährst du zum Markt? Soll ich den Wagen herrichten?» Der alte Mann sah Bayram an. Und der sagte: «Ja, ich fahre zum Markt, Mutter!» Mit dem Ärmel wischte die Frau sich ein Tränchen ab, das sonst auf ihre runzelige Wange gefallen wäre. Ansonsten schien von der Heimkehr niemand sonderlich berührt zu sein.

Der Wagen wurde mit Kohl, Lauch, Radieschen und Spinat beladen. Das kleine Mädchen übergab mir einen riesigen Veilchenstrauß. Ihre Mutter kam mit quittengelbem Gesicht angelaufen und warf noch einen Armvoll Sellerie auf den Wagen. Gesenkten Hauptes schielte sie zu Bayram hinauf. Ich schaute Bayram ebenfalls an, doch der reagierte nicht. Als wir losfuhren, sah die Frau uns lange nach. Bevor wir hinter der Wegbiegung verschwanden, stand Bayram vom Kutschbock auf und ließ die Peitsche erst über dem Schimmel knallen und dann in Richtung der uns nachblickenden Frau. Ich sah gerade noch, wie die Frau ins Haus lief, dann waren wir um die Ecke. Noch immer duftete es nach Veilchen, und auch der Sellerie roch wunderbar intensiv. Mir war nicht klar, wohin genau wir fuhren, und zu fragen traute ich mich nicht.

Schließlich kamen wir an einen Marktplatz und sprangen vom Wagen. Bayram war sogleich von Händlern umringt. «Bist du vom Militär zurück? Wir dachten schon, du seist tot!»

Ich sagte zu Bayram: «Ich geh dann jetzt...»

«Komm doch mal vorbei!», erwiderte er.

Ich ging von dort Weg um Weg, bergauf, bergab, und landete schließlich in Ortaköy[61].

Fast ein Jahr lang kam ich nicht mehr in das Veilchental. Einmal suchte ich es und fand es nicht. Dann aber, als ich letztes Jahr an einem kalten Februartag mit ein paar Freunden in der Gegend von Mecidiyeköy[62] unterwegs war, lag vor uns plötzlich ein Kohlfeld, dessen seltsam anmutende Weite uns hinunter in ein Tal lockte. Sobald ich den weichen Boden betrat, wusste ich, wo ich war. Federnd eilten wir hinab, und wie angenehm lau es dort sogleich war! Rundum duftete es nach Veilchen. Wir gingen den Bach entlang, und auf einmal erblickte ich Bayram, der gerade dabei war, ein Salatbeet umzugraben. Daneben pflückte seine Frau in gebückter Haltung Malven. Die beiden sahen uns an. Bayram erkannte mich nicht, und so gab auch ich mich nicht zu erkennen.

Wir wanderten den Garten entlang wieder hinauf, und als es schon auf Arnavutköy[63] zuging, stieg uns noch immer der Veilchenduft in die Nase. Wir ließen einen Maitag hinter uns zurück, und dort oben peitschte uns eiskalt der Februar ins Gesicht.

HERR PFARRER

Unserem Haus direkt gegenüber stand eine Kirche, die sich abends an den tiefblauen Himmel und die dunklen Kiefern schmiegte. Da sie einen separaten Glockenturm hatte, saß oben auf dem Kreuz stets eine Krähe oder, ganz poetisch, eine Möwe. Seit byzantinischen Zeiten war wohl schon unzählige Male an der Kirche herumrestauriert worden, und eigentlich wirkte sie eher wie der Wohnsitz eines Feudalherrn. Sie hatte nur eine einzige Kuppel. Hässlich war sie zwar nicht, aber schön auch nicht gerade. Da, wo man eigentlich kleine Kuppeln erwartet hätte, wies sie stattdessen Vorsprünge und Löcher auf, die an Zinnen und Schießscharten erinnerten. Mochte sie tagsüber noch so klotzig wirken, als ob sie es satt hätte, angestarrt zu werden, klebte sie abends mit ihrem Ziegelrot doch so prächtig in dem fast mit Händen zu greifenden Blau und Grün, dass man sie am liebsten an dem Kreuz oben gepackt hätte (möglichst ohne den Vogel zu verscheuchen), um sie dann anzufeuchten wie ein Abziehbild, sie in ein Heft zu kleben und dergestalt an die Wand zu hängen, wo des genießenden Betrachtens dann kein Ende wäre. Ich glaube, an Maiabenden sah die Kirche so aus. Da seufzte ich dann, weil ich kein Kind mehr war, das mit Abziehbildern spielte, und auch kein Maler. Der Glockenturm – wenn er den Namen auch kaum verdiente – befand sich in einiger Entfernung von der Kirche. Die größere der beiden Glocken wurde zu Totenmessen geläutet, die kleinere zum täglichen Gebet und um die Abfahrt der Dampfer anzukündigen. Hinter dem Turm stand zwischen zwei Kiefern eine einfache, gezimmerte Sitzbank, auf der ich meine erste Begegnung mit dem Pfarrer hatte. Mit übereinandergeschlagenen Beinen saß er da, schwarzäugig, schwarzbärtig. Auch der Hut, der auf seinem Schoß lag, war schwarz. Er trug ein rohseidenes Hemd, das aussah, als wäre es beim Anziehen nicht berührt worden. Die öligen Haare lagen ihm über der breiten, weißen Stirn wie bei einem frechen kleinen Jungen.

«Guten Tag», sagte er.

«Guten Tag, Herr Pfarrer.»

«Wie geht's? Wir sind doch Nachbarn, oder?»

«Ja, das sind wir.»

Als aus dem schwarzen Bart zwei Zahnreihen aufblitzten, nicht weniger weiß als das Seidenhemd, hatte sein Gesicht plötzlich so gar nichts Byzantisches und Orthodoxes mehr an sich. Er sah nun anmutig aus wie ein redlicher Arbeiter in der Brotzeitpause. Alles Kirchliche war abgestreift wie eine Maske.

«Sagen Sie doch Ihrer Mutter, dass ich mich im Winter um den Garten kümmere.»

«Mach ich.»

Ich sagte es ihr. Und schon am folgenden Morgen traf ich ihn tatsächlich im Garten, mit dem Spaten in der Hand. Seinen langen Mantel hatte er breit gespannt am Kirschbaum aufgehängt wie eine Vogelscheuche. Er hatte muskulöse weiße Arme und langgliedrige Finger, mit denen er gerade einen Klumpen Erde vom Spaten nahm.

«Ich mag Erde», sagte er. «Sie wirkt so still und bescheiden und steckt doch voll unbändiger Kraft. Da ist Leben drin. Darum heißt es ja, dass wir aus Erde gemacht sind.»

«Sie sind wohl Philosoph, Herr Pfarrer?»

«Nein! Weder Pfarrer noch Philosoph. Einfach ein Mensch. Ohne Besitz, ohne Familie, ohne Religion sogar.»

«Ohne Religion?»

«In gewisser Weise schon. Aber ich glaube daran, dass Gott uns erschaffen hat, damit wir leben. So gesehen bin ich also gläubig.» Er hielt inne. «Aber lassen wir das. Zurück zur Erde.»

«Wir alt sind Sie denn, Herr Pfarrer?»

«Dreiundsechzig.»

«Wie bitte?!»

Aufrecht stand er da, ohne ein Gramm überflüssiges Fett am Leib. Überhaupt war an seinem harmonischen Körper nichts Überflüssiges.

«Unglaublich! Sie wirken nicht älter als vierzig!»

«Ich esse, um zu leben. Wenn es sich ergibt, trinke ich auch Wein, und nicht wenig. Ich habe auch immer eine Zigarette im Mund. Ich könnte mich von Blättern ernähren, oder von Vögeln, schlimmstenfalls sogar von Erde. Außer Menschenfleisch würde ich alles essen. Das kommt von meinem Magen, der ist sehr solide. Nur esse ich nicht viel. Gerade so viel, dass die Maschine am Laufen bleibt. Mehr verlange ich nicht. Und doch esse und trinke ich gern. Darum wirke ich noch so jung. Ich schere mich um nichts. Es heißt oft, der Pfarrer trinkt Raki, er ist manchmal betrunken, er lacht zu viel und sieht den Mädchen nach. Sollen sie reden, mir ist das egal. Es gibt im Leben nur eins, was ich nicht ausprobiert habe, obwohl es mich gereizt hätte, und das ist das Glückspiel. So weit wollte ich nun doch nicht gehen. Ansonsten will ich tun, was die anderen Menschen auch tun. Als ich jung war, habe ich mich von trocken Brot und Zwiebeln ernährt, aber wenn ich junge Mädchen sah, habe ich gewiehert wie ein Fohlen.»

«Was sagen Sie da, Herr Pfarrer?»

«So war ich nun mal. Warum auch nicht? Nur weil ich Pfarrer bin? Mich zieht es eben hin zu allem Schönen. Zu schönen Mädchen, guten Weinen, zu Bäumen, Blumen, Vögeln, zu allem, wenn es nur schön ist.»

Er sprach auch ein sehr schönes Türkisch.

«Bis ein andermal dann!»

Mit einem kräftigen Tritt stieß er den Spaten wieder in die Erde, und als er ihn anhob, quoll mit leicht schmatzendem Geräusch ein feuchtroter Erdklumpen hervor. «Sehen Sie sich das nur an», sagte er. «Ist das nicht pures Gold?» Er bückte sich zu einer Queckenwurzel hinunter und sah dann mit blitzenden Zähnen zu mir auf.

«Da wir kein Gold besitzen, nähren wir uns von der Erde, und darum haben wir auch so gute Zähne. Es ist ein Glück, dass wir kein Gold haben. Wer weiß, ob wir sonst nicht verfettet und leberkrank wären, oder längst unter der Erde …»

Als der Pfarrer den Kampf mit unserem Garten zu Ende gekämpft hatte, stand er so stolz und innig da wie ein Mann, der siegreich aus der Liebesschlacht zwischen den Geschlechtern hervorgegangen ist, während die Erde sich in ihre strahlend schöne weibliche Niederlage ergab, die ja nichts anderes ist als recht eigentlich ein Sieg. An den Bäumen war kein Zweiglein zu viel und am Boden kein Sprösslein Unkraut mehr. Die Tomatentriebe schossen munter in die Höhe.

Inmitten der Kürbis- und Gurkenblüten ließ der Pfarrer seinen Blick über den Garten schweifen und rauchte eine Zigarette, die verdienter nicht sein konnte.

Ich stand in unserem Haus am Fenster. Auf einem Stein sitzend, sah der Pfarrer genussvoll zu, wie die winzigen Samenkörner ihre Schalen aufsprengten und sich fröhlich durch die schwere Erde ins Freie zwängten. Es war ein Nachmittag Ende Mai, und am Himmel dräuten schwere Wolken. Als der Pfarrer mich am Fenster erblickte, deutete er auf den Garten. «Na?»

Ich sah mich anerkennend um und sagte dann: «Wunderbar. Sie haben die Schlacht gewonnen, Herr Pfarrer.»

Nach kurzem Nachdenken erwiderte er: «Mit Soldaten wie diesen Samenkörnern und einer Munition wie diesem Boden wäre es eine Schande gewesen, nicht zu gewinnen. Kommen Sie schon raus!»

Als ich bei ihm anlangte, stand er auf den Spaten gestützt da wie eine Hirtengestalt aus der Bibel. «Sie kommen mir vor wie ein siegreicher General!», sagte ich.

Er lachte. «Ja, Feldherr Pfarrer Alexandros!»

Er nahm wieder einen Klumpen Erde in die Hand und rieb sich dann von der roten, feuchten Masse ein wenig in den Bart.

«Da ist Eisen drin, Magnesium, Phosphor, Kalk, einfach alles. Also, den Samen begreife ich ja noch, der ist wie eine Art Scheune, oder wie ein Ei. Aber die Erde selber, die geht über meinen Horizont. Wenn man sie chemisch untersucht, sieht man, dass dies und jenes drin ist. Doch wie kommt es, dass sie das alles sofort hergibt, sobald ein Samenkorn in sie hineinfällt? Ihren Duft gibt sie her, ihre Farbe, Mineralstoffe, Vitamine, Eisen, Phosphor, Arsen, Zucker und was weiß ich noch alles.»

«Na ja, alles bewirkt sie nicht. Was ist mit dem Wasser? Und mit der Sonne?»

«Die kommen mir zweitrangig vor. Das merke ich daran, dass sie viel unbescheidener sind. Um Regen muss man bitten und betteln, und wenn er dann herunterplätschert, freuen wir uns und danken Gott. Und die Erde ist auch nicht wie die Sonne mit ihrem strahlenden Gehabe: ‹Jedem von euch gebe ich etwas, ohne mich seid ihr verloren, nicht mal überleben würdet ihr.› Nein, lehmig und schlammig wartet die Erde mucksmäuschenstill den ganzen Winter ab und macht uns dabei höchstens Schuhe und Hosen schmutzig, ob gelb oder rot, grau oder schwarz. Aber kaum ist der Frühling da, lässt sie ihrer ganzen Lebensfreude freien Lauf. Wie im Festrausch verteilt sie unablässig ihre Gaben. Dann füllen sich Wiesen und Hügel mit Klee, Margeriten und Mohn. Selbst die Reisigbesen lachen dann. Ohne je etwas zu verlangen, gibt sie in spendabelster Weise, solange sie kann. Wenn ihre Zeit gekommen ist, versiegt der Gabenstrom, und sie nimmt dann alles auf, lässt es verwesen und gebiert erneut. Lässt verwesen und gebiert. Nicht wir Männer, doch die Frauen stammen bestimmt aus der Erde. Mutter Erde! Jedes weibliche Geschöpf hat etwas Erdartiges an sich. Wir Männer mögen Kinder von Sonne, Luft und Wasser sein, doch die Frauen sind Kinder der Erde.»

Er warf den Klumpen in seiner Hand auf die Auberginenschösslinge. Dann sagte er unvermittelt: «Hast du mich eigentlich schon mal singen hören?»

«Nein.»

«Ich habe eine schöne Stimme, du solltest mich mal hören. Wenn ich Kirchenlieder singe, denke ich nicht an Jesus und seinen Vater, sondern an meine Liebe zur Erde. Du musst dir das anhören. Die byzantinischen Gesänge sind von entsetzlicher Bitterkeit, fern der Wahrheit; sie künden von der Welt der Lüge, von Not und Neid, von Begierde und Knechtschaft, von einer Art zahmem Wahn. Ich interpretiere sie anders. Wenn ich beim Singen an die Erde denke, klingen die Lieder gleich ganz anders. Es gibt auf dieser Insel nur zwei Menschen mit schöner Stimme. Der eine bin zweifellos ich, der andere ist der Fischer Antimos. Hast du ihn schon mal gehört?»

«Nein, den auch nicht.»

«Vielleicht hast du das schon, aber ohne es zu merken. Er singt, wenn er seine Netze flickt. Aus der Nähe wird dir nicht auffallen, wie schön seine Stimme ist. Nicht mehr als ein Wimmern wirst du vernehmen. Er singt nur so laut, dass man es gerade noch hört. Wenn du ihm wirklich lauschen willst, dann steig, wenn er vor seiner Hütte sitzt und singt, in ein Boot und rudere aufs Meer hinaus, so etwa zehn Minuten lang. Dann halt inne, und du wirst ihn hören. Diese Stimme, die kaum vernehmbar ist, selbst wenn du direkt neben ihm stehst, klingt weit übers Meer, egal wohin du dein Boot lenkst. Und wie sie klingt! Du musst ihr lange lauschen. Erst wird eine Betrübnis über dich kommen und dich reizen. Dann rudere einfach wieder los, noch weiter aufs Meer hinaus, ganz ohne Furcht! Die Stimme wird dir folgen. Und sobald du sie nicht mehr hörst, wirst du unverzüglich wieder darauf zurudern, darauf möchte ich wetten. Es wird sein, als wärst du zum Fischen hinausgefahren, und du wirst weit auf den Meeresgrund hinabsehen und wirst Fische sehen, und das Meer wird glitzern und schillern. Es ist die Stimme eines Menschen, und es ist kein Gotteslied. Der Fischer sagt, dass er Gott besingt, aber das tut er nicht, er besingt das Meer. Achtzig Jahre ist der Mann alt und hat keinem etwas zuleide getan. Seit jeher bestreitet er sein Leben mit dem Fischernetz. Würde er zwei Tage nicht zum Fischen hinausfahren, müsste er schon Hunger leiden, aber er fährt eben seit siebzig Jahren Tag für Tag hinaus. Mit dem, was er heute fängt, kann er sich morgen gerade mal sein Brot kaufen. Als hätte er einen Schatz gefunden, von dem er immer nur ein winziges Stückchen nimmt, sodass er keinen damit schädigt. Weißt du, wie sehr mir seine Liebes- und Dankesode an das Meer gefällt? Du kannst es gar nicht wissen. Ich besinge die Erde in der Kirche. Mein Lied ist aber das Wimmern eines Sünders. Ich verdiene mein Brot mit einem Remedium, das den Menschen seit Jahrhunderten nur betrügt. Ich bringe den Schlaflosen das Opium! Wüssten die Leute, was in mir vorgeht, wenn ich in meinen bestickten Kleidern die Erde besinge, was würden sie dann machen? Verhungern würden sie mich lassen, jawohl, gnadenlos verhungern!»

Wieder nahm er einen Klumpen Erde in die Hand. «Ich singe ein Lied auf die Erde, hör es dir ruhig an. Und hör dir auch den Fischer an, der den Meeresgrund besingt. Er ist ein heiliger Mann, der die Wahrheit gefunden hat, ohne es zu merken. In achtzig Jahren hat er nur Fischen etwas angetan. Ich dagegen weiß um meine Sünden. Ich mag auf dieser Welt nur die Fischer und die Feldarbeiter. Nur sie allein.»

In einem Gottesdienst hörte ich den Pfarrer dann einmal singen. Auch dem Fischer lauschte ich, von nah und von fern. Dem Geheimnis der byzantinischen Gesänge kam ich nicht auf die Spur, doch tagelang nagten sie an mir wie Maden. Immer wieder hörte ich die Stimmen der beiden. Wenn ich nachts nicht schlafen konnte, klangen sie zum offenen Fenster herein, und ich horchte dabei so sehr in mich hinein, dass ich schon meinte, in meinen Adern das Rauschen des Blutes zu vernehmen.

Man musste einfach gesehen haben, wie der Pfarrer im Garten arbeitete. Er war mit Feuereifer bei der Sache, und abgesehen von seinem Bart verriet nichts mehr an ihm den Pfarrer. Der Bart wiederum war so schwarz, als gehörte er dem Jüngsten aller Menschen. Die Leute im Dorf mochten den Pfarrer nicht. Er dagegen war ihnen keineswegs feindlich gesinnt. Mit jedem unterhielt er sich in aller Herzlichkeit. Wurde über ihn getratscht, fragte er im Kaffeehaus ganz ungeniert: «Wer hat neulich von mir gesagt, dass mir die Frauen so gefallen?»

Wenn keiner Antwort gab, sah er dem Urheber des Tratsches geradewegs in die Augen und sagte: «An den Frauen Gefallen zu finden, ist so wie atmen, und kann man etwa leben, ohne zu atmen, Freunde?»

In einer Mondnacht sah ich einmal, wie er auf der höchsten Erhebung der Insel mit einem lustigen Grüppchen junger Griechen vor einem Lamm am Spieß saß und Raki trank. Den Schoß seines schwarzen Gehrocks aus Mohair hatte er sich in den Gürtel gestopft, um mit einem Mädchen tanzen zu können. Dabei hielt er in der einen Hand sein Rakiglas, in der anderen die zarte Hand des Mädchens und ein blütenweißes Taschentuch, mit dem er seiner Tanzpartnerin ab und zu den Schweiß von der Stirn wischte.

Wenn ich im Winter manchmal samstags auf die Insel fuhr, fand ich den Pfarrer wie früher im Garten vor. Dann zeigte er mir den Spinat und die Zwiebeln. «Du solltest nicht allein hierherkommen», sagte er. «Es ist kalt. Du brauchtest jemanden, der dir Salat macht.»

Kam ich nicht allein und er sah am Fenster eine Frauengestalt, strahlte er mich an, und seine Zähne blitzten dabei wie die gleißende Sommersonne auf dem mittäglichen Meer.

Letzten Sommer ist der Pfarrer gestorben. Ausgerechnet an einer Lebergeschichte. Sein Bauch war ungeheuer angeschwollen. «Zirrhose nennen sie das», sagte er. «Das hätte ich nicht kriegen dürfen. Ich glaube nicht an Krankheiten. Das haben mir die Leute angetan.»

«Was ist denn los, Herr Pfarrer? Mir ist da so was zu Ohren gekommen.»

«Ach, gib nichts darauf! Ich kümmere mich gar nicht darum. So ein Mistkerl hat ein Gerücht in die Welt gesetzt. Du musst mir glauben, dass es eine Lüge ist. Vielleicht sterbe ich ja auch gar nicht und überstehe das Ganze.»

Er überstand es nicht. Seine Schuld bestand einzig darin, irgendein dummes Mädchen verführt zu haben. Drei Tage vor seinem Tod sah ich ihn noch in einem Teegarten. Er war furchtbar blass, und durch den Bart hindurch nahm ich zum ersten Mal seine Pockennarben wahr. Trotzdem wirkte er immer noch jung und schön. Nur stark abgenommen hatte er, und sein Bauch war eben angeschwollen. «Gestern ist mir Wasser abgezapft worden», sagte er. Dann deutete er auf ein junges Mädchen mit braungebrannten Beinen. «Hätten sie mir doch wenigstens mit so einer was angedichtet, das würde nicht so wehtun.»

«Aber sie sagten doch, es mache Ihnen nichts aus, Herr Pfarrer?»

«Tut es diesmal eben doch, und wie! Was müssen die Menschen so übereinander herziehen? Vielleicht bin ich auch nur so empfindlich, weil ich den Tod schon nahen fühle. Würde ich mich sonst um die Leute scheren? Weiß ich etwa nicht, dass sie allesamt Lügner, Feiglinge, Diebsgesindel und Dummköpfe sind? Und jeder auf das Geld und die Frau und den Laden seines Nächsten schielt? Ich lasse es mir noch drei Tage gut gehen und sehe mir die Erde und die schönen Mädchen an, dann kann ich in Ruhe sterben.» Drei Tage später war der Pfarrer tot.

DAS LAUBENGRAB

Es ist der einzige Garten, in dem Olivenbäume wachsen. Der Weg zum Friedhof ist nicht so still, wie man meinen könnte. Bootsmotoren knattern, Vögel zwitschern, Bienen und Fliegen summen, das Meer rauscht über die Kiesel. In der Luft stundenlang der Dampf eines Kriegsschiffs, rote Minzblüten, gelber Ginster, das Glänzen von Ackerrettich, Taubnesseln, Baumheide, Disteln und Schopflavendel, verkümmerte Zypressen. Am Strand der kiefernbestandenen Bucht stapeln sich kaputte Teller, Glasstöpsel, Schüsseln, Töpfe, Tassen, Gläser, Medizinflaschen und selbst Pferdegerippe wie die vom Meer abgeschliffenen Überreste einer verschollenen Zivilisation. Woher holt das Meer nur alles, was da in der Bucht liegt? Bienen stecken ihre Rüssel in Blüten, raffen in wenigen Sekunden ihre Beute an sich und fliegen weiter zur nächsten Blume. Ein Vogel piept unermüdlich vor sich hin. Von der Insel Kınalı[64] her hört man einen Esel. Die Olivenbäume regen sich nicht. Krumm und schief stehen sie da, schrundig und vernarbt, als stammten sie noch aus dem antiken Griechenland. Über dieser Bucht des Marmarameers, die an jenem ruhigen Tag von Teller- und Flaschenresten funkelt, liegt auf einem Vorsprung der Friedhof unseres Dorfes. Kabel säumen ihn, und am Weg stehen Schilder:

«Hochspannung! Nicht graben!
Lebensgefahr!»

Zehn Schritte dahinter liegt der Eingang zum Friedhof.

Ich wollte eigentlich gar nicht zum Friedhof, sondern vielmehr auf einem Seitenweg hinaus zur ehemaligen Schamottbrennerei. Von dort gelangt man zu den Felsen, die man vom Strand aus nicht erklettern kann. Und auf diesen Felsen sind Möwennester. Was gibt es Köstlicheres als frische Möweneier! Liegen in einem Nest drei Eier, darf man sie ja nicht nehmen, sind es aber nur zwei, kann man sie getrost aufschlagen und ausschlürfen. Bedient man sich an einem Nest mit drei Eiern, ist die Wahrscheinlichkeit groß, dass aus einem ein Möwenküken herausschlüpft, und dann isst man sein Lebtag keine Möweneier mehr. Bald bin ich oben auf den Felsen. Kreischend werden die Möwen auffligen, und während die Männchen und die älteren Weibchen mir dann einfach zusehen, wie ich die Eier aus den Felsen stehle, werden die Möwenmütter wie Tiefflieger auf mich zusegeln und mich zu verscheuchen suchen. Als ob mich das schrecken könnte!

Steigt aus Möwenspiegeleiern mit ihrem winzig kleinen Gelb und ihrem trübem Weiß ein Geruch auf, als wäre das Meer von starkem Lodos[65] aufgewühlt, so war wohl eines der Eier schon faul. Macht aber nichts! Essen Sie es trotzdem, und trinken Sie was dazu. Keimt in Ihnen eine Sehnsucht nach einsamen Stränden auf, nach Davonfliegen und wildem Kreischen, so hat das Ei seine Wirkung getan. Ziehen Sie sich dann ruhig am Meeresstrand aus und rufen Sie in Robinson-Manier nach Ihrem wilden Freitag.[66] Außer den Möwen hört es ohnehin keiner. Mir schmecken Möweneier, ich esse sie roh. Was soll ich dagegen auf dem Friedhof?

Dann aber komme ich an dem Aufbahrungstisch vorbei und denke mir: «Schaue ich doch mal rein!» Zwischen Pfeilern war Stacheldraht gespannt, durch den ich mich hindurchzwängte. Was für ein Grab ich da sogleich vor mir hatte, aus glänzendem Marmaramarmor gefertigt! Es war ein Doppelgrab, ein Platz war noch leer. An dem mit Klatschmohn und Levkojen überwachsenen Stein rankte sich seitlich Efeu entlang, dessen seidig glänzende hellrosa Blüten wie Distelblüten wirken. Neben dem Namen des Verstorbenen standen die Lebensdaten: «1874–1944». Das Grab rechts davon glich einer anmutigen Laube, deren Gerüst aus Eisenstangen bestand und ganz oben mit Halbmond und Stern versehen war. Ein zum Sitzen und Raki-Trinken bestens geeigneter Ort, an dem abends wohl betäubend der Ginster duftet. Vorbei an Grabhügeln ohne Name, ohne Stein, ohne Schild ging ich zu der Laube, zu der vier Stufen hinaufführten. In den Marmor war ein kaum leserlicher Schriftzug gemeißelt, dessen schwarze Farbe längst abgeblättert war. Es gelang mir dennoch, ihn zu entziffern:

«Hier haben wir geschaffen unser
ewiges Nest,
Kommt, Freunde, schmückt mit
Frühlingsblumen
Dieses Nest zu einem Fest.»

Auch dies ein Doppelgrab, noch zur Hälfte leer. Gestorben war der Mann, ein gewisser Hüseyin Avni. 1921. Auf seinem Grabstein stand ein Gedicht:

«Mein Schatten nun auf Erden wandelt,
Muss bald ins Erdreich selbst hinab,
Hab still so vor mich hingelebt,
Wer sollte meiner da gedenken?»

Das zweite Grab gehört Ayşe Hüseyin Avni, und auch auf ihm stand ein Gedicht, das ich aber nicht richtig entziffern konnte, sodass ich mich kaum mehr erinnere. Es war im Stil von «Ohne dich kann ich nicht leben, wie soll ein Leben nunmehr möglich sein etc.» verfasst. Zwischen den beiden Gedichten war in abgeblätterter Goldschrift zu lesen:

«Das ewige Nest von
Hüseyin Avni und Ayşe Hüseyin Avni»

Der Mann scheint jung gestorben zu sein. Schon richtig: Wer sollte seiner gedenken? Ich bin hier vorbeigekommen, aber nicht du interessierst mich, Hüseyin Avni, sondern deine Frau Ayşe. Möglicherweise liegt sie ja anderswo begraben. Es sieht zwar nicht so aus, als habe sie nach deinem Tod noch lange gelebt, aber vielleicht ist sie tatsächlich noch nicht tot. Sechsundzwanzig Jahre sind vergangen, aber was ist das schon, Hüseyin Avni? Vielleicht ist sie längst aus Istanbul fortgezogen und hat in der Provinz wieder geheiratet. Und hat Kinder. Wo mag sie hingezogen sein? Vielleicht nach Konya[67].

Womöglich sind sie letzten Sommer hier vorbeigekommen. Wollten kurz auf die Prinzeninseln[68] fahren, und auf der Höhe der Insel Burgaz hat ihr zweiter Ehemann dann gesagt: «Schau mal, Ayşe, Burgaz! Hier kennst du dich doch aus. Ist das der Friedhof? So ein schöner Ort. Sag mal, liegt da nicht dein erster Mann?»

Da mag es Ayşe einen Stich versetzt haben. Sie hat wohl traurig genickt oder auch erwidert: «Aber İhsan, sprich jetzt nicht davon! Das sollte doch eine Spazierfahrt werden.»

Bestimmt hat İhsan darauf schadenfroh gegrinst, weil sie sich an ihren ersten Mann nicht erinnerte, ja gar nicht erinnern wollte.

Vielleicht ist Ayşe aber auch nach Izmir gezogen. Und ist dort gestorben und liegt nun auf einem Friedhof am Mittelmeer. Ohne je wieder geheiratet zu haben.

Habt ihr Kinder? Wohl kaum. Ihr habt euch bestimmt sehr gemocht. Und Geld hattet ihr ebenfalls. All der Marmor, das Laubengestänge und die hässlichen Blattgoldinschriften, das bekommt man ja nicht umsonst. Dass Menschen, die sich lieben, es laut verkünden sollen, dafür habt ihr ordentlich Reklame gemacht. Hättet ihr Kinder, dann hättet ihr die auch sehr geliebt und ihnen schon neben euch einen Platz reserviert. Alle zusammen, bis in den Tod! Aber ihr habt ja wohl keine Kinder, und das ist gut so. Die würden all das Unkraut rund ums Grab jäten, und darum wäre es schade. Es duftet hier so intensiv, und bestimmt sind auch Heilkräuter darunter. Dieses dunkelgrüne, brennesselartige Kraut da soll wahrhaft eine Hausapotheke ersetzen. Falls Ayşe noch immer in Istanbul wohnt und an dich denkt, warum rupft sie dann das Unkraut nicht aus, Hüseyin Avni? Vielleicht ist sie dazu einfach schon zu alt.

Ehe noch einmal fünfundzwanzig Jahre vergangen sind, werden die Inschriften nicht mehr zu lesen sein, und die Laube ist vermutlich eingestürzt. Die Menschen jener Zeit werden viel zu sehr mit sich selbst beschäftigt sein, um noch auszurufen: «Ach, wie sehr Ayşe und Hüseyin Avni sich doch geliebt haben! Die Armen!» Und das, obwohl Ayşe dann vielleicht noch lebt! Oder der Poyraz[69] wird – keine zwanzig Jahre nach nach Ayşes Tod – die ganze Laube hinweggefegt haben. Oder es wird jemand über das verrottende Laubengestänge stolpern und es kurzerhand ins Meer werfen. Ein furchtbarer Gedanke!

Hat Ayşe nun wieder geheiratet oder nicht? Wo ist sie jetzt? Lebt sie noch? Du kümmerst mich weniger, Hüseyin Avni. Du warst reich, hast gut gelebt, hast geliebt und bist geliebt worden, bist gestorben und begraben worden, so ist es nun mal, was soll's? Möweneier mochtest du wohl kaum. Warst eher ein sensibler, poetisch veranlagter Mensch, nicht wahr, Hüseyin Avni? Mach's gut! Bist wohl recht seltsam gewesen. Dein Gedicht ist ziemlich schlecht, aber immer noch besser als das von Ayşe.

Beim Weggehen stieß ich auf ein Grab, dessen Holztafel umgestürzt und zerbrochen war. Ich hob sie auf und las schwermütig:

«Muhlis – Posthalter von Burgaz…»

Nein, passen Sie auf, das ist jetzt gelogen. Mir fällt dieser Muhlis nur ein, weil er ein Freund meines Vaters war. Ein vornehmer, schmächtiger Mann mit einem schmalen, melancholischen Gesicht, der stets nur braune Sachen trug. Abends saß er immer auf einer Bank und beobachtete, wie hinter Kınalı[70] die Sonne unterging. Eine ziemlich junge Frau hatte er. Er war eigentlich noch recht gesund und hätte noch lange leben können. Wegen seiner Frau sei er gestorben, heißt es. Und hier ist er begraben worden. Eine Grabtafel hat er nicht, aber ich weiß, dass er hier liegt, wahrscheinlich überwuchert von Ginster, Klatschmohn und Heidekraut. So gutmütig und bescheiden, wie er war, hätte er ohnehin keinen Grabstein gewollt. Was soll das mit dem Grabstein überhaupt? Da wird manchmal das Grab irgendeines großen Mannes gesucht, und in den Büchern ist man hochbetrübt, weil niemand es findet. Was diese Bücher nur immer haben? Von gelehrter Seite wird dann behauptet, da oder da müsse es doch eigentlich sein. Oder umgekehrt fantasiert man sich Gräber herbei, etwa das von Karagöz[71], der doch gar nicht existiert hat.

Was soll nur dieser Unfug? Vielleicht würde Karagöz nicht mal einen Grabstein wollen. Obwohl ja die Grabsteine damals noch richtige Grabsteine waren. So einen wollte er dann vielleicht doch. Ich würde einen wollen, und Muhlis womöglich auch.

«Muhlis Gelincik
1880–1932
Posthalter auf Burgaz
Betet für seine Seele.»

Vielleicht will er gar nicht, dass jemand für ihn betet. Sein Lieblingslied ging so:

«Geht der Abend hernieder,
Bringt Kummer bis in jedes Tal.»

Aber das kann man nicht auf einen Grabstein schreiben. Obwohl, manchmal halten sie für den Vorüberkommenden ja sogar Ratschläge bereit.

Ich stieg hinauf zu den Möweneiern. Dass die Mistvögel ihre Nester aber auch an derart unzugänglichen Stellen anlegen. Und so versteckt! Woher wissen sie nur, dass Möweneier ihre Feinde haben? Vor dem Menschen verbergen sie die Eier wohl nicht. Vielleicht sind die Kormorane, die sich faul von der Sonne trocken lassen, ganz scharf auf Möweneier, oder Eidechsen sind hinter ihnen her, oder Schlangen, wer weiß?

Ich reiße mir die Hände blutig, verschmiere mir das Gesicht, aber an die vierzig Eier bringe ich doch zusammen. Ein paar davon könnte ich unserer Bruthenne unterjubeln, die würde Augen machen! So wie letztes Jahr, da hat sie Enteneier ausgebrütet, und als die Jungen dann schlüpften, hat sie mit aufgeregten Schnabelhieben versucht, sie vom Wasser fernzuhalten. Tagelang durften die Armen nicht an den Trog, doch eines Morgens rebellierten sie und stürzten sich quakend ins Wasser.

Dass der Tod mich heute gar nicht traurig gemacht hat? Weil ich einfach nicht an ihn denken will? Aber dieser Ayşe und diesem Hüseyin Avni bin ich doch böse. Ihre Liebe noch über das Grab hinaus zu preisen…

Gestern im Restaurant hörte ich drei Damen plaudern.

«Gehen wir doch zu Ayşe», sagte die eine, «da sitzt man so schön im Garten.»

«Ich habe sie heute Morgen getroffen, da war sie unterwegs nach Istanbul.»

«Und? Hat sie Hüseyin Avni um Erlaubnis gefragt?»

Die beiden anderen kicherten los.

Erst war ihre Unterhaltung an mir vorbeigerauscht, doch bei den Namen Ayşe und Hüseyin Avni wurde ich hellhörig, denn mir fiel das Laubengrab wieder ein. «Ich muss doch wenigstens fragen, wer diese Ayşe ist», dachte ich mir gerade, als zum Glück die dritte Dame fragte: «Wer ist denn diese Ayşe?»

«Das ist eine Frau, in deren Schlafzimmer ein Bild ihres verstorbenen Gatten Hüseyin Avni hängt, und jedes Mal, wenn sie irgendetwas vorhat, also wenn sie etwas kaufen oder ihre Wohnung vermieten will, tritt sie vor das Bild und sagt etwa: ‹Hüseyin Avni, Hüseyin Avni! Ich will heute nach Istanbul, was meinst du dazu?› Neulich war ich bei ihr zu Hause, da hatte sie ein paar Stränge Wolle gekauft. Die rollten wir auf, und mittendrin erhob sie sich plötzlich, wandte sich dem Bild zu und sagte: ‹Hüseyin Avni! Hüseyin Avni! Soll ich dir einen Pullover stricken?› Dabei kullerten ihr Tränen aus den Augen. Es gab mir richtig einen Stich. ‹Aber ich bitte dich!›, sagte ich. Zum Glück fasste sie sich gleich wieder. ‹Ach, wenn du wüsstest, was für ein Mann das war!›»

Die dritte Dame fragte: «Wie alt ist diese Ayşe denn?»

«In den Siebzigern. Aber noch immer fragt sie bei allem ihren Hüseyin Avni um Rat. Ohne seine Zustimmung unternimmt sie nichts.»

Mensch, du bist mir einer, Hüseyin Avni! Wie du diese Frau an dich gebunden hast! Und nimmst das Geheimnis mit ins Grab.

DIE VIER PLUSZEICHEN*

Wenn Sie unterwegs eine rauchen möchten und keine Streichhölzer dabeihaben, wen bitten Sie dann um eines? Wenn Sie sich verlaufen haben, wen fragen Sie nach dem Weg? Wenn sich eine Menschentraube gebildet hat, von wem erfragen Sie, was da los ist? Sehen Sie: von Leuten wie mir. Dass ich öfter als der Durchschnitt um ein Streichholz gebeten oder nach dem Weg gefragt werde, stimmt mich bisweilen zuversichtlich und bisweilen auch wieder nicht. So ist es mehr als einmal geschehen, dass ich einen Unglückseligen, der mit einer Frage auf den Lippen an mich herantrat und mich also leichtfertig als jemanden ansah, den man nach Belieben behelligen kann, gehörig habe abblitzen lassen. Wer weiß, was für eine Laus mir an solchen Tagen über die Leber gelaufen war. Auch wenn ich meist nicht erfreut bin, auf diese Weise aus der Menge herausgepickt zu werden, tut mir dann

* Vier Pluszeichen (++++) waren das Zeichen für Syphilis. (Anm. des Autors)

doch wieder leid, einen Menschen so abgefertigt zu haben. Gar nicht vertragen kann ich es, wenn sogar Kinder auf mich zusteuern, weil sie Streichhölzer brauchen. Warum kommen sie auch von Weitem ausgerechnet auf mich zu! Ich habe schon manchen schwer enttäuschen müssen; und wie ich erlebt habe, setzt das einigen ganz schön zu, derart sogar, dass sie lieber gar nicht mehr rauchen. Andere wiederum schreckt man nicht so leicht ab.

Umgekehrt kann ich berichten, dass ich selbst häufig minutenlang zaudere, bevor ich jemanden nach etwas frage. Mir reißt dann die Geduld, und ich wende mich an den Nächstbesten. Mal hält mir dieser bereitwillig seine Zigarette hin, mal verheimlicht er mir den Weg, obwohl er ihn kennt. Manch einer lächelt gar selig, während er Antwort gibt. Dann stellt sich ja noch die Frage, wie man sich für solchen Freundschaftsdienst an unerwartetem Ort gebührend erkenntlich zeigt. Ist es getan mit einem hingehauchten «Danke»? Soll's nicht eher ein «Gott sei Ihnen gnädig» sein? Ein «Vielen herzlichen Dank»?

Ich weiß aber auch das eine, nämlich dass ein Mensch, der sich aus zwanzig Leuten irgendeinen Unbekannten heraussucht, um gerade ihn etwas zu fragen, das nicht ohne Überlegung tut.

Dahinter stecken Berechnung und Psychologie. Und wenn einer noch dazu meint, er verstünde sich auf Physiognomik ... Dabei fällt mir immer der Dozent ein, der in jenem Fach seine Doktorarbeit schrieb. Was der arme Tölpel vor lauter Starren in Gesichter nicht alles herauslas! Dabei verrieten der tiefe Blick des einen, das faltige Gesicht eines zweiten und die geometrisch angeordneten Haare eines dritten in Wirklichkeit etwas völlig anderes. Der vermeintlich tiefe und weise Blick zeugte eigentlich von Dummheit, die Falten im Gesicht rührten von Abenteuern mit dummen Gänschen her, und hinter der von schwarzen Haaren so grandios umrahmten breiten Stirn verblassten allmählich selbst die Erinnerungen an ein dumpfes, leeres Leben.

Ohne von Psychologie oder Physiognomik wirklich Ahnung zu haben, betreiben die meisten von uns diese Wissenschaften laienhaft, gehen auf irgendwelche Leute zu, und schon haben sie eine Zigarette, finden den richtigen Weg, und ihre Neugier ist befriedigt. Das wird einem so zur Gewohnheit, dass man vergisst, was dahintersteckt. Warum genau wird man ausgewählt? Weil man so ein guter Mensch ist? Würde mich wundern. Nein, daran liegt es nicht. Man sieht in uns nur jemanden, dem man Fragen stellen kann.

An unserem verständigen Gesicht also mag es liegen? Von wegen! Da müssen wir schon andere Gründe bemühen: unseren schäbigen Anzug vielleicht, die ungeputzten Schuhe, den etwas stumpfen Blick, etwas Duldendes, das uns anhaftet, die schiefe Nase, den einfältigen Schwung unserer Wangen. Vielleicht sieht man auch nur auf den ersten Blick, wie abgewetzt unsere Krawatte ist. An irgend so etwas jedenfalls liegt es. Oder ganz einfach daran, dass man mir den Müßiggänger ansieht. Würde man jemanden ansprechen, der aus dem Taxi springt und auf den nächsten Dampfer zuhastet? Oder einen seriösen Herrn, der – gewiss nach dem Besuch eines neuen Edellokals – mit ernster Miene an seiner Zigarette zieht? Kann man jemanden nach dem Weg fragen, der wie aus dem Ei gepellt aussieht? Wie vor allen Dingen sollte man es wagen, einen Mann in blitzblanken Schuhen mit Fragen über einen Menschenauflauf zu behelligen?

Und da dem so ist, bin ich auch nicht immer hocherfreut, wenn der Angesprochene ausgerechnet ich bin. Und wenn ich auf dem Weg zu dir bin, teuerste Freundin, und mich jemand nach etwas fragt, lasse ich mir unverzüglich die Schuhe putzen.

Am wenigsten mag ich es, wenn so ein richtiger Großstädter von mir Feuer erbittet. Warum wohl hat er sich bei ein paar anderen nicht getraut, bei mir aber schon? Besonderen Mutes bedürfte es eigentlich nicht. Und doch war ihm die Sache bei anderen peinlich, bei mir hingegen nicht. Das trifft mich ein wenig. Es ist nicht gerade eine Schande, nur etwas seltsam. Warum gerade ich? Fragt mich aber einer, der sichtlich vom Lande ist und völlig unbeleckt von Psychologie und Physiognomie, dann ist mir das nur recht. So einer soll ruhig fragen. Da steckt keinerlei Berechnung dahinter. Der hätte genauso einen Menschen fragen können, der vor Imposanz und Stattlichkeit nur so strotzt. Ich bin dann lediglich ein Zufall, Mensch unter Menschen.

Teuerste! Ich sollte nicht so geschwätzig sein, bevor die Geschichte überhaupt losgeht. Aber was soll ich tun? Wenn ich kein Streichholz habe, dann brauche ich nun mal den geeigneten Menschen, an dessen Zigarette ich die meine anzünden kann. Soll ich etwa aufs Rauchen verzichten? Aufs Geschichtenschreiben kann ich ja verdammt noch mal auch nicht verzichten. Jetzt stehe ich mit der Zigarette in der Hand schon so lange suchend da, aber anscheinend sind heute nur lauter seriöse, gut angezogene und stattliche Menschen unterwegs, sodass ich zu der Geschichte einfach nicht komme.

Da fällt mir noch etwas ein: Leicht angesprochen zu werden ist wahrscheinlich weder gut noch schlecht. Klingt komisch, was? Doch wenn du es recht bedenkst, liebste Freundin, dann hat sowohl der eine als auch der andere Menschentyp etwas Überzogenes an sich. Ist der eine zu stattlich, so ist der andere zu heruntergekommen, ist der eine zu herausgeputzt, so der andere zu zerlumpt, ist der eine zu hochfahrend, so der andere zu anbiedernd, ist der eine zu sauber, so der andere zu schmutzig... Ein Mittelding gibt es da nicht. Doch will ich weder erwählt noch verschmäht werden, sondern lieber selbst eine Wahl treffen. Und auch das hat seinen Nachteil. Am besten ist es wohl, man geht ohne Streichhölzer und Stadtplan erst gar nicht aus dem Haus. Was maßen wir uns denn an, nicht wahr, beste Freundin, über wildfremde Leute ein vorschnelles Urteil zu fällen?

Jetzt aber endlich zu der Geschichte. Ich wartete gerade auf den Dampfer. Nein, eigentlich wartete ich gar nicht auf den Dampfer, sondern vielmehr darauf, ihn zu verpassen, um nicht nach Hause zu müssen. Mir war nämlich, als würde ich sonst vor Langeweile vergehen, so ganz allein. Dann doch lieber in Istanbul bleiben, den Abend über trinken und dabei an dich denken ... Dummerweise stand der Dampfer noch immer da. Solange er nicht abfuhr, konnte ich nicht weg. Endlich legte er ab. Erleichtert steckte ich mir eine Zigarette an. Streichhölzer hatte ich.

Mir gegenüber saß in einer Ecke ein junger Mann. Er hielt ein Papier in der Hand, auf das er fortwährend starrte. Der Wartesaal füllte sich allmählich. Der Mann mit dem Papier blickte auf und sah sich suchend um. Ich begriff sogleich: Er wusste nicht, was auf dem Papier stand, und brauchte jemanden, der es ihm erklärte.

Ich wandte den Blick ab und betrachtete das Gesicht einer Frau, die nicht in meine Richtung schaute. Mir behagte der Gedanke nicht, aus so vielen Leuten zu einem völlig ungewissen Zweck ausgewählt zu werden. Vielleicht würde die Wahl auf mich fallen, weil man gerade mir zutraute, von dem, was auf dem Papier zu lesen war, etwas zu verstehen. Nicht dass ich mich daraufhin gleich wichtig genommen hätte, aber etwas zugänglicher wurde ich nun schon. So schielte ich in die Richtung des Mannes. Der hatte mich ohnehin schon erwählt. Auch wenn du nun denkst, ich wollte mich damit nur brüsten ...

Der Mann trat auf mich zu und hielt mir das

Papier hin. «Können Sie mir vielleicht sagen, was das bedeutet?»

Ich begriff zuerst auch nichts, sah mir die Sache genauer an, und da versetzte es mir plötzlich einen Schlag. Es war ein dumpfes Gefühl in der Magengrube, etwa so, wie wenn man im Sommer lange durstig war und dann auf einmal eiskaltes Wasser trinkt.

«Ich habe eine Stelle gefunden», erzählte der Mann indessen, «eine recht gute noch dazu. Was glauben Sie, wie lange ich arbeitslos war! Und jetzt habe ich was, und verlobt habe ich mich auch. Bei der ärztlichen Untersuchung war alles in bester Ordnung. Jetzt haben sie bloß noch diese Blutprobe da gemacht. Musste sein. Na, was sagen Sie, wie ist es nun, mein Blut?» Eigentlich blickte er zuversichtlich drein, aber an den Stirnfalten waren ihm Zweifel anzusehen. Mir fiel wieder jener Dozent ein. Wollte etwa auch ich den Physiognomisten spielen? Nein, da hatte einer mit Mühe Arbeit gefunden, und jetzt standen da auf seinem Papier diese verdächtigen Zeichen. Seine Stirn und seine Augen verrieten einfach die Sorge, die ihn umtrieb. Dreimal war sein Blut untersucht worden. Und jedes Mal war das Ergebnis «++++» gewesen.

«Waren Sie krank?»

«Nein, nein, überhaupt nicht», erwiderte er. Es huschte eine Blässe über sein Gesicht.

«Tja, wissen Sie, ich verstehe auch nichts von der Sache», sagte ich zu ihm.

«Ich hab doch nichts, oder?»

«Vermutlich nicht. Aber ich bin kein Arzt, ich kenne mich da nicht aus.»

«Soll ich das Papier dort vorzeigen, wo ich die Arbeit bekomme?»

Ich gab keine Antwort. Aufmerksam sah ich ihn an. Was heißt aufmerksam, es war vielmehr hilfloses Mitleid. So mitleidig hast auch du mich einmal angesehen... Dich hatte ich doch mal nach dem Weg gefragt, nach dem Weg zum Glück, erinnerst du dich?

Was dem Mann nun meine Augen sagten, weiß ich nicht. Gemeinsam starrten wir wieder auf das Papier. Ich riet ihm weder zu noch ab... Nach einer Weile sah ich ihm in die Augen. Ganz weiß war er im Gesicht.

Ich ging dann. Erst ließ ich mir die Schuhe putzen, dann eilte ich nach Hause, rasierte mich und band mir eine ordentliche Krawatte um. Ich setzte ein abweisendes Gesicht auf, um nur ja nicht wieder angesprochen zu werden. Tja, Liebste, das war dann auch der Tag, an dem ich meinen Mantel zur Reinigung brachte.

NELKEN UND TOMATENSAFT

Ein kleiner Kiefernwald am Morgen. Bienen- und Fliegengesumm, Vogelgezwitscher. Durch eine dunkle Sonnenbrille gesehen: Sonnengeflecke am Boden und an den Bäumen. Das Meer bis hin zu fernen Ufern, die etwas dunkler sind als der Himmel. An solchen Orten denke ich an die Menschen auf dem Land. Aus Büchern lernte ich früher, dass man die Menschen lieben solle, weil man dadurch auch die Natur liebe und somit die Welt, woraus einem Lebensfreude erwachse. Heute aber liebe ich die Menschen nicht so, wie die Bücher das fordern. Ich spreche dabei nicht von dicken wissenschaftlichen Wälzern, auch habe ich nicht durch die vier heiligen Schriften[72] zu einem Glauben gefunden, vielmehr ist mir mein Wissen durch Gedichte, Romane, Erzählungen und Märchen zuteil geworden. Dass ich jedoch den Diener, der seinem Herrn, sobald er aus dem Dampfer kommt, sogleich die Aktenmappe abnimmt, verachten soll und dass ich den Mann, der nicht schon morgens um halb sieben zu seinem Kampf mit der Natur aus dem Haus stürzt, für keinen wirklichen Arbeiter halte, das habe ich mir selbst beigebracht. Der Mann, der morgens nicht um halb sieben zum Kampf mit der Natur aus dem Haus stürzt, kann meinetwegen den ganzen Tag nach Strich und Faden Leute betrügen; was er tut, ist – und wenn es auch Millionen einträgt – in meinen Augen keinen Pfifferling wert.

Ich weiß inzwischen, wen ich mag und wen ich achte. Schon seit Tagen geht mir ein Mann nicht aus dem Kopf, den sie im Dorf den «blinden Mustafa» nennen, weil ihm das eine Auge etwas nach links davonrutscht. Zwischen dem Augenweiß und dem Lid hat er auf der rechten Gesichtsseite eine leberrote Geschwulst. Ob das wohl angeboren ist? Oder hat er sich als Kind mal was ins Auge gestoßen? Sein versehrtes Auge glänzt jedenfalls stärker als das andere, es ist schwärzer, lebendiger, klüger. Mich erinnert es seltsamerweise an einen Buckel. Bucklige Menschen sind nicht schön, aber freundlich, kameradschaftlich, lebensfroh. Ich mag Bucklige!

Das Auge des blinden Mustafa hat gleichsam den Gemütszustand eines Buckligen angenommen. Es ist ein blitzblankes, freundliches, verschmitztes Auge, und das andere, gesunde Auge wirkt daneben matt und stumpf und auch ein wenig hochmütig.

Der blinde Mustafa pflegt Gärten, arbeitet als Tagelöhner, verputzt Zisternen, deckt Dächer um, gräbt Brunnen...

Die dem Lodos[73] ausgesetzte Seite unseres Dorfes ist unbewohnt. Walloneneichen, Erdbeerbäume, Baumheide und allerlei Gestrüpp wachsen dort wild durcheinander. Nichts davon entfaltet sich je zu Baumesgröße, aber alles tut so, als arbeite es darauf hin. Das Gelände gehört der Kirche, und ab und zu stolziert ein hünenhafter Pfarrer mit ungepflegtem Bart dort herum, um seine Besitzansprüche zu unterstreichen. Er würde das Grundstück billig verpachten, was sich aber nicht machen lässt, da der Forstbeamte es per Forstgesetz zum Wald erklärt hat. Die paar einsamen Kiefern und das kümmerliche Gestrüpp, das sich nicht einmal als Brennholz verwenden lässt, haben es somit dem Forstbeamten und dem Forstgesetz zu verdanken, dass sie glücklich und unversehrt weiter bestehen dürfen.

Wie der blinde Mustafa es geschafft hat, weiß ich nicht, aber er hat dem steil zum Meer hin abfallenden Gelände ein wenig Ackerland abgetrotzt, man frage nicht, um welchen Preis; um den Preis seiner Fingernägel nämlich. Unter dem Gewucher war schließlich nichts anderes anzutreffen als Stein um Stein. Und tagsüber musste der Mann ja anderweitig arbeiten.

Abends holte er die im Gestrüpp verborgene Hacke hervor, und bis die Sonne unterging, zupfte, hackte und jätete er. Und je mehr er hackte, umso mehr Steine kamen zum Vorschein. Einen ganzen Sommer und einen ganzen Winter lang hatte er mit den Schikanen des Forstbeamten, mit Gestrüpp, Eichen, Lorbeer, Erdbeerbaum, Stacheln und Wurzeln zu kämpfen. Um einen Dreiviertelhektar Land solch einen unerbittlichen Kampf zu führen wäre außer Mustafa im ganzen Dorf keinem eingefallen.

Als er endlich durch die Steinschicht hindurch war und sich ein wenig rosafarbener weicher Boden darbot, widersetzte sich Mustafa die schlangenartige Wurzel einer Walloneneiche. Kaum hatte er sie bezwungen, stand der Forstbeamte wieder da. Als er den los war, stieß er sich einen giftigen Dorn in den Daumen, der gefährlich anschwoll. Die Hacke wurde ihm stumpf, Schaufel fand er keine, die Steine türmten sich höher und höher. Einem moosüberwachsenen Felsbrocken war nicht anzusehen, ob er nicht noch kilometertief unter die Erde ging. Um ihn zu bezwingen, setzte Mustafa die gesamte Kraft von Schultern, Fingernägeln, Beinen, Brust und Rücken ein und brachte ihn schließlich aus dem Erdreich. Wo das Hacken nichts half, rückte er der Erde mit der Faust zu Leibe; kam die Faust nicht voran, nahm er die Finger zu Hilfe, und wo die sich als zu dick erwiesen, kratzte er eben mit den Fingernägeln.

Und eines Herbsttages sahen wir, wie ein paar Kiefernschösslinge mit ihren zarten Nadeln und einige Erdbeerbäume mit ihren herzigen Früchten einem hier dunklen, dort rosafarbenen oder auch aschgrauen Boden Schatten spendeten.

«Sich regen bringt Segen», sagten wir da.

Aber wussten wir, wie viel Schweiß und Tränen es gekostet hatte, das Ungeheuer Natur zu besiegen? Nun, ich war Zeuge jenes Kampfes gewesen. Ich erinnerte mich an die Tage, an denen Mustafas blindes Auge vor lauter Anstrengung rot angelaufen war. «Tüchtig, tüchtig, Mustafa», sagte ich dann anerkennend vom Schatten einer Kiefer aus und sah ihm bei seinem fürchterlichen Ringen zu, das sich vom Kampf römischer Sklaven mit einem Löwen insofern unterschied, als der römische Sklave dem Löwen nach einer Viertelstunde unterlegen war, während Mustafa ein ganzes Jahr lang mal hoffnungsfroh, mal hoffnungslos focht und den Drachen schließlich besiegte.

Als ich eines Tages wieder bei meiner Kiefer ankam, waren eine Frau aus dem Dorf und drei halbnackte Kinder damit beschäftigt, aus Steinen, Brettern und Blechstücken etwas zusammenzubasteln, ein Haus nämlich, in das der Wind hineinblasen würde, und zwar von Norden, Osten, Westen und Süden. Mustafa hatte sich mit der grün gekleideten, kräftigen Frau zusammengetan und legte auf seinem Dreiviertelhektar Beete an.

«Mensch, Mustafa, hast du etwa Wasser gefunden?», fragte ich.

«Am Ufer war mal ein alter Brunnen. Das Wasser ist wohl ein wenig salzig, aber es wird schon gehen. Wenn ich dort eine Zisterne graben könnte ...»

Immer wenn ich Mustafa sehe, brandet eine Welle der Achtung, Zuneigung und Bewunderung in mir auf. Ich glaube, auf unserem Flecken Erde gibt es Millionen solcher Menschen, und auf dem ganzen Erdenrund sind es wohl Abermillionen, die nur darauf warten, mit ihren Fingernägeln, ihren Schwielen, ihrer Hässlichkeit, ihrer Einäugigkeit, ihrer Einarmigkeit in den Kampf gegen einen Drachen zu ziehen.

Meine Damen! Wenn Ihnen dieser Tage Ihr Verlobter dunkelrote Nelken schickt, dann denken Sie daran, dass sie vielleicht von Mustafa stammen. Meine Herren! Auf dem Markt bekommen Sie Tomaten, die wie süße Äpfel duften und schmecken. Schneidet man sie auf, so glänzen ihre Kerne wie Gold. Vielleicht bestellen Sie in einer Gaststätte auch einmal in Flaschen gefüllten Tomatensaft und finden ihn herrlich. Wenn Sie dann das Gefühl haben, durch Ihre Kehle rinne der Nektar, den die griechischen Götter tranken, um unsterblich zu sein, dann seien Sie gewiss, dass jener Saft eine von Mustafas Tomaten enthält.

WARUM TUE ICH DAS BLOSS?

Abends gehe ich in ein ziemlich gewöhnliches Kaffeehaus in einer belebten Straße und setze mich an einen der hinteren Fenstertische. Stundenlang sehe ich den Passanten zu. Ob das nicht langweilig ist? Ganz im Gegenteil: Ich amüsiere mich köstlich. Weil ich aus Mienenspiel und Gebaren der Leute Geschichten erfinde? Ach woher! Ich amüsiere mich, indem ich an den Tod denke, ans Alter, an kommende Kriege. Je mehr Schreckliches mir in den Sinn kommt, umso besser amüsiere ich mich.

Die Menschen sind allesamt schlecht. Das Leben sinnlos. Zu lieben reine Dummheit. Solches Zeug eben. Nun, wie amüsiert man sich damit? Denken Sie mal nach. Es lässt sich ja für alles Abhilfe schaffen, und ich habe das Schwierigste gefunden: ein Mittel gegen den Tod! Ich stelle mir einfach vor, ich werde nicht sterben. Und es funktioniert, probieren Sie es aus.

Aha, meinen Sie, du denkst dich also durch das Schlechte hindurch in eine frische, lachende, glückliche Welt? Pessimistisch bist du nur, wenn du zu denken beginnst; kein Problem also. Danach bist du wieder der Alte, ein sorgloser Bruder Leichtfuß… O nein! Nach meiner Reise vom Schlechten zum Guten verlasse ich das Kaffeehaus und habe auf der Straße genauso wieder mit Tod, Krieg, Inflation und Zukunftssorgen zu tun wie eh und je. Keine Angst!

Wenn ich hinausgehe, kommt meist ein älterer Herr herein. Ungeheuer schmächtig. Der Bart stets völlig gleich gestutzt, was doch genauso viel Mühe kostet, als würde man sich täglich rasieren, oder etwa nicht? Wie macht er das bloß? Oder wächst der Bart gar nicht und hält sich genauso, wie er soll? Schon sehr verwunderlich!

Aus dem graumelierten Bart sehen einen schwarze, lebendige Augen an. Die Wimpern wirken von Natur aus wie geschminkt. Auf einer Türkeikarte würde ich ihm als Geburtsort Van[74] zuordnen, ganz im Osten. Ob er nun wirklich von dort ist oder nicht, kümmert mich nicht im Geringsten. Falls er aus Istanbul ist oder meinetwegen aus Balıkesir[75], dann sage ich zu ihm: «Da täuschen Sie sich, Verehrtester. Sie sind bestimmt nicht aus Balıkesir, sondern aus Van. Lassen Sie doch das Flunkern! Ist Van etwa schlecht? Nicht gut genug für Sie? Ach, wenn Sie wüssten, wie schön ich mir den Vansee vorstelle! Von schneebedeckten Bergen umgeben. Wenn die Nacht auf sein verlassenes Ufer herabsinkt, erscheinen wilde Reiter auf geflügelten Pferden. Weiß und silbern schimmernde, schwarzäugige Mädchen waschen im See ihre Wäsche. Alles ist so wie das Wasser, das sich nicht trinken lässt; allein an seinem Anblick kann man sich ergötzen. Ein Wind, dessen Namen ich nicht weiß, lässt auch in der Nacht kleine Wellen entstehen, die ans Ufer glänzen. Wenn am Vansee die Möwen kreischen, bringen die Frauen nur Jungen zur Welt, und die Stuten werfen und die Kühe kalben. Menschen können nur dann sterben, wenn der Vansee stillsteht. Sie lügen also, Sie sind aus Van. Allein schon an der Gebetskette merkt man es. An dem bernsteinernen Klicken. Was erzählen Sie da von Balıkesir? Aus Van sind Sie, aus Van!»

Er nahm immer direkt am Fenster Platz, setzte seine Brille mit dem silbernen Rand auf und las Zeitung. Wie gesagt, ich ging meist hinaus, wenn er kam, aber dennoch sah ich, wie er las und dabei sein mit rötlich-gelbem Samt überzogenes Brillenetui vor sich hatte, denn auf meiner Abendpromenade kam ich noch vier-, fünfmal an dem Kaffeehaus vorbei.

Er mochte zwischen fünfzig und achtzig sein. Würde er fünfzig sagen, würde man es ihm abnehmen, doch man hielte ihn dann für früh gealtert; und sagte er achtzig, so bliebe einem nichts übrig, als in gespielter Verwunderung auszurufen: Tatsächlich? Sieht man Ihnen überhaupt nicht an!

Wer ist er, was macht er, wann ist er aus Van hierhergezogen? Das alles kann ich nicht beantworten. Ganz gewiss aber ist er ledig. Er wohnt vermutlich in einer Herberge und erledigt Verschiedenes für Landsleute aus Van. Lang hatte ich Schwierigkeiten, ihn mit einem Beruf zu versehen. Ich versuchte es mit Makler, mit Kaufmann, mit Lastenträger, mit Nachtwächter, mit diesem und jenem, aber nichts traf es so richtig. Schließlich fand ich etwas, was zu dem Mann wie angegossen passte: Garantiert war er früher Distriktgouverneur.

Gern hätte ich gewusst, was er las, wenn er mit aufgestützter Hand so dasaß, die Gebetskette über die Armlehne seines Stuhls gehängt.

Dass er immer öfter ausgerechnet dann kam, wenn ich gerade ging, wunderte, ja ärgerte mich mit der Zeit. Schließlich blieb ich immer so lange sitzen, bis er zur Tür hereintrat. Sobald er sich setzte und seine Brille herauszog, stand ich auf.

Eines Abends hatte ich zu tun und konnte erst später ins Kaffeehaus. Der ältere Herr saß schon da, und ich setzte mich an den Tisch gleich hinter ihm. Zu der späten Stunde war das Kaffeehaus nur spärlich besucht. Der Mann hatte seine Zeitung längst fertig gelesen und sah zum Fenster hinaus.

Ich tat es ihm gleich. Als er sich eine Zigarette anzündete, zündete ich mir auch eine an. Dann holte er seine Gebetskette heraus und ließ klappernd die Bernsteinkugeln durch seine Finger gleiten. Hätte ich eine gehabt, hätte ich ebenfalls losgeklappert. Weil ich aber keine hatte, konnte ich das nicht. Und weil ich das nicht konnte, ärgerte ich mich. Der Mann blickte auf die Straße und ich auf ihn. Er sah traurig aus, und ich fragte mich, woher das rührte. Um Essenzielles wie Tod oder Liebe schien es nicht zu gehen. Nun, wie wir bald erfahren werden, steckte er in Geldnöten, nichts Unübliches für jene Zeit. Mir war, als wüsste ich genau, wie diese Nöte sich in seiner Miene ausdrückten, seiner Gesichtsfarbe, seiner ganzen Haltung. Vielleicht aber wusste ich gar nichts, und es war reiner Zufall, dass ich darauf kam. Er selbst verlor ja kein Wort darüber. Später achtete ich nicht mehr auf ihn und sah zum Fenster hinaus. Wie ein Schatten musste er irgendwann aufgestanden und gegangen sein; ungelogen: Ich merkte es nicht einmal.

Als ich am nächsten Tag zur gewohnten Zeit ins Kaffeehaus kam, erwartete mich eine Überraschung. Der ältere Herr saß schon da, zweieinhalb Stunden vor seiner Zeit. Ich setzte mich wieder an den Tisch hinter ihm.

Plötzlich lächelte er mich an. «Ich habe gestern Abend meine Gebetskette da hingehängt. Und jetzt ist sie weg.» Er schwankte sichtlich zwischen Hoffen und Bangen. Ganz weiß war er im Gesicht, und sein auf fünf Millimeter gestutzter Bart schien zu zittern.

«Das tut mir aber leid», sagte ich.

«Gestern wollte ich sie auf dem Basar verkaufen, für achtzig Lira, doch man wollte mir nur siebzig bieten. Wäre ich nur drauf eingegangen!»

«War sie denn so wertvoll?»

«Und ob! Bernstein. Und zwar vom feinsten!»

«Stimmt, es war ein schönes Stück.»

«Sie haben sie doch gestern Abend bestimmt an mir gesehen?»

«Da habe ich wirklich nicht aufgepasst.»

Plötzlich veränderten sich seine Züge. Aus seinen Augen blitzte es feindselig.

«Ich muss zur Polizei», sagte er.

«Das müssen Sie wohl», sagte ich.

Sein Blick schien zu bedeuten: «Du hast sie genommen, ich weiß es ganz genau! Rück sie sofort heraus!», und ich dachte schon, gleich würde er das auch sagen. Ich verzog aber keine Miene.

Wieder ging eine Veränderung in seinem Gesicht vor sich. «Wenn ich den erwische!», sagte er.

«Das wird nicht einfach sein!», sagte ich.

Er wandte den Kopf zur Seite und biss sich auf die Lippen.

Von da an kam er Abend für Abend schon früh ins Kaffeehaus. Ohne mich zu grüßen, ja als bemerkte er mich gar nicht, setzte er sich an seinen Platz. Aus der ganzen Art, wie er bleich und verbissen in seiner Zeitung las, ging deutlich hervor, wie sicher er sich war, dass kein anderer als ich die Kette gestohlen hatte. Beim Gehen ließ ich ein paarmal wie aus Versehen mein Zigarettenpäckchen liegen, und wenn ich mich danach umdrehte, ertappte ich ihn dabei, wie er mir nachgesehen hatte.

Neulich saßen wir wieder so da. Er las, und ich kritzelte vor mich hin. Plötzlich fiel mein Blick in den die Wände säumenden Spiegel. Der Mann sah mich auch über diesen nicht an, doch seine Sitzhaltung war ein einziger Vorwurf an mich. Mehr überraschte mich, wie ich selbst im Spiegel aussah, nämlich wie ein unverfrorener Dieb, der nach begangener Tat seelenruhig dasaß. Ich wandte den Blick vom Spiegel ab und sah an mir herab. Tatsächlich, ich wirkte nicht anders, als hätte ich die Kette wahrhaftig gestohlen. Bei Kindern kommt es ja vor, dass sie eine Missetat, die sie nicht begangen haben, hartnäckig leugnen, dabei aber so unglaubwürdig wirken, dass jeder meint, sie seien es doch gewesen. Sie schaffen es nicht, auf natürliche Weise unschuldig auszusehen. Nun saß ich da wie solch ein Kind.

Jenes seltsame Verhältnis zwischen uns dauert seither an. Eines Tages vergaß ein Freund bei mir zu Hause seine Gebetskette aus Muscheln, mit der ich daraufhin abends am Kaffeehaus vorbeikam. Ich hatte nicht einmal vor, das Kaffeehaus zu betreten, sondern wollte an der nächsten Haltestelle die Trambahn besteigen. Da stand auf einmal der ältere Herr neben mir. Von drinnen hatte er die Kette nicht gut genug sehen können. Ich merkte, wie er zu meiner Hand hinunterschielte. Ohne ihn eines Blickes zu würdigen, schepperte ich mit den Muscheln. Wie wütend er daraufhin abzog! Sein Buckel rief mir zu: «Jetzt verspottest du mich auch noch! Unverschämter Kerl!»

Am schlimmsten aber ist, dass ich nicht nur ins Kaffeehaus gehe, sondern auch immer wieder, wenn er gerade drinnen sitzt, daran vorbeispaziere und dabei so tue, als verbärge ich etwas in der Tasche. Manchmal lächle oder pfeife ich auch nur. Wenn das seine Wirkung verfehlt, täusche ich wieder vor, etwas zu verbergen. Gelegentlich denkt er sich bestimmt: «Soll ich nicht doch zur Polizei?» Aber davon kommt er gleich wieder ab. «Der Dreckskerl! Das tut er mit Absicht. Und die Kette ist bestimmt nicht in der Tasche, die hat er längst verscherbelt. Ersticken soll er dran!» Ich bin ein schlechter Mensch. Ein Dieb, der nichts gestohlen hat.

Eigentlich tut der Mann mir ja leid. Andererseits sehe ich ihm gerade so in die Augen, als hätte ich seine Kette gestohlen und schämte mich kein bisschen dafür. Ich weiß, das ist grundverkehrt. Aber ich kann nicht anders. Er selbst löst das in mir aus. Wenn ich mich wenigstens dafür schämen würde, aber nein! Kaum bin ich am Kaffeehaus vorbei, fange ich an zu lachen, manchmal nur leise in mich hinein, aber manchmal pruste ich auch heraus und schüttle den Kopf dabei, dass mich jeder für verrückt halten muss. Was sagen Sie dazu?

MILCH

Zum ersten Mal seit Jahren habe ich Milch getrunken. Durch den dampfenden Milchduft in diesem Geschäft wurde man vierzig Jahre zurückgeworfen, bis ins Wiegenalter, sodass man am liebsten wieder nur geweint und geschlafen hätte. Jahrelang war ich weder so früh aufgestanden, noch hatte ich Milch getrunken. Dabei fing mit Milch doch alles an. Wie gierig reckten sich unsere Finger nach der Mutterbrust! Zahnlosen Ungeheuern gleich sogen wir drauflos. Vergangen diese Tage, vergangen jene Welt, die unsere Augen, trübe geweint vom Flehen um Milch, kaum wahrnahmen.

Die Tage, die wir mit Milch begannen und mit Wein beschlossen, sind seit meinem ersten Hungerschrei heute Morgen vorbei. Nichts ist von ihnen übrig. Bis zu diesem Morgen, ja zu dieser Stunde waren sie noch alle da, doch als ich den Milchladen betrat, blieben sie an der Tür zurück. Mein erstes Schreien, meine Wiege, die Muttermilch, Liebe, Hass, Selbsterkenntnis, Wein, Raki, Glücksspiel, Frauen, Wollust, mit einem Freund verbrachte schöne Tage, das um Milch weinende Kind, das ich nicht kenne und niemals kennenlernen werde, sie alle sagten: «So, wir lassen dich jetzt hier. Milch willst du trinken? Puh! Wir haben die Nase voll von Milch. Und so was will ein Mann sein? Schade um dich! Na ja, wolltest ja unbedingt rein in den Laden. Jetzt ist es aus zwischen uns.»

«Dann haut doch ab!», brüllte ich sie an. Übereinanderstolpernd, hasteten sie wie von einem Windstoß getrieben davon.

So stehe ich nun in dem Milchgeschäft wie neu geboren. Am liebsten würde ich schreien. Mir ist, als beginne ein neues Leben. Von nun an werde ich jeden Morgen wie neu geboren erwachen, den Duft eines Tröpfchens heißer, schäumender Milch von der Nase in die Adern wandern lassen, sanft und weich wie einen weißen Traumschnupfen, ihn dann zurück in die Nase befördern und niesen. Was ich an Muttermilch eingesogen habe, wird mir zur Nase wieder herausfließen.

Mein Brot werde ich in ein Schüsselchen frisch gemolkener Milch schneiden. Eine ganz neue Zeit wird beginnen. Ich werde Teil einer nach Milch duftenden Welt sein. Fern vom Geruch nach verbranntem Olivenöl, der einen nur in der Kehle reizt, werde ich in Frieden und Freiheit in einer Milchwelt leben, auf dass ich zweiundvierzig Jahre später aufs Neue geboren werde.

Meine Hände sind rissig, mein Gesicht ist von irdener Farbe, stolz und frei. Das Ungeheuer in der Wiege habe ich diesmal besiegt, doch ist mir darüber der Bart grau geworden, und die schäumende Milch in meiner Schüssel werde ich trinken, als saugte ich sie an einer Brust.

Draußen regnet es. Ich bin noch immer in dem Milchgeschäft. Meine Vergangenheit habe ich abgeschüttelt, ganz ruhig bin ich nun. Nichts mehr, wonach ich mich zurücksehnte. Das alles hat ein Schüsselchen Milch bewirkt. Welch ungeheure, seltsame Axt war imstande, den Tempel der Erinnerung mit den hell beleuchteten Fenstern so ganz und gar in Grund und Boden zu reißen?

Draußen regnet es. Soll es doch! Wie lang kann es schon regnen? Mir fällt ein Vers ein:

«Ward solcher Frühling je geseh'n …»[76]

Da kommt mir auf einmal, dass ich mich der Verse, der Romane, der Bücher eigentlich entledigen muss. Ich setze doch zu einer neuen

Welt an, so brauche ich auch neue Gedichte. Ich muss neue Romane lesen, neue Bilder sehen, und um schreiben zu können, muss ich ein neues Türkisch lernen. Neue Gefühle muss ich finden, neue Gedanken, neue Bücher. Oder werden sich die alten Spießgesellen, die ich beim Betreten des Ladens verscheucht habe, mir gleich wieder an die Fersen heften? Und werden wir alle zusammen ohne Verzug in den alten Schlendrian verfallen? Und wird der Milchduft nicht mehr sein als ein armseliges Kettenglied zwischen Vergangenheit und Zukunft? Sobald Regen und Straße sich meiner wieder bemächtigten, würde ich den Davongestobenen begegnen und zu ihnen sagen: «Wie dumm ich mich doch in diesem Milchladen verhalten habe! Ihr hattet mich gewarnt. Entschuldigt bitte! Dergleichen kommt eben vor. Ich habe euch doch nicht beleidigt, oder? Verzeiht!»

Der Verkäufer fragte: «Noch ein Glas?» Ich trank noch eins. Nein, die gleiche Wirkung tat es nicht mehr.

Draußen im Regen sprach der Alltag: «Beeil dich, es genügt jetzt. Komm endlich heraus. Du gehörst zu uns. Du kannst nicht ewig in dem Milchladen bleiben und so tun, als wärst du neu geboren. Wir warten schon auf dich. Wir werden dich von hier fortbringen. Alle warten auf dich. Du musst das Stück zu Ende spielen, das du mit ihnen aufführst. Man wird nicht einfach neu geboren. Und falls doch? Um dich wieder zu genau dem gleichen Menschen zu machen, würden wir keine zwei Jahre, ach was, keine zwei Tage brauchen. Bald wärst du wieder der gleiche egoistische, gierige, neidische, launenhafte Säufer und Hohlkopf. Wir haben alles in der Hand, um dich mit dem gleichen Übel zu schlagen. Und sag mal, was für eine Welt willst du eigentlich? Eine Welt, wie noch keiner sie gesehen und gehört, noch keiner sie erlebt und beschrieben hat... Wo gibt es denn so etwas? Jetzt komm schon. Kehr endlich in dein normales Leben zurück. Heute Abend bekommst du keine Milch. Wir geben dir Traubensaft mit Spiritus zum Trinken. Dann wirst du mit deinem Leben hochzufrieden sein und dich nicht so vagen, so zarten, kaum erahnten Hoffnungen hingeben, sondern ganz anderen, viel handfesteren, wenn der Wein dir nämlich zuflüstert, was für ein Held du doch bist, und deines Zustands heute Morgen wirst du dich dann schämen. Und wenn wir dich morgen früh wecken, bist du wieder verkatert und verbiestert wie eh und je.»

Der Geruch von schäumender Milch ergoss

sich nun über die Wände des Geschäfts wie Feuchtigkeit. Ich setzte meine Mütze auf und rannte hinaus auf die Straße. Die Verscheuchten näherten sich mir behutsam, wie Krankenschwestern oder Ärzte es bei einem Kranken nach überstandener Krise tun. Sie hakten sich bei mir unter, streichelten mir über den Rücken, wurden dann plötzlich energischer, und ehe ich mich's versah, hatte ich wieder die Zwangsjacke des Alltags an.

Was zwei Glas Milch nur mit mir angestellt haben...

DAS GRAMMOPHON UND DIE SCHREIBMASCHINE

Ich mag diese beiden Geräte. Menschen haben sich lange darüber den Kopf zerbrochen, und uns fallen sie einfach so in den Schoß. Wer auch immer die Idee hatte – war es Edison? –, die Stimmen der Lebenden und Toten nicht verkommen zu lassen, ist vielleicht gestorben, ohne je die eigene Stimme aufzunehmen. «Wozu das, so rau, wie sie ist? Es sollen schöne Stimmen erhalten bleiben!», hat er womöglich gesagt. Vom Erfinder des anderen Geräts weiß ich gar nichts. Wahrscheinlich ein findiger Stempelhersteller. Ist eine Schreibmaschine nicht eigentlich eine Stempelmaschine? Lauter kleine Siegelstempel, so wie früher, als man noch auf diese Weise unterschrieb. Bei der Schreibmaschine unterschreiben die einzelnen Buchstaben, und fährt man einfach so über die Tasten, hinterlässt jeder der erwischten Buchstaben seine Unterschrift, ohne dass sich in irgendeiner Sprache ein Wort daraus ergäbe.

Das Grammophon hat nichts mit dem Radio

gemein, sondern ist ein völlig eigenständiges Gerät. Ein Radio habe ich nie gebraucht. Vielleicht braucht auch keiner wirklich ein Grammophon; ich schon. Radios mag ich nicht. Entschuldigen Sie, aber es kommt mir komisch vor, wenn bei mir im Zimmer irgendein Mann aus Paris redet. Na ja, er ist ja nicht wirklich in meinem Zimmer, denn würde ich den Kerl sonst endlos schwatzen lassen? Und jener Radiosender drängt mir auf, was ihm gerade in den Sinn kommt. Vielleicht will ich das gar nicht hören? So wie ich mir selbst aussuche, was für ein Buch ich lese, will ich auch auswählen, nach was für einer Frauenstimme mir gerade ist. Sind wir vielleicht in der Schule? Ich darf doch wenigstens in meinem Zimmer tun und lassen, was ich will, oder? Ich mag nun mal das Radio nicht, und damit basta! Es hat so viel Lästiges an sich, allein schon, dass es die Nachbarn stört. Und all die Leute, die damit angeben wollen! Da ist einer Metzger und hat eine Frau, die unbedingt ein Radio will. Er kann sich aber keines leisten. Folglich jubelt er den Leuten so lange Büffelfleisch als Kalbfleisch unter, bis er genug Geld zusammengebracht hat, um mit so einem Ding nach Hause zu kommen. Was für ein Hallo! Die vielen Stimmen von überallher! Die Frau hört vor lauter Besitzerstolz gar nicht hin. Auch zu allerlei Schlechtigkeiten lässt das Radio sich missbrauchen. Ein richtiger kleiner Spitzel ist es. Keinen Schritt kannst du mehr tun, ohne dass die Welt davon erfährt, und sogar ein ganzer Staat hat keine Ruhe mehr vor ihm. In jedem Polizeiauto ist ein Funkgerät, und in Amerika sollen sogar Diebe eines im Auto haben.

Auch raubt einem das Radio jede Illusion. So dachte ich etwa, in Indien hätten sie eine Musik, die sich eben ganz nach Indien anhöre. Indische Sternennächte, der Ganges, Krokodile, Tempel, Elefanten, sinnliche Frauen mit großen Augen und großen Brüsten, Parias, die Gesänge Tausender Religionen, zischende Giftschlangen, Juwelen, Perlen, Millionen aufgeklärter, gebildeter Menschen, seidene Schals, tropische Wälder... Bis ich eines Tages im Radio hörte, was für eine kränkliche, quäkende Musik aus diesem seltsamverwirrenden poetischen Land kommt. Vorbei war es mit aller Illusion!

Das Grammophon ist von ganz anderem Schlag als das Radio. Es ist ein Freund, ein Gefährte, ist voller Bescheidenheit. In Edirnekapı[77], gegenüber vom Friedhof, hockte ich einmal abends auf einer Wiese, und aus einem der kleinen Häuser dort, wo sie noch um Petroleumlampen sitzen und niemand ein Radio hat, tönten wehmütige Klänge, und ich dachte mir, diese Platten hat bestimmt ein wunderhübsches Mädchen aufgelegt. Da streckte doch tatsächlich ein Mädchen den Kopf zum Fenster heraus, ein frech aussehendes, sommersprossiges Ding, dem noch die Morgensonne im Haar stand, und sie rief mir zu: «Gefallen Ihnen die Platten? Soll ich sie noch mal spielen?» Beschämt ging ich davon.

Ein andermal sah ich auf dem Schoß einer hübschen jungen Zigeunerin ein uraltes Grammophon mit einem roten Trichter. Sieben Leute aus einer Lederfabrik hatten zusammengelegt und sich den Apparat gekauft. Sie ließen ihn in Yedikule[78] spielen, an der alten Stadtmauer, und tanzten dazu. Und ein buckliger, stiller junger Mann, der an der Galatabrücke Zeitungen verkaufte, besaß auch eins, ein sehenswertes noch dazu, mit interessanten Platten.

Sonntagmorgens kreuzte er mit dem seltsamen Ding auf der Insel Burgaz[79] auf. Er war allein und hatte stets ein Lächeln auf den Lippen, wenn er mit dem Grammophon unter dem Arm daherkam. Eine seiner Schultern war unnatürlich schmal, und bei der anderen stak das Schulterblatt heraus, als sei es gebrochen. Mit hängendem Kopf schlich er dahin. Ich wunderte mich immer, wohin er so allein mit dem Grammophon wollte, und so ging ich ihm eines Tages nach. An einem einsamen Strand zog er sich aus. Ich machte mich auf einen haarigen, schwabbeligen Leib gefasst, auf eine Art Quasimodo. Was bei dem Mann, dessen Gesicht dem eines schönen Affen glich, schließlich zum Vorschein kam, war zwar tatsächlich ein recht krummer Körper, aber ein ganz menschlicher, weiß und schmal und ohne viel Fett, sodass man die Rippen sah.

Er stellte sein Grammophon auf einen Stein. Dann holte er eine braune Platte hervor, drehte sie umständlich in seinen Händen, bis er die Beschriftung lesen konnte, legte sie vorsichtig auf, befreite mit Zeigefinger und Daumen die Plattennadel von Staub, bis schließlich in dürrem Ton ein eher lächerlicher alter Foxtrott erklang. Der Mann setzte sich daraufhin in ziemlicher Entfernung vom Grammophon mit gekrümmtem Rücken auf einen Felsen. Die Zigarette zwischen seinen Lippen war erloschen. Als die Platte abgelaufen war, zündete sich der Mann seine Zigarette wieder an, und von der Rückseite der Platte war nun ein Tango zu hören, der auf *«C'est votre main, madame»*[80] endete.

Nun, ich meine, für den zivilisierten Menschen ist so ein Grammophon das Vergnügungsinstrument par excellence. Es befriedigt seine unschuldigen kleinen Wünsche und verschafft ihm Freude. Und niemandem fügt es Schaden zu. Ein besonderes Faible habe ich für die ganz alten Modelle mit den Trichtern in Rot, Grün, Blau oder gar Orange. Wie laut die früher in den Kaffeehäusern dröhnten! Durften sie ja auch, schließlich stellten sie etwas dar. Bis die armen Dinger dann verstummen mussten und nicht einmal mehr Zeit hatten zu sagen: «Ach, ihr Menschen, wir sind doch etwas Besonderes! Ihr rümpft jetzt die Nase über uns, aber irgendwann kommt ihr auf uns zurück. Ihr treulosen Wesen! Unseren Wert werdet ihr erst später erkennen. Wir werden im Kaffeehaus nicht mehr aus grünen und roten Trichtern tönen, denn ihr wollt es ja moderner haben. Ihr vertreibt uns aus den großen Salons. Bitte schön, macht gar nichts! Wir finden schon unseren Platz. Draußen vor der Stadt, bei den einfachen Leuten. Tut ruhig, was ihr nicht lassen könnt! Wir werden stattdessen für den Alleinstehenden spielen, für die Arbeiterin, für die Frau in einem Armenviertel. Und von dort bringt ihr uns nicht mehr weg.»

Dass das Grammophon etwas ganz anderes war als das Radio, war allen klar. So klar, dass selbst die Rundfunksender nicht ohne es auskamen.

Ist die Schreibmaschine der Handschrift auch nicht immer überlegen, so ist sie ihr doch ein Freund, ein großer Bruder, mit ihr vereint im Kampf gegen den gemeinsamen Feind: das Druckereiwesen nämlich. Was kann jenes schon leisten? Es ist das Werkzeug von Lug und Trug, von Erpressung, Schwindel, Bosheit und Niedertracht. Soll es ruhig hinausposaunen, binnen einer Stunde könne es tausendfach, ja zehntausendfach reproduzieren. Soll es sich ruhig etwas einbilden. Es ist ja doch nichts anderes als ein hysterisches Weib, das sich dem erstbesten schlechten Kerl in den Arm wirft.

Auch mit der Schreibmaschine wird Böses geschrieben, aber doch meist nur, um im Anschluss gedruckt zu werden. Das Schlimmste, was man der Schreibmaschine darüber hinaus vorwerfen kann, sind die Geschäftsbriefe, die man darauf tippt. Doch werden keine Dinge auf ihr geschrieben, die den Menschen danach vor Scham erröten lassen. Allerhöchstens schablonenhaftes Zeug. Dem Stempel entstammend, hat die Schreibmaschine ihr Schablonendasein hinter sich gelassen und sieht über Schablonen seither gnädig hinweg.

Spricht der Mensch mit der Schreibmaschine, flüstert er ihr zu: «Und was ist mit den anonymen Briefen?» Zum Glück überhört sie das, geschwätzig, wie sie ist, und übt sich weiter in Eigenlob. Von Liebesbriefen erzählt sie, von Memoiren, von schönen Romanen, von Gedichten, die nie gedruckt werden, von Geschichten und dem sinnlosen «ABCD» und «AGHTCZ», das kleine Kinder in spielerischer Freude in die Tasten hauen. Dann aber kommt sie von selbst auf die anonymen Briefe zu sprechen. Gewiss, davon gebe es höchst gemeine und niederträchtige. Doch sei es nicht so, dass gerade intelligente Menschen sich oftmals hinters Licht führen ließen? Da könne es manchmal durchaus von Nutzen sein, wenn einem braven Menschen durch einen anonymen Brief ein Licht aufgehe. Wer seine bedauernswerte Lage nicht selbst erkenne, dem werde sie dadurch bewusst gemacht. Dienten solche Briefe doch wenigstens dazu, einen ehrenwerten Mann von einer Frau zu befreien, die seine Ehre hinterrücks mit Füßen getreten habe! Nur zu solch löblichem Zwecke also billige sie solche Briefe, behauptet die Schreibmaschine.

Ich saß gar manches Mal im Zimmer eines Freundes und hörte ein Bach-Konzert, während jener Freund eines seiner Gedichte in die Schreibmaschine tippte. Er pries das Grammophon, ich die Schreibmaschine, so verbrachten wir schöne Zeiten zusammen. Mein Freund war ein guter Dichter. Sein Name wird Ihnen nichts sagen. Ab und an wurden Gedichte von ihm veröffentlicht, und er fand auch seine Anhänger. Das bisschen Ruhm, zu dem er gelangte, ist mittlerweile längst verblasst. Wenn sein Name fällt, kann jeder von uns Freunden – mal abgesehen von ein paar Neidern – sogleich ein paar Verse von ihm aufsagen. Traurig sinnieren wir dann vor uns hin. Auf der Straße mag unsere Freundin mit einem anderen dahingehen und uns keines Blickes würdigen. Eine junge Arbeiterin lächelt uns aus ihrem Fenster zu. Von einer eingebildeten Studentin werden wir verspottet. Da greifen wir in den Basilikumstock und streicheln die Blätter wie den Kopf eines kleinen Kindes. Danach riechen wir an der Hand und gehen unseres Wegs.

Ja, mein Freund war ein Dichter. Er lebte mehr schlecht als recht von einem kleinen Angestelltenposten. In der Kâtipçelebi-Straße in Beyoğlu[81] bewohnte er ein Zimmerchen, mit achtundzwanzig Büchern, mit Zeitungen, dem Gebetsteppich seiner Mutter und einem Foto, das seinen Vater, einen Hauptmann, in Uniform zeigte. Und ihm gehörten ein Grammophon und eine Schreibmaschine. Er besaß schöne Platten, nur sorgfältig ausgewählte Stücke. Abends hatten wir dort manchmal zwei Mädchen aus besseren Kreisen zu Gast, die für die Gedichte meines Freundes und für meine Geschichten schwärmten. Wir legten Platten auf, und während sich das eine Mädchen mit mir unterhielt, tippte das andere Gedichte meines Freundes in die Schreibmaschine. Die eine der beiden hatte eines Tages einen gar nicht so üblen Einfall. Es war ja ausgeschlossen, dass die Gedichte meines Freundes einmal als Buch herauskommen würden. Dazu hätte es einen Verleger gebraucht, der etwas von Gedichten verstand, und wo hätte man so etwas schon gesehen?

Das Mädchen schlug also vor, selbst ein sechzehnseitiges Bändchen herauszubringen. Mit Durchschlagpapier konnten von jeder Seite fünf Exemplare auf einmal produziert werden. Wir besorgten uns Papier, und die Mädchen machten sich abwechselnd an die Arbeit. Sie hatten sich da einiges vorgenommen. Wir legten Tschaikowski und Mozart für sie auf, zogen an unseren Zigaretten und betrachteten voll melancholischer Begehrlichkeit die hübschen Köpfe der Mädchen, die wohl manchmal auf den Schößen reicher junger Schnösel ruhten. Es waren aber noch keine fünfzig Exemplare beisammen, als die eine, von der die Idee stammte, verkündete, sie werde sich verloben.

Auf ihrer Verlobungsfeier zwitscherte sie: «Doch nichts geworden mit deinem Buch!»

«Hat eben nicht sein sollen», erwiderte mein Freund.

«Sei nicht traurig. Komm, tanz mit mir.»

Als der Tanz zu Ende war, drückte das Mädchen meinem Freund einen Kuss auf. Die Familie ihres Verlobten erstarrte zwar vor Schreck, aber die Verlobung lösten sie dennoch nicht. Reich und reich hatten zusammengefunden. Das andere Mädchen kam danach auch nicht mehr. Sie fand neue Freunde und ging nun lieber tanzen.

Oft saßen wir unter Männern zusammen, machten Radau, tranken Raki, rangelten miteinander und hörten dazu Sinfonien, Saxophon- und orientalische Musik. Hatten wir Geld, so ließen wir Mädchen kommen, die sich dafür bezahlen ließen. Von Musik verstand ich nicht viel, und wenn einer der Anwesenden mit Wissen darüber glänzte, zog ich mich verschämt in ein Eckchen zurück und wartete, bis der Disput über Gedichte losging.

Eines Abends war einer zu Gast, der sich bestens mit klassischer westlicher Musik auskannte. Mein Dichterfreund war darin zwar bewandert, doch genoss er einfach still die großen Werke. Jener andere aber erklärte und kritisierte, und der klingenden Worte war bei ihm kein Ende. Wir legten eine Sinfonie auf und wurden sogleich belehrt, was Sinfonie nun bedeute und was es nicht bedeute. Wir bemühten uns, zwischen einer Sinfonie und allem möglichen anderen zu unterscheiden, und irgendwie gelang es uns auch. Der Musikkenner sprach in einem fort und klärte uns auf.

Da sagte mein Freund: «Ich lege euch jetzt mal von Mozart den ‹Türkischen Marsch› auf. Hört euch das an!»

Unterdessen wurde weitergeredet, und während der Kenner uns noch eine vergleichende Kritik von Bach und Beethoven angedeihen ließ, zog mein Freund das Grammophon auf und ließ die Platte spielen.

Schließlich wandte der Kenner sich mir zu und sagte: «Hör mal genau hin! Hörst du das Galoppieren der türkischen Reiter heraus?»

Ich lauschte. Nun, ich hörte Schellen, hörte ein Rauschen sowie Geigentöne, die mich daran erinnerten, wie kristallen alles klingt, wenn draußen der Schnee fällt.

Als die Platte zu Ende war, sagte mein Freund schmunzelnd: «Ich habe mich vertan. Das war gar nicht Mozarts ‹Türkischer Marsch›, sondern irgendwas von Tschaikowski.»

Gelächter. Wir walkten den Musikkenner ordentlich durch und gossen ihm einen Krug Wein über den Kopf.

Eines Wintertags trugen wir das Grammophon und die Schreibmaschine, die im Leben meines Freundes eine so wichtige Rolle gespielt hatte, bei Schneetreiben hinauf in unsere geliebte Yüksekkaldırım[82]. Mein Freund brauchte dringend Geld. Das Mädchen, das er liebte, kam gerade aus dem Sanatorium. Sie hatte weder einen Mantel noch eine ordentliche Bluse. Und sowohl mein Freund als auch das Mädchen trugen undichte Schuhe.

EINE FRÜHLINGSGESCHICHTE

Ein Fest ist der Frühling, ein Erwachen, ein Wunder, ein verrückter Aufruhr, das Wahrwerden von Unfassbarem, und noch vieles mehr... Vögel, Gänseblümchen, Klatschmohn, Wiesen, Bäume, Mimosen, Oleander, Wasserrauschen, Löwenzahn, Zigeuner, Lämmchen... Für alles ist Platz in einem klassischen Frühling, ja sogar für Blutegel. Dabei habe ich längst noch nicht alles genannt und sogar das Wichtigste vergessen: die April- und die Maisonne.

Ist man über vierzig, packt einen im Frühling unweigerlich die Wehmut. Wie konnte man sich früher begeistern! Und wie die Hand eines jungen Mädchens, ihr quirliges Wesen einem das Herz klopfen ließ! Nicht ohne Grund teilt man ein Menschenleben in Jahreszeiten ein. Es hat eben jeder seinen Frühling, seinen Sommer, seinen Herbst und seinen Winter. Im Vergleich zu anderen Geschöpfen erlebt der Mensch seinen Frühling ziemlich spät. Ein Pferd erreicht mit einem Jahr oder allerhöchstens zweien seinen Frühling, und ein Lämmchen wächst in einem halben Jahr zum Widder heran. Der Mensch aber kann seinen Frühling kaum erfassen, bevor er zwanzig ist. Was er sich vorher unter Frühling vorstellt, ist nur ein falscher Frühling. Von solch einem falschen Frühling will ich berichten.

Vor genau dreißig Jahren war ich zwölf, und wir lebten in einem anatolischen Städtchen, in das mein Vater gegen Ende des Sommers versetzt worden war. Wir hatten einen schlimmen, furchtbar schneereichen Winter hinter uns, und nun war plötzlich Frühling. Der Schnee schmolz, doch was ihn schmelzen ließ, war nicht die Sonne, sondern Regen. In jener Gegend begann der Frühling mit vierzig Tagen Regen. Morgens tauchte am strahlend blauen Himmel eine schneekalte Sonne auf, ganz ohne wärmende Kraft. Noch bevor es elf Uhr war, kam von irgendwoher, ich weiß nicht mehr, ob von Osten, Westen oder Norden, eine schwarze Wolke; kaum zehn Minuten später goss es in Strömen, und das ging dann den Rest des Tages so weiter. Von meinem Fenster aus sah ich auf eine dunkelgrüne Ebene namens Karaçayır, Schwarze Wiese. Bot die Wiese auch nur wenig Farbenspiel, da sie wie das Meer jegliche Himmelsfarbe aufsog, konnte man doch versucht sein, mit wildem Freudengeheul zu ihr hinauszulaufen.

Den ganzen Winter über hatte ich krank darniedergelegen. Sobald ich auf die Straße ging, wurde mir schwindlig. Bei diesem seltsamen Wetter mit dem vielen Regen und dem fast immer bedeckten Himmel herrschte noch dazu so ein Geruch nach Frühling, Erde, Menschen, Wiesen und Stall vor, der einen richtiggehend an der Kehle packte, sodass ich am liebsten nur immer geweint und danach wieder starr und regungslos dagelegen hätte.

Eines Morgens, der Himmel draußen war noch klar, starrte ich an die Decke und dachte daran, dass es bald wieder losregnen würde. Plötzlich flatterte ein glänzender Vogel durchs Zimmer. Ich setzte mich im Bett auf. Da war der Vogel schon wieder. Dann huschte zu meiner Rechten ein weißer Streifen über die Wand und verschwand. Ich rieb mir die Augen. Als ich sie wieder öffnete, bewegte sich ein leuchtender Kreis zitternd über die Wand, als wollte er sich dort festsetzen. Was ich sah, war nichts anderes als der Lichtschein eines Spiegels.

Ich sprang aus dem Bett und lief zum Fenster, von wo man auf den Garten der Wohnung unter uns sah. Bestimmt war von dort in mein Zimmer gespiegelt worden. Da saß, zwischen Pfirsichblüten, auf einer Matte ein vielleicht sechzehn-

oder siebzehnjähriges Mädchen. Ich blieb am Fenster stehen. Als der Spiegel in ihrer Hand mich blendete, schlug ich nicht die Hände vors Gesicht, sondern versuchte, weiter die Augen offenzuhalten, ohne zu blinzeln.

Am darauffolgenden Tag griff ich selbst zu einem Spiegel. Das Mädchen schmunzelte und beschirmte die Augen vor seinem Schein. Dieses Spiel dauerte nie länger als eine halbe Stunde, dann flüchtete das Mädchen vor den ersten Tropfen ins Haus, und ich kehrte in mein Bett zurück. Am Tag darauf schien jeweils wieder herrlich die Sonne, der Spiegel des Mädchens huschte über meine Wand und blieb dort schließlich zitternd stehen. Ich ließ das Blenden furchtlos über mich ergehen, während sie, wenn ich sie anleuchtete, die schönen Hände vor die Augen hielt. Dann begann es wieder zu regnen.

Da ich mich um anderes nicht kümmerte, wurde ich auch nicht stutzig, als eines Morgens vor dem Haus eine Kutsche hielt. Doch erwischte mich meine Mutter bei dem Spiegelspiel. Verwundert sah sie in den Garten hinunter, sah das Mädchen mit dem Spiegel, sah den Spiegel in meiner Hand.

«Los, zieh dich an!», sagte sie.

Rasch stiegen wir in die Kutsche. Unser Gepäck wurde hinten verstaut. Mein Vater war erneut versetzt worden, und so fuhren wir los. Wir kamen durch einen Wald, in dem die Sonne hinter Wolken hervor immer wieder auf frisch ergrünende Bäume fiel und verschwand. In meinem Inneren sah ich zum letzten Mal das Leuchten jenes Spiegels. Dann fing ich jämmerlich zu weinen an.

«Was hat er denn?», fragte mein Vater.

Ich verbarg das Gesicht im Kleid meiner Mutter. Ich weiß nicht, was für ein Zeichen sie meinem Vater gab, jedenfalls ließen sie mich danach in Ruhe. Ich ahnte, dass sie es nicht wagen würden, mich zum Schweigen zu bringen, und weinte mich daher nach Herzenslust aus.

Seither wird mir, wenn im Frühling auf meine Zimmerwand von irgendwoher ein Lichtschein fällt, ganz melancholisch-weich ums Herz, wie es vielen im Frühling ergeht, und es hebt ein zappelndes Sehnen in mir an. Dreißig Jahre sind seit damals vergangen. Ich habe nie mehr jemandem mit dem Spiegel ins Gesicht geleuchtet, und nie mehr hat es jemand bei mir gemacht. Sollte aber je wieder im Frühling ein Licht wie eine Schwalbe durch mein Zimmer schwirren, so weiß ich nicht, was ich täte.

DER BRUNNEN

Ich sitze auf einer Bank vor dem Brunnen am Beyazıt-Platz[83] und warte auf Sie. Was hat es zu bedeuten, wenn ein gestandener Mann im Herzen noch die Freuden und Leiden eines Zwanzigjährigen verspürt? Sind das Anzeichen einer Verspätung? Es zeugt wohl von dem Wunsch, jugendliches Sehnen und Genießen so lang wie möglich auszukosten. Dass der Sommer sich hinzieht, heißt beileibe nicht, dass der Winter nicht doch käme. Ganz furchtbar wird er kommen, wird die Straßen verschneien und alles mit totem Weiß überziehen.

Ich warte auf Sie. Ich werde Sie sehen, und in mir drinnen wird es toben. Sie aber werden vorbeigehen, ohne mich zu sehen. Dann werde ich in bittersüßes Grübeln versinken und in meinem Kummer die Welt ganz neu erstehen lassen. Von Menschengetümmel zu Menschengetümmel werde ich durch die Straßen streifen, durch eine Stadt, in der alles nur Ihretwegen lebt.

So viele sind vorbeigekommen, Sie aber nicht.

Ich habe Ihr Gesicht nicht gesehen. Wie bei einem Kind, das man am Festtag um die Freuden des Schaukelns bringt, füllt mein Auge sich mit Tränen.

Zittere ich nun vor Kälte oder vor Aufregung, vor Kummer? Ich weiß es selbst nicht. Das Brunnenwasser ist trübe. Auf der Uhr über dem Tor ist es schon nach zwölf. Alle Bänke sind leer. Wie laut die Trambahn vorbeiquietscht! Was sieht dieser Fahrgast mich so seltsam an? Kennen wir uns? Oder meint er etwa, es säßen nur Taugenichtse um diese Zeit so einsam auf einer Bank? Ist in dieser Stadt denn niemand mehr verliebt? Setzt sich keiner mehr auf eine Bank und wartet und wartet, um einen Blick auf ein bestimmtes Gesicht zu erhaschen?

Zwei Leute nahmen auf der Nebenbank Platz. Eine Frau und ein Mann. Der Mann lächelte mich an. Mir war nicht danach, zurückzulächeln, obwohl er nicht die Art Mensch war, dem ich dies ansonsten verweigert hätte. Warum also ließ ich sein freundliches Lächeln unerwidert? Nun, ich wartete noch immer auf Sie. Vielleicht würden Sie heute ja gar nicht vorbeikommen. Waren Sie etwa krank?

Da meinte ich Ihren Gang, Ihr Haar zu erkennen, doch es war eine andere, und als ich meinen

Irrtum einsah, verfiel ich ganz traurig wieder ins Grübeln. Haben Sie womöglich vermutet, dass ich hier sitzen würde, und sind deshalb zum anderen Tor hinaus? Von diesem Gedanken kam ich gleich wieder ab. War ich solcher Beachtung denn überhaupt wert?

Sie werden doch nicht krank sein!

Ich stelle mir vor, Sie seien es. Ich eile an Ihr Krankenlager, da schlagen Sie die Augen auf. Ihre Stirn ist verschwitzt, zwei blonde Strähnen kleben daran. Sie sagen: «Mein Fieber will nicht sinken.» Da eile ich in die Stadt, besorge auf dem Schwarzmarkt Medikamente. Sie werden gesund. Wir gehen am Kai spazieren. Ihr Gesicht ist rosig, Ihre Stirn wieder verschwitzt. Sie lachen, spötteln über mich. Sie laufen voran, und ich komme kaum nach. Herrgott, lass sie nicht krank sein!

In den paar Sekunden, in denen ich das dachte, starrte ich den Mann lediglich an, dann, nach dieser Verzögerung, lächelte ich zurück. Da stand der Mann auf und kam zu mir herüber.

«Sagen Sie mal, wie heißt denn die Moschee da?»

Ob Sie's glauben oder nicht, mir fiel der Name nicht auf Anhieb ein. Ich war im Geiste noch immer bei Ihnen. Nein, krank waren Sie nicht, Gott sei Dank! Sie waren wohl doch einen anderen Weg gegangen, um mir nicht zu begegnen. Resigniert starrte ich vor mich hin. Ihnen selbst kann ich nicht böse sein; der Welt bin ich böse. Oder meinem besten Freund. Oder diesem kalten Mai 1946, der so gar nichts von einem echten Mai an sich hat. Diesen albern lachenden Mädchen da bin ich böse. Ihnen aber nicht, denn Ihnen kann ich nicht böse sein. Ich sage mir: Wenn sie einen Umweg gemacht hat, um mich hier nicht zu sehen, dann hat sie wenigstens an mich gedacht.

Da fiel mir der Name wieder ein.

«Beyazıt-Moschee heißt sie!»

Jetzt stand auch die Frau auf. Ganz neugierig, als hätte ihr Mann eine hochwichtige Frage gestellt und ich durch meine Antwort die erheblichsten Probleme gelöst, kam sie zu uns herüber und setzte sich neben ihren Mann. Dann fragte sie: «Und wo ist die Hagia Sophia?»

«Da vorn.»

Ich deutete in die Richtung, aber das war ihnen zu vage. Es waren ja auch nur lauter Häuser, Läden und Straßen zu sehen, wie sollten sie sich dahinter die Hagia Sophia vorstellen? Sie fanden sich trotzdem damit ab, was sollten sie machen? Um den Schein zu wahren, taten sie so, als hätten sie es nun begriffen. Nur ein letztes Aufbäumen noch: «Sicher ziemlich weit weg?»

«Nein, eigentlich nicht.»

Der Mann war etwas über fünfzig. Sein erdfarbenes Gesicht war ungewöhnlich zerfurcht.

«Ich hab sie aus dem Dorf mal hierher mitgenommen», sagte der Mann und deutete auf die Frau in ihrem weiten traditionellen Gewand. Als ich in ihr faltiges Gesicht mit den kleinen Augen, den glänzenden Wangen und den weißen Zähnen blickte, war mir auf einmal, als hätte ich den Geruch von Milch in der Nase. Diese rosigen Wangen... Sie musste wunderschönes Blut haben.

«Sie war noch nie in Istanbul. Jetzt bestaunt sie alles und lacht ständig. Es gefällt ihr gut hier. Wir sind aus Lüleburgaz, an der bulgarischen Grenze. Ich war schon ein paarmal in Istanbul, aber sie noch nie. Ich zeige ihr die Moscheen.»

«Zum Taksim-Platz[84] müssen Sie auch.»

«Das machen wir. Und nach Beyoğlu[85]. Das kommt doch noch vor Taksim, oder?»

«Genau.»

«Sollen wir da mit der Trambahn hin?»

«Am besten, ja.»

«Wir würden aber gern mit der Zahnradbahn hinauffahren.»

«Die ist außer Betrieb.»

«Außer Betrieb, ach so…»

Gemeinsam bedauerten wir, dass die Zahnradbahn außer Betrieb war. Die Frau zeigte mir etwas in Zeitungspapier Eingewickeltes.

«Kupfersachen sollen gerade so billig sein, da haben wir das da gekauft.»

«Was haben Sie denn bezahlt dafür?»

«Wie viel hat das Kilo gleich wieder gekostet? Vier Lira fünfzig, glaube ich. Sehen Sie, dafür haben wir drei Lira zehn gezahlt. Günstig, was?»

«Drei Lira zwanzig haben wir gezahlt. Siebenhundert Gramm wiegt er.»

«Du hast mit fünf Lira bezahlt. Wie viel hast du herausbekommen?»

Sie rechneten herum. Erst konnten sie sich nicht einigen, irgendwann dann schließlich doch. Drei Lira zehn hatte der Topf gekostet.

Ich sah in die Richtung, aus der Sie eigentlich hätten kommen müssen. Die beiden blickten – nach all der Rechnerei – auf den Brunnen.

Ich gab die Hoffnung auf Ihr Kommen allmählich auf. Wie soll ich Sie finden? «Hören Sie mir doch bitte einmal zu! Lassen Sie mich ganz offen zu Ihnen sein! Aber ich darf ja nie sagen, was ich zu sagen hätte, und Sie lassen mich nicht hören, was ich gerne hören würde. Wenn ich doch einmal ausreden dürfte...»

«Und das Wasser sprudelt von da unten raus?»

«Aber nein, das ist doch keine Quelle! Da wird Leitungswasser reingepumpt.»

Der Mann wandte sich der Frau zu. «Das ist Leitungswasser, verstehst du? Das wird da reingepumpt.»

Zu mir sagte er dann: «Ist das nicht ein Springbrunnen?»

«Ja schon, aber der wird nur an Feiertagen angeschaltet, oder wenn es heiß ist. Heute ist es zu kalt.»

Der Mann wieder zu seiner Frau: «Es ist zu kalt heute, deshalb spritzt da nichts raus. Dass machen sie, wenn es heiß ist, damit die Leute sich abkühlen können.»

Und zu mir: «Also, ich hab mal gehört, wenn so ein Springbrunnen an ist, dann wird ein Plastikball oben reingelegt, und der bleibt dann oben und tanzt herum. Ist das hier auch so?»

Der Mann um die fünfzig, die Frau kaum jünger. Und denken an Springbrunnen und darauf herumhüpfende Bälle. Die beiden sind noch kindischer als ich. Mein Verdruss verfliegt allmählich, und ich werde ganz munter. Die Frau beugt sich vor, um mich besser zu verstehen.

Wir reden über den Taksim-Platz, über andere Moscheen und Plätze, über den Bosporus und den Leanderturm[86]. Bis uns nichts mehr einfällt und wir einfach schweigen.

Ach, geliebte Frau, wüsste ich doch einen Vers, den ich Ihnen aufsagen könnte! Gibt es nicht Verse genug von Regentagen und Bergpfaden, von Mauleseln und Schellengeläut? Der Mann erzählt seiner Frau inzwischen vom Leanderturm, vom Bahnhof Haydarpaşa, von der Selimiye-Kaserne …

Dann schweigen wir alle drei. Als dächten wir eminent wichtige Dinge. Was denke vor allem ich nicht alles! Dass Sie zu dem Tor heraus und auf mich zugelaufen kommen. Ja, dass ich mich bei Ihnen unterhake.

Da fragt der Mann: «Und im Winter, friert er da zu?»

Was soll ich jetzt sagen? Wieder verflüchtigt sich mein Kummer. «Ja, da friert er zu», sage ich, «und dann rutschen die Kinder drauf herum.»

Der Mann dreht sich zu der Frau um. «Im Winter friert er zu, und die Kinder rutschen drauf herum.»

Was meinen Sie wohl, Geliebte, friert der Beyazıt-Brunnen im Winter zu? Zu Murtaza und seiner Frau Hacer habe ich gesagt, er tut es.

YÜKSEKKALDIRIM

An Sommersonntagen wirkt Istanbul wie ausgestorben. Durch Beyoğlu[87] schleppen sich nur wenige Passanten, ein paar Kinder schlüpfen in ein Kino. Betäubt von der Hitze gehen in ihren schwarzen Kleidern zwei Frauen von der Kirche nach Hause. Hinter der Scheibe eines Kaffeehauses dösen weltentrückte Rentner.

So ist Istanbul am Sonntag eben. Aber passen Sie auf, ich führe Sie an einen Ort, da werden Sie sich amüsieren. Moment mal, wohin sollen wir, wo wir doch auch in kühle blaue Fluten tauchen oder süß unter Kiefern schlummern könnten? Dies wäre natürlich möglich, aber es gibt in Istanbul einen Ort, der heißt Yüksekkaldırım[88], und den besuchen zu dieser Stunde heimwehkranke Rekruten, Lehrlinge, Pastetenbäcker, anatolische Köche und arme Schlucker, die nicht an den Strand können, oder eben Istanbuler, die mit Kiefernwäldchen und Meeresstränden nichts anfangen können oder ihrer einfach überdrüssig sind. Musik gibt es dort ganz umsonst. Eisgekühlte Limonade kostet nicht fünfundsiebzig Kuruş[89], sondern nur siebeneinhalb. Und für zehn Kuruş bekommen Sie auf schönen Tellern ein Kirschsahneeis, wie es in Beyoğlu selbst um eine halbe Lira nicht zu haben ist.

Wenn Sie dort herumschlendern, hören Sie bei einem Schritt Münir Nurettin und beim nächsten Tino Rossi. Gehen Sie nur nicht weiter, sonst klingt Ihnen gleich Safiye Ayla[90] oder Bing Crosby in den Ohren! Eine leichtes Rucken in Ihrem rechten Ohr, und schon dreht sich im Gehirn der Radioknopf. Eine Ihnen unbekannte Frauenstimme intoniert «Mein blutend Herz heilt keine Arzenei». Sobald Sie weitergehen, verebbt die Klage über das blutende Herz, und es ertönt eine uralte Platte von Hafiz Burhan[91]. Zwei Schritte weiter kündet gewiss eine andere Stimme davon, wie sehr sie sich in die güldene Sonne Ihrer Schönheit verliebt habe!

Schreiten Sie unbekümmert voran. Genug der Musik! Jetzt stehen Sie vor einem hübschen Kaffeehaus und haben den Trubel der Grammophone hinter sich gelassen. Im Schaufenster hängt ein weißes Tuch, auf dem ein primitiver Maler in Gelb, Rot und Violett einen Seehund auf dem Packeis und daneben ein umgekipptes Eskimokanu festgehalten hat. Auf dem Schild darunter steht in zusammengewürfelten Buchstaben:

«Meeresungeheuer!
Im nördlichen Eismeer gefangen!
Zwei Meter groß – 270 Kilo schwer – Ein Tier mit drei Schwänzen!!!... Zwei Hände, und an jeder drei Finger!... Zehn Fingernägel an zehn Fingern (???) Ein menschenartiges Ungeheuer (!) Soldaten fünf Kuruş (sieben Pünktchen) Zivilisten (Komma) zehn Kuruş. Hereinspaziert! Das müssen Sie mit eigenen Augen sehen – Kommen Sie, meine Herrschaften! Gesund und lebendig (Fragezeichen)»

Mitten im Kaffeehaus ein leeres Becken! Herrlich duftender karminroter Tee aus eleganten Gläsern. Das kleine Kaffeehaus ist bekannt für seinen guten Tee. Ein paar Großmäuler spielen Karten. Linkerhand eine mit Schals und Tüchern ausgelegte und von einem Tüllvorhang halbwegs verdeckte viereckige Fläche. Von dort hört man einen kleinen Seehund heulen wie ein Kind. Die Fischlieferung ist noch nicht da, also hat Marika Hunger! Ein dicker Mann nimmt Ihre zehn Kuruş entgegen. Und dieses Geld ist der Seehund durchaus wert. Sieht sie einen mit ihren großen runden Augen an, muss man Marika ganz einfach mögen!

Marikas Herrchen Haydar ist großsprecherisch, jovial und bemüht sich sehr um die Leute.

«Bitteschön!», empfängt er einen.

Sagen Sie: «Guten Tag!», und fragen Sie dann: «Was ist denn das für ein Fisch?»

«Lieber Herr, das da ist kein Fisch, das ist etwas Menschenähnliches. Es hat eine beinahe menschliche Stimme, hat Finger, Fingernägel, Brustwarzen und so weiter. Und es legt nicht etwa Eier wie ein Fisch, sondern gebärt wie ein Mensch.»

«Und wie heißt dieses Tier?»

«Man nennt es Seehund. Gejagt wird es im Polarmeer. Die Amerikaner halten sich so etwas als Haustier.»

«Und Sie haben es im Polarmeer gefangen?»

«Ehrlich gesagt nicht. Fischer haben es in den Dardanellen erwischt. Wer weiß, wie sich das arme Tier dorthin verirrt hat? Ich habe es auf dem Jahrmarkt von Izmir gekauft, um damit ein bisschen was zu verdienen. Erst habe ich es Marika getauft, aber dann umbenannt in Mercan, damit es eine Muslimin ist.»

«Aber Marika ist doch ein schöner Name, Haydar. Den hätten Sie beibehalten sollen.»

«Na ja. Jetzt habe ich das gute Tierchen eben da. Nachdem ich es gekauft hatte, wollte es fast drei Wochen lang nichts fressen. Sogar mit Meerbarben habe ich es versucht, die hat sie nicht mal angeschaut. Dafür hat sie jetzt einen Appetit! Nicht satt zu kriegen, das gute Mädchen. Ich hüte sie wie meinen Augapfel. Zweimal am Tag werfe ich ihr einen Klumpen Eis ins Wasser. Vor drei Monaten habe ich Marika einem Fischhändler abgekauft. Sie hat mich an die hundertachtzig Lira gekostet, wie viel waren es noch mal genau?»

Er kramte nach dem Beleg des Fischhändlers und rief mir dabei zu: «Sie trinken doch einen Tee, oder?»

Dann sollte ich das Tier endlich sehen.

«Kommen Sie, gehen wir rein!»

Als er den Vorhang beiseiteschob, stand vor mir eine große, innen mit glänzendem Zink ausgeschlagene Holzwanne. Der Seehund erblickte sein Herrchen und fing an zu jaulen.

«Dreh dich! Komm, dreh dich, mein Mädchen!»

«Es ist also tatsächlich ein Weibchen?»

«Sicher.» Ein Korb voller Makrelen wurde hereingetragen. «Na los, dreh dich schon! Sonst kriegst du nichts!»

Der Seehund sah uns aus seinen Kulleraugen verständig an und atmete heftig durch die nur aus zwei Löchern bestehende, eigentlich nasenlose Nase. Dann drehte er sich einmal um seine eigene Achse.

«Los! Dreh dich noch mal! Jetzt schauen Sie mal zu, wie er den Fisch wegputzt!»

Der Seehund packte die Makrele am Bauch, tauchte sie kurz ins Wasser und schüttelte sie, ließ Darm und Blut des Fisches ablaufen und schluckte ihn hinunter, ohne zu kauen. Dann drehte er sich noch einmal und noch einmal und bekam wieder einen Fisch, und das ging so lange, bis von den sieben Kilo Fisch gerade noch drei, vier Makrelen übrig waren.

«Die würde eine ganze Fischhalle leerräumen! Wer soll sich denn das leisten können? Du ruinierst mich ja, mein Mädchen!»

Er zückte seine Brieftasche und blätterte dem Fischhändler vor meinen Augen siebeneinhalb Lira hin. Dann sagte er zu seinem Kompagnon: «Komm, ruf mal wieder ein bisschen aus!»

Der Albaner ging daraufhin vor dem Kaffeehaus auf und ab und schrie: «Ein lebendes Tier! Gesund und lebendig! Ein Meeresungeheuer! Zwei Meter groß! Zweihundertsiebzig Kilo schwer! Akrobatische Kunststücke! Im Kino bewundert, nun hier bei uns zu sehen! Gesund und lebendig!»

Als ich draußen bin, tönt es wieder aus den Grammophonen. Da ist ein Mann mit Glücksbriefchen! Er hat ein kleines Wildkaninchen dabei und drei Tauben, eine grün angemalt, eine braun und eine gescheckt. Gegen Entgelt kann man sich von einem der Tiere ein Glücksbriefchen ziehen lassen. Na, ich versuch's. Mal sehen, was drinsteht:

«Ihre Hoffnungen sind vergebens. In der Liebe ist Ihnen kein Glück beschieden. Man erwidert Ihre Liebe nicht. Machen Sie sich aber nichts daraus. Was in der Liebe nicht klappt, gelingt Ihnen woanders. Bald wird Ihnen eine hübsche Summe Geld zuteil...»

Geld? Nichts weiter als schwarzer Rauch, der uns in die Lungen zieht. Diese Enttäuschung! Von wegen Glücksbriefchen!

Jetzt stehen wir vor einem Mann, der aus allem Feuer machen kann: aus Wasser, Spucke, Limonade, Eis, aus einem Apfel, einer Melone... Er ist umringt von Menschen aller Art: Soldaten, Zivilisten, Kindern, Jugendlichen, Frauen, Männern, Alten. Von Leuten aus Beypazar, Eskişehir, Adana, Erzurum, Bolu, Izmir, Daday, Akçakoca, Manavgat, Hayrabolu, Mudurnu... Die einfältigsten Menschen des Landes scheinen vor dem Mann versammelt, der in einem fort redet.

«Nun stellen Sie sich mal vor, draußen auf dem Feld begegnen Sie Ahmet, und der will gerade ein paar Maiskolben rösten und hat auch schon alles vorbereitet, um ein kleines Feuerchen anzuzünden, und da merkt er auf einmal, dass er keine Streichhölzer dabeihat, und als er am Rädchen seines Feuerzeugs dreht, da macht es immer nur ‹britzel, britzel›, aber der Zunder will und will nicht brennen. Ist er etwa feucht geworden? Da gehen Sie zu Ahmet und sagen: ‹Ahmet, was ist denn los?›

‹Hast du vielleicht Streichhölzer? Ich wollte den Mais da rösten, und jetzt geht das verdammte Feuerzeug nicht!›

‹Streichhölzer habe ich keine, Ahmet, aber hast du nicht ein bisschen Spucke?›

‹Ach lass das, ich bin schon sauer genug.›

‹Nein, ich meine es ernst.›

‹Ob ich Spucke habe? Ja, und?›

‹Ja, wenn du Spucke hast, warum drehst du da noch an dem Feuerzeug rum?›

‹Jetzt hör mal, wenn du mich auf den Arm nehmen willst…›

‹Ahmet, was gibst du mir, wenn ich mit deiner Spucke das Feuer da anzünde?›

‹Was redest du da?›

‹Im Ernst, was gibst du mir?›

‹Na, was du willst!›

‹Gibst du mir einen Sack Mais?›

‹Meinetwegen zwei!›

Dann drehen Sie sich um und kratzen entweder mit dem Fingernagel oder mit einem Taschenmesser von dieser Substanz hier etwas auf ein Stück Papier.

‹So, jetzt spuck mal da drauf, Ahmet …›»

Zur Demonstration spuckte der Mann auf das Papier in seiner Hand, und die dunkle Substanz, die ganz ohne Zweifel Quecksilber enthielt, wurde zunächst glasig und begann allmählich zu rauchen. Schließlich entstand tatsächlich eine Flamme.

Kaufen auch Sie von dem Stoff, mit dem sich Spucke in Feuer verwandeln lässt, und gehen Sie dann weiter. Wir sind noch nicht am Ende der Yüksekkaldırım angelangt! Nun stehen Sie vor dem Schießstand. Mindestens einmal müssen auch Sie schießen. Und wir dann auch ein-, zweimal. An der Wand steht nämlich die Maxime:

«Schießen ist die erste Bürgerpflicht.»

Nicht zu schießen wäre geradezu peinlich. Wo doch sogar ein Schild dasteht:

«Meine Damen und Herren,
erlernen Sie das Schießen!»

Und noch ein zweites:

«Bringen Sie die Atombombe
zum Explodieren: 10 Kuruş.»

Wenn Sie sie nicht zum Explodieren bringen, sind Sie selbst schuld. Weiter nun zum «Lustigen Billardgewinnspiel». Da steht eine Schöne mit roten Wangen, geschminkten Lidern und schwarzen Brauen, und sie blickt Ihnen lächelnd in die Augen, bis Sie ihr Billardkugeln abnehmen. Haben Sie die Kugeln dann in der Hand, sind Sie schon nicht mehr interessant. Sie müssen mit ansehen, wie die Schöne ihren sinnlichen Blick einem anderen zuwendet, und traurig denken Sie: «So ist die Welt!»

Nun ja, so ist die Welt tatsächlich, aber hat die treulose Frau etwa nicht ihre Gründe? Auch sie muss leben …

DIE ZEHN MILLIONÄRE UND IHRE ZEHN FREUNDINNEN

Die zehn Millionäre und ihre zehn Freundinnen waren der Stadt mit ihrem Elend, ihren Krankheiten und ihrer Mühsal allmählich überdrüssig. Es herrschte Krieg in der Welt, sonst wären sie längst ins Ausland gegangen.

Vor dem Krieg hatte einer von ihnen ein Stoffgeschäft besessen, ein anderer mit Leder gehandelt, wieder ein anderer mit Holznägeln für Schuhe und mit Schnürsenkeln; einer hatte Zahnbürsten, Kämme und Rasierklingen verkauft, und ein anderer Papier, Zink und Zinn. Innerhalb von drei Jahren waren sie allesamt Millionäre geworden.

Ob alt, ob jung, niemand in der Stadt hielt es für schändlich, sich unrechtmäßig zu bereichern. Wurde tatsächlich mal einer eingesperrt, so hieß es, wenn er – die Taschen voller Geld – entlassen wurde: «Schön, dass Sie wieder da sind! Es hat uns so leidgetan für Sie! Wo doch damals fast jeder so gehandelt hat... Und bei Ihnen war nichts Lebensnotwendiges im Spiel.»

«Ja, nicht wahr?»

Da von unseren zehn Schwarzmarkthändlern nie einer zum Verhör gebeten wurde, musste auch keiner von ihnen je ins Gefängnis. Sie verrichteten ihre Arbeit nach allen Regeln der Kunst, traten dabei niemandem zu nahe und halfen da, wo es nötig war, mit der einen oder anderen Gabe ein wenig nach.

Als sich die Schwarzmarktpreise allmählich den Preisen auf dem regulären Markt anglichen und auch Banken und halbstaatliche Einrichtungen Gewinnspannen von hundertfünfzig Prozent erreichten, beschlossen sie, sich persönlich aus den Geschäften zurückzuziehen und von zuverlässigem Personal vertreten zu lassen.

Die Idee dazu kam dreien von ihnen, als sie im feinsten Lokal der Stadt bei Garnelensalat, Spargel, Hühnchen mit Artischocken, Lamm mit Reis, Pêche Melba sowie Himbeeren mit Crème Chantilly zusammensaßen.

Sie würden sich also aus dem Geschäftsleben zurückziehen, in irgendeinem Dorf, fernab selbst von den Sommerresidenzen der Städter, ein großes Haus errichten und dort im Stil der französischen Renaissance nach eigenem Gusto zusammenleben.

«Als in Florenz», begann einer, «einmal die

Pest wütete und zahllose Menschen dahinraffte, flüchteten sich die reichen Leute an einen abgelegenen Ort, hielten dort, Männlein und Weiblein, monatelang aus und erzählten sich gegenseitig Geschichten. Warum sollten wir es nicht auch so halten? Was sollten die reichen Florentiner uns voraushaben? Ihr erlebt ja selbst, wie es zugeht in der Stadt: Tratschereien, Schwarzmarkt, Radau, Getümmel, an der Seite des ehrbarsten Mannes sehen wir den ordinärsten, dem schönsten gegenüber den hässlichsten, an der Hand des besten den schlechtesten, im Geschäft eines Gauners einen Ehrenmann, am Arm eines Schlawiners einen Unbestechlichen, in diesem saubersten Lokal der Stadt den schmutzigsten Bauern, und neben einer ehrbaren Frau und Mutter eine Hure...

Geld haben wir doch, was können wir damit nicht alles anfangen! Hast nicht du eine achtzehnjährige Schönheit aus einem Armenviertel zu deiner Freundin gemacht? ‹Ach, wenn sie nur mein wäre, dann hätte ich keinen Wunsch mehr auf der Welt!› Hast du das nicht immer gesagt? Sie ist dein geworden, und was ist passiert? Satt hast du sie inzwischen. Und du, hast du nicht vor dem Krieg geseufzt: ‹Ach, hätte ich doch siebzehn Garnituren Kleidung, zwanzig Paar Schuhe, ein Auto und eine Freundin!› Und? Hast du das heute nicht alles? Was würde der Spaß groß kosten? Sagen wir dreitausend pro Monat. Was sind schon dreitausend Lira? Hauen wir bei einer Party nicht manchmal dreißigtausend auf den Kopf?»

«Ja, was wollte ich früher immer?», erwiderte ein anderer. «Morgens heiß duschen können… Drei gazellenschlanke Mädchen um mich herum… Zwei Rennpferde, ein Automobil… Was wollte ich sonst noch? Wer mich früher nicht einmal grüßte, wälzt sich jetzt im Staub vor mir. Das wünschte ich mir am allermeisten, und es ist mir zuteilgeworden. Leute, die mich verachteten, habe ich mit Wohltaten überschüttet, da nannten sie mich ein ‹Marktgenie›. Wo mir einer widerstand, sah ich schlicht über ihn hinweg, bis er angekrochen kam. Da bescherte ich auch ihn. Mir ist alles geglückt.

Wir sind insgesamt zehn, und alle zehn sind wir nicht verheiratet. Lassen wir uns irgendwo außerhalb der Stadt eine Art Hotel bauen, was sage ich: einen Palast. Weg von den verdreckten Gehsteigen, weg von Armut, Verlausung und Hunger, von all dem künstlichen Schick, von den Strolchen und Künstlern, von diesen Bars und Zeitungen, dieser Politik, diesen Menschenmengen» – er wies dabei auf die belebte Straße hinaus – «und weg von diesem Herdentum. Weg von dem Kriegsgeklingel und von der Unzufriedenheit, ja, gerade auch von der Unzufriedenheit ...»

«Gut, machen wir das», sagten sie sich. Gleich nach diesem Mittagessen gingen zwischen den Büros der zehn Millionäre Telefongespräche hin und her. Am Abend dann, in einem abgelegenen, ruhigen Restaurant, das sie extra dafür gemietet hatten, fassten sie bei Raki und vorzüglichem Essen den endgültigen Beschluss.

Gesagt, getan. Zu einem Spottpreis wurde ein heruntergekommener Gutshof gekauft und dessen Hauptgebäude mit seinen zwanzig Zimmern entsprechend hergerichtet. Als die Renovierung beendet war, zogen die zehn Schwarzhändler, ihre zehn Freundinnen, ein alter Eunuch aus dem Sultanspalast und eine frühere Sklavin dort ein.

Zur Verrichtung aller Dienstbotentätigkeiten wurden an die dreißig kräftige junge Menschen aller Bekenntnisse eingestellt. Die Ställe waren bald voller Pferde, Esel und Maultiere. Ein Hirte führte eine vierzigköpfige Schafherde auf die Weide, ein anderer kümmerte sich um die Kälber. Es wurden Jagdgewehre, Revolver und Feuerwerkskörper gekauft. Kurz gesagt wurde zur Unterhaltung der Millionäre und ihrer Freundinnen alles Erdenkliche unternommen. Aus den Hochebenen Anatoliens wurden sogar ein Kamel und ein Dromedar herbeigeschafft, als Reittier für den König und die Königin, die jedes Wochenende neu gewählt werden sollten.

Am eine halbe Stunde entfernten Meer baute man eine Anlegestelle für einen Kutter. Fünf erfahrene Fischer aus der Stadt wurden mit funkelnagelneuen Booten und Netzen ausgestattet. Die zehn Spekulanten waren in Gandhi-Hosen und Seidenhemden gekleidet, ihre zehn Freundinnen fein herausgeputzt.

Der erste Tag ging mit fröhlichem Geplauder vorüber, und am Abend versammelten sich alle in einem Saal. Die Dienstboten waren in einem anderthalb Kilometer entfernten Gebäude untergebracht; wie es dort zuging, mag an einem anderen Abend geschildert werden. Werfen wir zunächst einmal einen Blick in den mit riesigen Kirchenkerzen beleuchteten Saal, in dem die zehn Spekulanten und ihre Freundinnen nach Einbruch der Dunkelheit an einem rechteckigen Eichentisch zusammensaßen, die Männer auf der einen Seite, die Frauen auf der anderen.

Der Eunuch hockte, einen großen Kerzenleuchter vor sich, demütig auf einem Schemel.

Der Millionär, der bei dem ersten Beschluss das große Wort geführt hatte, stand nun auf.

«Meine Damen und Herren, Sie sind zu einem Vergnügungsaufenthalt hierher eingeladen worden, der sich über vier, fünf Monate erstrecken soll. Ich denke, Sie haben voneinander schon erfahren, in welcher Form sich die Lustbarkeiten gestalten sollen. Zu irgendwelcher Sorge gibt es keinerlei Anlass, und wir müssen auch nicht viele Worte machen. Bestünde keine Übereinkunft zwischen uns, so wären wir erst gar nicht zusammengekommen.

Es soll uns nicht stören, fern von unserem gewohnten Leben zu sein. Nicht Last, sondern Lust soll unser Aufenthalt uns sein. Das Geld, das wir verdient haben, bietet uns eine Chance, die wir uns nicht entgehen lassen sollten! Wir werden uns auf ein Experiment mit sicherlich glücklichem Ausgang einlassen. Am Ende der hier verbrachten Monate nämlich wird jede der Frauen den idealen Mann haben und jeder Mann die ideale Frau.

Eins sollten wir alle von vornherein akzeptieren, nämlich dass ein Mann und eine Frau, die sich gegenseitig auswählen, zuvor eingegangene

Verbindungen ohne viel Aufhebens lösen. Zu irgendwelchen Täuschungen darf und wird es nicht kommen.

Die Fensterläden unserer Zimmer sind alle fest verschlossen und dürfen auch nicht geöffnet werden. Es befinden sich weder Kerzen noch Zündhölzer in den Zimmern. Die Zimmer weisen Nummern auf, und jede Frau darf eintreten, wo sie will. Zu einem Streit um bestimmte Nummern soll es bitte nicht kommen. Wie Sie wissen, sind die Zimmer alle leer, und Sie nehmen einfach die Nummer hin, die Ihnen zugewiesen wird. Die Zimmer sind nicht etwa bei eins beginnend durchnummeriert, sondern tragen beliebige Nummern wie 65, 125, 89.»

Er räusperte sich ausgiebig und fuhr dann fort.

«Nachdem sich jede Frau ein Zimmer ausgesucht hat, benachrichtigt die vor der Tür wartende oberste Dienerin Tebessüm die Männer davon und zieht sich in ihr Zimmer zurück. In Begleitung des Eunuchen Mesut Ağa begibt sich dann jeder Mann vom Saal aus in ein Zimmer seiner Wahl. Es wird darum gebeten, in den Zimmern keine Gespräche zu führen. Sollte dies dennoch geschehen, ist es kein großes Unglück, denn es wäre ein sehr großer Zufall, wenn auf die beiden Personen am folgenden Abend wieder dieselbe Nummer entfiele. Sobald sich alle Frauen aus den Zimmern zurückgezogen haben, wird den Männern ihre Zimmernummer mitgeteilt. Diese gilt allerdings immer nur für eine Nacht. Sowohl die Frauen als auch die Männer sollen sich die für den jeweiligen Abend gültige eigene Nummer und die ihrer Begleitung notieren. Ich möchte betonen, dass ab zwei Uhr alle, die nicht in Begleitung ihres Partners verbleiben möchten, das Zimmer jederzeit verlassen dürfen. Ich hoffe allerdings, die betreffende Person wird sich dann nicht gleich vom ganzen Spiel zurückziehen. Schließlich kann man an dem Spiel Gefallen finden, aber nicht an jedem Teilnehmer, nicht wahr?

Um allen Eventualitäten vorzubeugen, werden nach der zweiten Nacht die Frauen ihre Zimmernummern im Losverfahren aus einem Beutel ziehen.

Der Freitag, der Sonntag und der Dienstag sind jeweils Ruhetage. Am Ende jedes Monats werden wir uns wieder um diesen Tisch versammeln. Die von den Männern und Frauen notierten Nummern werden dann von einer zweiköpfigen Kommission ausgewertet, deren Mitglieder den Titel ‹König und Königin› tragen sollen. Gegebenenfalls dürfen die beiden das von der Dienerin Tebessüm und dem Eunuchen Mesut Ağa geführte Buch einsehen. Hat eine Frau nach zwei Uhr das Zimmer eines bestimmten Mannes verlassen, wird dafür gesorgt, dass sie nicht mehr auf diesen Mann trifft.

Die Nummern und die Namen der Männer und der Frauen werden von Tebessüm und Mesut Ağa – zwei im Übrigen völlig vertrauenswürdigen Personen – in getrennt geführten Heften registriert.

Eine Sache möchte ich noch hinzufügen: Innerhalb eines Monats darf ein Mann nur an drei Tagen das Zimmer einer Frau um zwei Uhr verlassen. An allen anderen Tagen muss er unbedingt dort bleiben.

Das mag jetzt etwas verwirrend klingen, doch werden Sie sehen, dass sich mit der Zeit alles vollständig klären wird.»

Die ersten Tage und Nächte vergingen in aller Entspanntheit. Es wurde an den Strand gegangen und gebadet, und abends ruhte man unter den Nussbäumen. Aus der Stadt war nicht das Mindeste zu vernehmen. Den Stellvertretern der Millionäre war eingeschärft worden, sich zu melden, sobald etwas aus dem Ruder laufe, doch ließ sich keiner von ihnen blicken. Die Geschäfte schienen also auch so ihren gewohnten Gang zu gehen. Die Diener, die zu Besorgungen in die Stadt fuhren, wurden daher angewiesen, nur ja keine Zeitungen mitzubringen. Lediglich bei bestimmten Einkäufen hatten die Diener freie Hand. In den Apotheken der Stadt wurden damals drei Arzneien allmählich rar, doch da zwei der Millionäre Handel mit Medikamenten betrieben, gab es in ihren Geschäften noch genug davon. Bei zweien der drei Produkte handelte es sich um normale Präparate, das dritte war von etwas besonderer Natur und trug einen schönen Namen.

Die beiden ersten Medikamente hießen «Yohimbine» und «Testoviron». Den Namen des dritten kann man an allen großen Bahnhöfen der Welt auf Werbeplakaten lesen. Auch in unserer Stadt steht der schöne Name geschrieben, oft auf Schildern von Tabakläden: «Bell'amore»...

Als man sich nach einer der Versammlungen, die jeweils am Monatsende abgehalten wurden, mit Whisky, Eistee und Petits Fours in den Garten zurückzog, war den Mienen von König und Königin ein leichtes Unbehagen anzusehen.

Nach dem Tee führten König und Königin auf den Liegestühlen unter der Akazie mit zwei hochgeachteten Personen, die ihr Vermögen auf zweieinhalb Millionen gesteigert hatten, eine geheime Unterredung.

Über das Wesen dieser Unterredung wurde nichts weiter bekannt, doch ihr Ergebnis fand Eingang in das Tagesbulletin, das jeweils an einen Nussbaum genagelt wurde.

Es war «Bulletin Nr. 118» und wurde, wie alle vorhergehenden, von niemandem weiter beachtet. Wir aber sollten es lesen.

> «Bulletin Nr. 118 – Millionärs-Gutshof
> Um über eine harmlose Krankheit, von der unsere Gesellschaft seit einiger Zeit affektiert ist, völlige Gewissheit zu erlangen, hat es sich als notwendig erwiesen, unserer Gemeinschaft von außerhalb den Rat einer diesbezüglich kompetenten Person zukommen zu lassen, sodass die heute tagende königliche Versammlung den Entschluss gefasst hat, einen absolut vertrauenswürdigen Arzt auf unser Schloss zu holen.»

Nachdem daraufhin ein renommierter älterer Arzt erschienen war und die zehn Millionäre, ihre zehn Freundinnen, die dreißig Griechinnen und Zigeunerinnen sowie das restliche Dienstpersonal sorgfältig untersucht hatte, wurde am nächsten Tag an den Nussbaum ein Erlass genagelt, von dem – so viel sei hinzugefügt – wiederum kaum Notiz genommen wurde.

Er lautete folgendermaßen:

«Bulletin Nr. 119 – M.-G.
Der ärztlichen Untersuchung zufolge ist nicht zu unterbinden, dass weitere Personen von der betreffenden Krankheit angesteckt werden. Aufgrund der Art der Krankheit kann jedermann mehr oder weniger davon befallen sein. Der Arzt wird insgesamt zwanzig angesteckten Frauen, darunter auch einigen Dienstboten, ein neuartiges Medikament injizieren, das die Menschheit bereits vor großem Ungemach errettet hat, und er ist sehr zuversichtlich, damit auch in unserer Angelegenheit Abhilfe schaffen zu können. Der Name des Medikaments lautet Penicillin.
Es sei darauf verwiesen, dass es sich dabei um ein in Notfällen eingesetztes verschreibungspflichtiges Präparat handelt, das allerdings selbst in Krankenhäusern als Mangelware gilt. Im Zusammenhang damit möchten wir an das Sprichwort erinnern: ‹Geld fährt auf hohen Schlitten.›

Voller Bedauern müssen wir mitteilen, dass wir nicht in der Lage sind, unserer Gemeinschaft dieses Medikament in der gleichen Weise zur Verfügung zu stellen, wie dies bei allen bisher aufgetretenen Krankheiten der Fall war.
Was Ultraseptyl angeht, gibt es keinen Grund zur Besorgnis. Die königliche Versammlung wird es in ausreichendem Maße besorgen können.
Wir wünschen all unseren Mitgliedern möglichst baldige Genesung.»

Auch dem «Bulletin Nr. 120» schenkte niemand Beachtung.

«Bulletin Nr. 120 – M.-G.
Ein Dienstbote, eine Magd sowie eines unserer ehrenwerten Mitglieder sind von einer seltsamen Krankheit befallen worden. Eines der Merkmale dieser Krankheit besteht darin, dass sie erst nach zehnjähriger Inkubationszeit ausbricht, was bedeutet, dass die betreffenden Personen bereits bei ihrem Eintreffen von dem Erreger befallen waren.»

Am vierten Tag…

«Bulletin Nr. 121 – M.-G.
Die Krankheit ist bei einer weiteren Person ausgebrochen. Wir sehen uns gezwungen, drastische Maßnahmen zu ergreifen. Die Krankheit wird unter anderem als ‹Morbus Hansen› bezeichnet.»

Auch dieses Bulletin blieb unbeachtet. Lediglich eine Frau las es und sagte: «Ach was!»

Am fünften Tag hieß es:

«Bulletin Nr. 122 – M.-G.
Es handelt sich bei der Krankheit um ein gefürchtetes Leiden, das auch als ‹Miselsucht› bezeichnet wird. Der gebräuchliche Name dafür ist ‹Lepra›.»

Am sechsten Tag wurde kein Bulletin veröffentlicht. Jedermann kehrte in die Stadt zurück, auch die Leprakranken. Die zwanzig Zimmer des großen Gutes waren wie ausgestorben. Am Rand des großen Beckens, in dem die Freundinnen der Millionäre spätabends gebadet hatten, saßen nun der alte Eunuch und die als seine Frau geltende Tebessüm und genossen, was Mesut Ağa nach jener Operation an Lebensfreude noch verblieben war.

Wenn später ab und an einer der Millionäre vorbeischaute, sagten die beiden zu ihm: «Ach, im Sultanspalast gab es diese Krankheit doch auch schon. Damals fürchtete man sich nicht so sehr davor!»

Die beiden rieben sich die knorrigen Hände über dem Kohlebecken, stocherten in der Glut herum und erklärten, wenn ein Millionär etwa zum in Richtung Stadt geöffneten Fenster der Pförtnerloge hereinblickte: «Besuchen Sie uns doch mal wieder! Wir würden uns sehr freuen! Waren so schöne Tage damals! Was meinen Sie, werden Sie uns wieder mal besuchen?»

DER CHARAKTER: FAST WIE EIN MENSCH

Ich fesselte ihn an Armen und Beinen und setzte ihn in eine Ecke. Aus seinen Augen sprühte es geradezu. Er zitterte vor Wut und war ganz gelb im Gesicht, aber bestimmt nicht so sehr vor Angst, sondern eben vor Wut. Die half ihm jedoch nichts, denn sie hatte kein Ziel. Man hätte meinen können, er hätte sich augenblicklich auf mich gestürzt, hätte ich ihm die Fesseln gelöst; seine Wut wäre auf der Stelle verraucht. Sollte ich ihn überhaupt freilassen? Es machte Spaß, ihn so zusammengekrümmt dahocken zu sehen.

«Was geht dich das an?», schrie er.

«Was mich das angeht?», brüllte ich aufgebracht zurück. «Was mich das angeht? Schau dich mal um! Felder, Häuser, Städte, Menschenglück, alles ist in Gefahr!»

Ich wusste durchaus, wie sehr ich übertrieb.

«So schlimm ist es auch wieder nicht», sagte er glatt.

«Ach, damit gibst du doch nur zu, wie böse du in Wirklichkeit bist», versetzte ich. «Dir kommt es nicht schlimm vor, aber denk doch mal nach: Was bedeutet dem Kohlenhändler der Sommer, dem Eisverkäufer der Winter, dem Skifabrikanten der Sommer, dem Badenden der Winter...»

Dass er ins Nachdenken geriet, nützte ich aus.

«Siehst du jetzt, wie unrecht du hast? Darum musste ich dich fesseln.»

«Bind mich los! Bind mich los!», schrie er.

«Und du tust es dann nie wieder?»

Ich wusste, dass er mir das nicht versprechen würde, denn zum Heucheln war er zu stolz.

«Du übertreibst», sagte er in ruhigem Ton.

Eine Weile schwiegen wir. Er merkte wohl, wie ernst es mir war, denn auf einmal fing er an, zu bitten und zu betteln und mir hoch und heilig zu versprechen, dass so etwas nie wieder vorkommen werde.

Ich tat, als dächte ich nach. Dann sagte ich bitter lächelnd: «Und das soll ich schlucken? Jetzt heuchelst und lügst du plötzlich. Ein richtiger Angsthase bist du. Ich glaube dir kein Wort.» Böse sah ich ihn an. «Ist es nicht eine Schande, so zu lügen?»

«Doch, du hast ja recht, es ist eine Schande. Aber du zwingst einen förmlich dazu. Du weißt selber haargenau, dass alles Bereuen keinen Sinn hat.»

«Als Sünder sollte man aber Reue zeigen», sagte ich.

«Was Sünde ist, weiß ich gar nicht.»

«Weil du eben böse bist.»

«Na gut, dann sag mir doch mal, was daran böse ist, dann kommen wir vielleicht weiter.»

Ich zeigte es ihm Punkt für Punkt auf. Überzeugen konnte ich ihn nicht. Vielmehr hätte fast er mich überzeugt.

«Ihr redet immer vom Bösen!», sagte er. «Wann werdet ihr begreifen, dass ihr damit das eigentlich Böse nur kaschiert, ja sogar erst konstruiert? Früher hoffte ich immer, das geschehe nur unbewusst, und ich empfand noch einen gewissen Respekt vor eurer Unbefangenheit. Jetzt aber weiß ich, dass ihr absichtlich kleine, unbedeutende Übeltaten erfindet, nur um von euren großen Übeltaten abzulenken.»

«Halt's Maul, du Hund!», fuhr ich ihn an. «Von was für großen Übeltaten faselst du da?»

«Davon, dass es am schlimmsten ist, andere zu betrügen.»

«Betrügern wird von uns seit jeher ...»

«... ein Ehrenplatz zugewiesen. Für Taschendiebe und Einbrecher habt ihr was übrig. Sogar von Mördern haltet ihr mehr als von mir. Vor denen fürchtet ihr euch nämlich. Wenn sie ihre

Strafe abgesessen haben und dann ins Kaffeehaus kommen, steht ihr ehrerbietig auf. Was habe ich nicht schon Präsidenten und Bürgermeister, Reiche und Honoratioren vor Mördern strammstehen sehen ...»

«Hör auf mit dem leeren Geschwätz. Sieh dich doch mal selber an.»

«Ich tue niemandem etwas Böses. Wenn ich wüsste, dass ich jemandem etwas antue ...»

«Es spielt keine Rolle, ob man es weiß oder nicht.»

Er hörte nicht auf mich.

«Ihr erfindet also lauter winzig kleine Fehlerchen, um daneben eure enormen Untaten wie Nebensächlichkeiten aussehen zu lassen, und in dieser vor Ungerechtigkeit und Boshaftigkeit nur so strotzenden Welt geht ihr dann her und wollt mir meine Notwendigkeit, meine einzige Hoffnung, meinen einzigen Lebenszweck, meine einzige Freude, meine einzige ...»

«Bosheit ...»

«Ja, meine einzige unschuldige kleine Bosheit ...»

«Ich habe wohl ziemlich fest zugezogen, was?» Ich löste seine Fesseln. «Na los! Tu, was du nicht lassen kannst. Der Teufel soll dich holen!»

Da sprang er auch schon davon, ja er flog förmlich. Als würden da draußen die tollsten Möglichkeiten seiner harren. Die Chancen standen neun zu eins, dass er sich bei der ersten Gelegenheit wieder eine blutige Nase holte.

Um auch an den letzten zehn Prozent noch zu arbeiten, intervenierte ich hinter seinem Rücken. Ich wandte mich an Leute, bei denen er es aller Wahrscheinlichkeit nach versuchen würde. Dadurch ließen sich die zehn Prozent vielleicht auf ein Prozent reduzieren.

«Passt nur auf», sagte ich zu den Leuten, «ich habe ihn losgebunden, bestimmt taucht er bald bei euch auf.»

«Er soll nur kommen», erwiderten sie.

«Was heißt da, er soll nur kommen? Was ist mit eurer Ehre, eurer Würde und alldem? Das ist alles in Gefahr.»

«Wie du wieder mal übertreibst!»

Ich sah schon, dass sie die Sache auf die leichte Schulter nahmen. Und mir war auch bewusst, dass es nicht um wirklich Wichtiges ging. Nur wollte ich dem Kerl liebend gerne mal den Spaß verderben.

«Es geht nur darum, ihn ein wenig zu ärgern, ihm eine Lehre zu erteilen», sagte ich.

«Na, wir können ihm doch etwas Geld aus der Tasche ziehen.»

«Ach was! Lässt sich der Spaß, den ihr ihm bereitet, mit Geld aufwiegen?»

«Und ob!»

Ich stutzte. Tatsächlich... Auf die Idee, dass jener Spaß wertvoller als Geld war, konnten nur er und ich kommen. War ich etwa genauso wie er und wusste es nur nicht? Und schadete ich, indem ich ihm wehtun wollte, nicht im Grunde auch mir selbst? Darüber wollte ich nicht länger nachdenken. Ich verscheuchte den Gedanken wie eine lästige Fliege und freute mich nur noch darauf, ihm etwas anzutun.

«Nein», sagte ich dann, «das empfindet ihr so, und ich ja auch, aber ihm macht es nichts aus, für das Schöne, das ihr ihm gönnt, zu bezahlen.»

«Was willst du dann von uns? Was sollen wir tun?»

«Wenn ihr auf mich hört, werdet ihr sein Geld einsacken und ihn zugleich um die ganze Freude bringen.»

«Wie das denn?»

«Nun, ganz einfach. Er wird sich an euch heranmachen und dem Anschein nach ganz harmlose Sachen von euch wollen: Freundschaft, Gespräche, Herzlichkeit... Und ihr tut so, als würdet ihr ihm das alles geben. Was er wirklich von euch will, wird er euch erst ganz zum

Schluss verraten, und obwohl euch das klar ist, lasst ihr ihn darüber im Ungewissen. So wird er meinen, den letzten Trumpf in der Hand zu halten, und wenn er den ausspielt und ihr ihn mühelos übersticht, wird er entsetzt feststellen, was für ein mieses Blatt er eigentlich hatte. Bis dahin müsst ihr euch ziemlich überwinden. Das schadet jedoch nichts.»

«Und was soll es nutzen?»

«Na, er wird sich dann vor allem ekeln: vor euch, vor sich selbst, vor Geld und Welt, vor allem, was sich nur denken lässt.»

«Und dann?»

«Das reicht doch schon. Ihr müsst nur ...»

«Schon gut, schon gut, wir machen alles so, wie du willst.»

Am Abend kam er nach Hause, setzte sich dorthin, wo ich ihn gefesselt hatte, und streckte die Beine von sich. Dann schlug er die Hände vors Gesicht.

Ich streichelte ihm über die stellenweise schon grauen Haare und zog ein bisschen daran.

«Na, was ist denn los mit dir?»

«Hättest du mich bloß nicht freigelassen! Wäre ich doch gefesselt hier sitzen geblieben!»

«Was ist denn passiert? Erzähl doch!»

Und was er mir nicht alles erzählte. Sie hatten

meine Anweisungen so perfekt umgesetzt, dass mich vor lauter Freude richtig schauerte.

«Und was willst du jetzt tun?»

«Du hast deinen Willen und brauchst mich gar nicht mehr festzubinden, weil ich von ganz allein hier sitzen bleibe. Ich werde nirgends mehr hingehen und dem Vergnügen nicht mehr hinterherlaufen.»

«Hast du es endlich eingesehen? Bravo!»

Dabei wusste ich ganz genau: Kaum würden im frühen Morgengrauen die ersten Lichtstrahlen zu sehen sein, da würden Stadt und Leben aufs Neue schillernd ihre Glücksverheißungen aussenden, und er, der noch am Abend elend am Boden kauerte, wäre längst schon wieder losgeschossen und mitten im Trubel der Stadt.

Und das alles ginge so lange weiter, bis ich ihn eines Tages in seinem Eckchen mit verdrehten Augen tot auffinden würde.

TEE UND SIMIT

Eigentlich würde ich in die Überschrift gern auch noch den Käse aufnehmen, aber angesichts der Freundschaft zwischen Tee und Simit soll der Käse lieber im Hintergrund bleiben. Den Sesamkringel und den Tee genießen wir oft gleichzeitig, doch wann sind schon alle drei beisammen? Vielleicht wäre es sogar besser gewesen, auch den Tee wegzulassen und allein vom Simit zu reden, von dieser herrlich schmackhaften Erfindung. Aber nun ja, das konnte ich dem Tee nicht antun. Neben dem Simit spielt er nur die zweite Geige, ihre Freundschaft ist dennoch eine grundehrliche. Kein anderes Frühstück reicht an Tee und Simit auch nur halbwegs heran.

Wer nach einem Frühstück mit Honig, Marmelade und Butter oder gar Grapefruit nicht in den Fond eines Wagens steigt, dem muss man fast böse sein. Nach so einem Frühstück darf man sich nicht die Schuhe schmutzig machen, sondern muss tadellos sauber an seinen Schreibtisch gelangen und von seinem Ledersessel aus zum Telefonhörer greifen. «Wie gestern Abend besprochen. Nicht unter zehn.» Dann den Hörer auf die Gabel knallen und gleich wieder anrufen. «Was gibt's an der Börse?… Sechsundsiebzig?… Nein, nicht verkaufen…. Nicht verkaufen, habe ich gesagt!… Und ob ich mich auskenne!… Auch nicht für siebenundsiebzig. Unter achtzig geht gar nichts… Gut, ich warte. Wenn ich bis Mittag nichts höre, stehe ich für nichts mehr ein, dass das klar ist.» So muss das klingen.

Haben wir aber einen Simit gegessen und Tee dazu getrunken, können wir direkt hinaus auf die Straße, auch wenn sie noch so schmutzig ist. Mit Sesamkörnern zwischen den Zähnen können wir hingehen, wo wir wollen. Es regnet vielleicht, oder der Schweiß rinnt uns von der Stirn. In der Nase haben wir immer noch den Geruch von dampfendem Tee. Wenn es doch schon Abend und der Papierberg vor uns endlich dahingeschwunden wäre, dann könnten wir uns auf unserem Bett ausstrecken und endlich die Beine hochlegen… Und schon bricht ein neuer Morgen an! Hasan Efendi hat bereits den Tee aufgesetzt. Wo nur dieser Tölpel von Simit-Verkäufer wieder bleibt! Der Teufel soll ihn holen! Wenn er kommt, wird er mir einen Simit vom Vortag andrehen wollen, und wenn er nicht kommt, schmeckt mir der ganze Tee nicht.

Die Straßen von Istanbul. Der Beamte eilt zu seinem Papierkram, der Schriftsteller zu seinem Stoff, der Arbeiter zu seinem Bagger, der Arbeitslose in seinen Park... Fährt einem so ein Regentag auch durch Mark und Bein, so nimmt doch wenigstens alles seinen Anfang mit Teeduft und mit Sesamkörnern zwischen den Zähnen.

Aber jetzt ist der Käse dran. Da wachen wir eines Tages gut gelaunt auf und finden tatsächlich in der Tasche fünfundzwanzig Kuruş[92].

«Mensch, da kann ich mir ja Käse leisten! Und wenn es auch nur ein alter ist.» Und schon steht auf dem Kaffeehaustisch ein herrliches Mahl. Was liegt da so verführerisch auf dem Einwickelpapier? Ist es der Käse, sind es süße Baklava[93]? Oder eine wollüstig hingestreckte Frau? Jetzt kommen die zwei Simit, so zart und knusprig, dass man sie nicht anzufassen wagt. Und Hasan Efendi bringt den Tee in den schlanken Gläsern.

Die Sesamkörner! Wischen Sie die Körner vom Tisch in die Handfläche, und dann ab in den Mund damit! Reißen Sie von der Streichholzschachtel einen winzigen Streifen ab! Pulen Sie damit auf dem Weg zur Arbeit die Körner aus den Zähnen und seien Sie glücklich dabei! So, das morgendliche Festmahl ist beendet. Jetzt können Sie sich ruhig auch eine Zigarette anzünden.

Ganz plötzlich überkommt einen dieser Missmut. Das Wetter trüb und regnerisch. Keine Besserung in Sicht. Als würde es nun immer so weitergehen. Selbst die Kinder sehen hässlich aus. Schmutziges Straßengrau greift vom Himmel auf den Baum über, vom Baum auf die Mauer, von der Mauer aufs Meer, vom Meer auf den Dampfer, vom Dampfer auf den Vertäuer, vom Vertäuer auf den Kapitän, von dem wieder zurück aufs Meer, und wieder aufs Land, und wieder auf den Baum und die Mauer und auf jeden, der vorbeikommt. Ach, würde doch das fahle Tageslicht verschwinden und endlich Dunkel herrschen, und würden die Lampen wieder brennen ...

Ja, zweierlei Hoffnung nur: auf den Abend und auf die Lampen ...

Was zerrt einem da am Herzen? Eine klebrige, kalte, hässlich aussätzige Hand ...

«Was ziehst du für ein Gesicht?»

«Wieso?

«Siehst aus, als wärst du übelster Laune.»

«Warum sollte ich das sein?»

Ich weiß schon, mein Gesicht ist von der gleichen Farbe wie der Straßenstaub und der Himmel und das Meer und die Mauer.

Und weg ist der Freund, der selbstzufriedene Kerl, nachdem er dich zerschmettert hat. Es gibt eben solche Menschen und solche. Du siehst so grau aus, als würde das rote Zeug in deinen Adern es nicht mehr bis in dein Gesicht schaffen. Selbst mit der Schönsten der Schönen zu schäkern wäre nun reizlos.

So geht der Mann zur Arbeit, erhält Weisungen, erteilt selbst welche, plärrt Menschen an, die noch armseliger dreinsehen als er.

«Die Leute», ereifert er sich dann, «erwarten Leistung von mir und von dir, begreifst du das? Wir werden hier nicht zum Spaß durchgefüttert. Überleg dir mal, wer dir die Kohlen bezahlt, damit du dich abends an deinen Ofen setzen kannst. Das sind nämlich die Menschen da draußen! Was soll also diese Trägheit? Reiß dich gefälligst zusammen!»

Der erschöpfte, mauergraugesichtige Angestellte sagt dann zu sich selbst: «Ganz unrecht hat der Kerl ja nicht!»

Hätte der Chef, sobald der Zusammengestauchte zur Tür hinaus ist, einen Spiegel zur

Hand, wäre er ziemlich verwundert über seinen Anblick. Als läge Rouge auf seiner Wange und Firnis auf seinen Augen, aufgetragen mit einem Zobelpinsel. Seine Hände sind plötzlich warm, ja brennen wie Feuer. Nun aber Licht gemacht im Büro! Draußen ist es schon wieder dunkel. Schnell ans Telefon. «Ja, selbstverständlich, zu Befehl, jaja, natürlich ...» Dann auflegen und die Leitung am besten kappen ...

Wäre er ein hoher Beamter, in Besoldungsklasse soundso, hätte er Leute unter sich, die er zusammenschreien und mit Befehlen überschütten könnte. Das Mauergraue aus seinem Gesicht würde endlich weichen, und er würde sich einbilden, für Volk und Vaterland von Nutzen zu sein. Wäre er Journalist oder Kolumnist, könnte er schnell eine Spalte schreiben und jemandem, den er auf dem Kieker hätte, wieder mal blitzschnell eins auswischen. Wäre er Vorarbeiter, würde er den schlafmützigen, schmächtigen Mehmet beiseiteschieben und sagen: «Jetzt sperr mal die Augen auf und schau dir an, wie man das macht. Da, so musst du den Hebel umlegen und das Werkstück so abziehen. Und ein Laufknoten geht so!»

Wäre er Kaffeehauswirt, könnte er seinem hübschen, faulen, vor Gesundheit nur so strotzenden Lehrling ordentlich ein paar kleben, bis dieser rote Striemen im Gesicht hätte.

«Mensch, diese Teegläser kosten was, du Tölpel! Wir arbeiten hier nicht für die Glasfabrik!»

Als Lehrer könnte er einen Schüler anfahren, als Geschäftsinhaber einen Kunden...

Und er wäre im richtigen Alter dazu.

Er tat nichts von alledem, wenn er aus dem Haus ging. Fuhren die Mauer, der Himmel, der eiskalte Morgen und der Staub ihm mit ihrem Grau ins Gesicht, wischte er sich nicht einmal ab. Dabei stürzte doch am Morgen die ganze Welt aus dem Haus und plärrte Menschen mit staubigen und roten Gesichtern an. Und ohrfeigte sie. Und ließ ihre geballte Wut an ihnen aus.

«Nur gut, dass ich nicht so bin», sagte er sich. Aber jeder wollte ihn so sehen. Und da er nicht so war, verachteten sie ihn.

Er betrat einen Kinosaal und setzte sich in eine der vorderen Reihen. Neidvoll verfolgte er das aufregende Leben amerikanischer Gangster zwischen Revolvern, Dollars, Frauen, Bars und elektrischem Stuhl, und darüber nickte er ein. Als er wach wurde, war ihm plötzlich ganz leicht ums Herz: Bestimmt war der Tag vorüber. Und draußen brannten die Lampen.

Im Herbst werden uns von den Stadtdampfern Menschen ins Dorf gebracht, die ganz anders sind als die Sommermenschen. Sehen wir auf dem nunmehr verwaisten Deck Herren mittleren Alters mit vom Wind bleichen Gesichtern sinnend dastehen und tief die Meeresluft in ihre Lungen saugen, dann wissen wir: Es ist Herbst.

So ein Mensch war auch er. Wuchs ihm der Bart länger, fiel einem auf, wie weiß er schon war. Der Schnurrbart war unter den Nasenflügeln sorgfältig gestutzt. Niemals nahm er den Hut ab, und wenn doch, dann schien plötzlich zwischen diesem Mann ohne Hut und dem vorherigen mit Hut keinerlei Zusammenhang mehr zu bestehen. Da, wo der Hut normalerweise den Kopf berührte, zeigte sich eine bleiche, weiße Stirn. Der Haaransatz wirkte, als fühlte er sich nach kaltem Schweiß an.

Vielleicht fuhr der Mann an Sommersonntagen ebenfalls auf die Dörfer hinaus. Gut möglich, doch wer hätte ihn da wahrnehmen sollen? Er war nun mal ein Mann des Herbsts. Um ihn im Herbst nicht zu bemerken, musste man schon einzig und allein mit sich selbst beschäftigt sein. Wer auf dem Deck des Dampfers nicht sorgenbeladen, sondern genussvoll um sich blickt und jenen Mann dabei – im Herbst wohlgemerkt – nicht lieb gewönne, über den müsste ich mich schon wundern.

Stets lächelt er ein wenig. Alles und jedes bedenkt er mit diesem Lächeln. Die über Abfällen kreisenden Möwen, die Schiffstaue, das so ruhige, so klare Meer, die in weiter Ferne dräuenden Gewitterwolken, das aufblitzende Fenster eines Herrenhauses, die Silhouette eines Anglers, die bei guter Laune mit dem Dampfer um die Wette schwimmenden Delfine …

Ein sorgenfreier Mann, werden Sie sagen, und das ist er auch. Welche Gedanken sich wohl hinter seinem Lächeln verbergen? Darauf sind Sie genauso neugierig wie ich. Ach, Menschengesichter! Gesichter, aus denen wir alle möglichen Eigenschaften herauslesen, alles Gute und Böse, Verrückte und Vernünftige, Melancholische und Gemeine, und uns dabei immer wieder täuschen. Doch was schadet es schon, wenn wir uns täuschen? Was für das eine Gesicht nicht stimmt, trifft eben auf ein anderes zu. Getäuscht haben wir uns dann nur in einem bestimmten

Menschen, aber doch nicht in allen. So haben wir uns eigentlich überhaupt nicht getäuscht.

In unserem besonderen Fall hier können wir ohne großes Interpretieren aus seiner Kleidung schließen, dass er sehr auf sich hält, und aus seinem Lächeln, dass er ein guter Mensch ist. Weit schwerer lässt sich beantworten, was es mit dem stark verschnürten, sonderbar geformten Paket auf sich hat, das er bei sich führt. Wir hatten erwähnt, dass er stets umherblickt, doch ist er dabei nie mit ganzem Herzen bei der Sache. Sagen wir so: Während er auf das Meer sieht, an die Möwen denkt, einem Segler hinterherblickt, hat er tief in sich noch andere Augen, und in seinem Kopf noch einen anderen Kopf, und das sind seine eigentlichen Augen und ist sein eigentlicher Kopf. Sie sind wahrhaftiger als der Kopf und die Augen, die er dem Meer vor sich widmet, und ihre Aufmerksamkeit gilt allein dem Paket, das neben ihm steht. Das nämlich könnte jeden Augenblick gestohlen werden. Eine Hand ruht ständig auf dem Paket, doch scheint die eine nicht sicher genug. Ist es denn möglich, an so einem herrlichen Herbsttag nicht auf das Meer zu blicken? Da es nun mal nicht möglich ist, blickt man also darauf. Aber alle Gedanken, die sich über das Meer, die Möwen und die Segler nur anstellen lassen, kreisen schließlich um das Paket und seinen Inhalt. Einzig die dem Dampfer hinterherjagenden Delfine bringen einen auf Gedanken, die dem Inhalt des Pakets diametral entgegenstehen. Doch kann dies erst untersucht werden, wenn der Paketinhalt einmal Wirklichkeit geworden ist. Und nach dieser Untersuchung wird vielleicht eine neue Wirklichkeit, ein neuer Gedanke zum Paket verschnürt. Dann merkt man vielleicht, dass hinter Fenerbahçe[94], wo das Meer so klar ist, dass man bis zum Grund hinabsieht, ein grünlich blau changierendes Farbenspiel heraufschimmert, als würden dort unten mit variierenden Glasscheiben ständig neue Versuche angestellt. Und ließe sich daraus für Wissenschaft und Menschheit auch kein weiterer Nutzen ableiten, so ist es doch ein Zeichen, dass selbst Wissenschaftler manchmal poetisch werden wie Kinder.

Diesem Mann, dem seit seiner Geburt ein Lächeln im Gesicht zu stehen scheint, sehen wir regelrecht an, wie sich seine Gedanken über dem Paket verdichten. Was wohl in dem Paket sein mag? Würde ihn auf dem Dampfer jemand danach fragen, so öffnete sich das Paket sofort, sein Inhalt würde offenbart, und weder von dem kristallklaren Wasser noch von den Möwen oder den Delfinen bliebe etwas übrig. Sogleich herrschte die Atmosphäre eines Labors oder einer mit physikalischen Werken vollgestopften Gelehrtenstube, und jedermann erschiene dies höchst geheimnisvoll, dem Mann selbst aber nicht im Geringsten. Wer aber sollte so neugierig sein und fragen, ob ein Mann, der seit jeher lächelt, nur wegen eines Pakets zufrieden oder unzufrieden ist? Die Männer auf der Sitzbank gegenüber ganz bestimmt nicht. Würden sie den Herrn nur ein bisschen aufmerksamer betrachten und sich ein wenig mehr der Frage widmen, was es denn auf sich habe mit dem Paket, das weder einer Geschenkschachtel glich, noch etwa Textilien, Kurzwaren, Glas, Essbares, Flaschen, Bücher oder ein Paar Schuhe zu enthalten schien, so wäre der Mann augenblicklich zu einer Antwort bereit. Nun, so viel lässt sich sagen: Wenn das Paket auch von der Form her keiner der aufgezählten Waren entsprach, so wies es doch Ähnlichkeit mit einem Hut auf, einem verpackten Filzhut. Und aus der Verpackung, nämlich einer Istanbuler Zeitung in französischer Sprache, stak eine Art Knüppel heraus.

Kurz vor der Insel Kınalı[95] wurde der Mann aus der Betrachtung des grünblau schillernden Meeres gerissen, denn einen Augenblick lang hatte seine Hand den Kontakt mit dem Paket verloren. Fast wäre ihm das Herz stillgestanden. Vielleicht stand es sogar still. Sobald sich Hand und Auge des Pakets sicher waren, stellte sich auf dem Gesicht des Mannes im Nu wieder das angeborene Lächeln ein. Was immer dem Gesicht eines Menschen angeboren ist, ein Lächeln, ein Zweifeln, ein Grübeln, das sollte nie daraus verschwinden. Tut es das, dann ist der Mensch so gut wie tot. Nur das Gesicht eines Toten ist ausdruckslos. Und so wirkte das Gesicht unseres Mannes einen Augenblick lang wie das Gesicht eines Toten. Als wäre er gestorben und sofort wiederauferstanden. Die Panik, die sich in seinem Gesicht abzeichnete, als ihm das Paket verschwunden, ja gestohlen schien, war eine tödliche Panik. Wollte also jemand dem Mann nach dem Leben trachten, so brauchte er das Paket nur ins Wasser zu werfen. Dies wäre sogar schlimmer gewesen als der Tod. Ob es denn Schlimmeres als den Tod gibt, werden Sie fragen. O ja, das gibt es. Die schlimmste der Katastrophen nämlich betrifft den Verstand. Selbst wenn man nicht viel davon hat, ist es doch der schlimmste aller Tode, ihn zu verlieren. Das Paket wiederzufinden, während man es gerade verloren wähnte, ist dagegen unermessliches Glück.

Sitzt der Mann in seiner Bank über der Buchhaltung, hat er das Paket natürlich nicht bei sich; da ist es wohlverwahrt bei ihm zu Hause. Doch kennen wir das nicht aus dem Kino? Es kann gestohlen werden! Das Paket, wohlgemerkt, nicht aber die Berechnungen, die der Mann im Kopf hat; die nämlich kann ihm keiner wegnehmen. Wenn er somit jederzeit wieder herstellen könnte, was in dem Paket enthalten ist, worüber dann diese unbändige Freude? Nun, sie rührt von der Vorstellung, dass das, was Hunderte von Malen nicht geklappt hat, dies eine Mal – und danach vielleicht nie wieder – Wirklichkeit werden kann. Das Paket enthält also seine letzte Hoffnung. Es sagt ihm: «Du hast es geschafft!» Soll dies bedeuten, dass Wissenschaft trotz aller Berechnungen manchmal nichts anderes ist als Gefühlssache, als ein Ergebnis des Zufalls? Durchaus nicht. Es kann aber geschehen, dass sich in eine Überlegung ein unscheinbarer kleiner Fehler einschleicht, der dann inmitten all des Ringens um eine neue Erfindung auf geheimnisvolle Weise den entscheidenden Anstoß zur Erreichung von Perfektion gibt. Vielleicht sieht so die Frucht einer uns unbekannten Verstandesoperation aus, einer Intuition, einer nach Abschluss aller Berechnungen und nach der Vervollkommnung des Projekts auftretenden Unberechenbarkeit oder vielmehr gerade einer Berechenbarkeit, deren Additionen und Subtraktionen wir nur nicht kennen.

Das Paket steht da, das Meer ist ruhig und klar, die Möwen kreischen über den Abfällen, dunkelgrün hebt sich das Gebüsch der Insel Kınalı von der roten Erde ab, die Passagiere rauchen, die Delfine schwimmen noch immer neben dem Dampfer... Da ist die Anlegestelle! Und schon legen wir auch von Kınalı wieder ab. Der Meeresgrund wird nun immer dunkler. Bis in zweihundert Meter Tiefe dringt von allen sieben Farben nur noch das Violette vor. Es herrscht da unten immerwährende blaue Nacht. Was dort an Licht ist, spenden die Lebewesen selbst, wie die Sterne. Da kommt Burgaz![96] Nur dort kann der Mann in Ruhe seine Versuche durchführen. Im Herbst ist es eine ruhige, beschauliche Insel. Das Meer ist windstill und leer.

Der Mann verließ den Dampfer und sah sich an der Anlegestelle um, doch von den dort Wartenden kannte er niemanden. Auch Kinder waren keine da. Das betrübte ihn jedoch nicht. Sie würden schon noch eintrudeln, wie per Geheimfunk benachrichtigt. Nur ihnen konnte er seine große Erfindung richtig vermitteln. Die Erwachsenen hatten für Gelehrte wie ihn lediglich Spott übrig und trauten ihm nicht über den Weg. Dabei gab es durchaus Erwachsene, die wie Kinder reagierten, etwa jener schmächtige, glotzäugige Mann, der immer faul und müde an der Anlegestelle herumsaß. War denn heute auch er nicht da? Doch, auf dem Mäuerchen an der Straße rauchte er versonnen. Die beiden grüßten einander. Der Mann mit dem Paket sagte: «Kommen Sie nur mit, heute klappt es bestimmt. Sie werden sehen...» Gemeinsam gingen sie zu einem Felsen. Es war nun alles bedacht worden. Wie lautete doch das Archimedische Prinzip? Jeder Körper verliert so viel an Gewicht, wie er an Wasservolumen verdrängt.

«Wenngleich auch meine Erfindung sich auf das Archimedische Prinzip stützt, kann ich einen Körper schwimmen lassen, der viel schwerer ist als Wasser, aber das nur nebenbei! Der eigentliche Wert meiner Erfindung liegt darin, dass ich ein Wasserfahrzeug ohne Eigengewicht konstruiert habe, also eines, bei dem das Gewicht genau dem Volumen des verdrängten Wassers entspricht. Die einzelnen Kabinen liegen außerhalb des Wassers und kommen mit diesem überhaupt nicht in Berührung. Hier das Schema dazu.»

Das Paket wurde aufgerissen, und das Schiff

des Gelehrten kam zum Vorschein. Es bestand zunächst einmal aus einem Stück Holz, in dem ein Mast steckte, darunter war ein Stück Blei. Auf dem Mast thronte das aus Aluminium gefertigte eigentliche Gefährt. Alle wesentlichen Teile wie die Kabinen, die Kapitänskajüte, die Decks, die Flagge und die Gangway waren also auf dem Mast angeordnet. Nun wurde das Ganze vorsichtig aufs Wasser gesetzt.

«So, durch dieses Holzstück entspricht das Gewicht des Schiffes genau dem Volumen des durch das Blei verdrängten Wassers. Wie verhalten sich also das Gewicht des Schiffs und das Volumen des verdrängten Wassers zueinander?»

«Na ja, sie sind gleich.»

«Genau, sie sind gleich! Wenn also unser Schiff ein Kilo schwer ist und Wasser von vier Grad Celsius ein Gramm pro Kubikzentimeter wiegt, dann rechnen Sie doch mal aus, wie viele Kubikzentimeter Wasser verdrängt werden. Wie viel ist eins minus eins?»

«Null.»

«Genau. Wenn ich nun an diesem Schiff, dessen Gewicht sich auf null reduziert hat, ein Segel anbringe ...»

«Was Sie ja auch schon gemacht haben.» Tatsächlich hing schon ein Segelchen aus Wäschestoff daran. «... dann ist doch ganz offensichtlich, dass ein gewichtsloses Schiff beim leisesten Windstoß davongetragen wird.»

Woher sie es nur erfahren haben? Jedenfalls sind wir auf einmal von Kindern umringt. Von lauter Kindern, denen das Archimedische Prinzip eher unbekannt ist. Ein paar allerdings scheinen es zu kennen. Würden sie sonst widersprechen?

«Aber es sind doch alle Schiffe viel leichter als das Wasser, das sie verdrängen.»

«Meines dagegen ist haargenau so schwer.»

«Dann ist es ja schwerer fortzubewegen als ein normales Schiff.»

Geradezu mitleidig sah der Mann uns an.

«Ganz und gar nicht. Ich reduziere das Gewicht meines Schiffs auf null. Auf dem Wasser wiegt es dann überhaupt nichts mehr.»

Man kam da schon ins Grübeln. Das klang eigentlich logisch. Er sah einem die Verblüffung an und setzte hinzu: «Stellen Sie sich mal einen Dampfer vor, der auf dem Wasser kein Gewicht hat, ja?»

«Es ist doch aber nicht so, dass er kein Gewicht hat.»

«Und warum nicht?»

«Weil Sie das Gewicht des verdrängten Wassers einfach vom Gewicht des Schiffes abziehen und damit auf null kommen, aber diese Null bedeutet doch nur, dass die beiden Gewichte sich entsprechen. Also ist es keine so überwältigende Null, wie Sie behaupten. Im Grunde genommen ist es gar keine Null.»

«Und was sonst?»

«Das weiß ich nicht, aber Ihre Null sieht so gewaltig aus, da komme ich nicht mehr mit.»

«Ich schon. Wenn der Kiel unter dem Mast ein halbes Kilo wiegt und damit ein halbes Kilo Wasser verdrängt und ich auf dem Kiel eine Kajüte anbringe, geht der Kiel dann unter?»

«Ja.»

«Und wenn die Kajüte ein Gramm weniger als ein halbes Kilo wiegt?»

«Geht er nicht unter.»

«Sagen wir mal, sie wiegt ein halbes Kilo.»

«Meinetwegen.»

«Was kommt dann heraus?»

«Was soll herauskommen?»

«Kommt da nicht etwa Null heraus?»

Bevor man ihm widersprechen konnte, fragte er schon weiter: «Wenn ich nun einem Wasserfahrzeug, dessen Gewicht um neunhundertneunundneunzig Promille näher an Null ist, einen Flugzeugmotor einbaue, was passiert dann?»

«Das Ding schwimmt.»

«Aber wie schwimmt es?»

«Da es kleiner ist als ein Schiff, wird es schnell fahren. Oder es zerbirst in tausend Stücke.»

«Das ist das Grundschema. Und wenn ich es nun auf ein hunderttausend Tonnen schweres Schiff anwende?»

«Dann fährt es langsamer als ein normales Schiff mit demselben Gewicht.»

«Wie, langsamer?»

«Na eben langsamer.»

«Etwas, was nichts wiegt, soll langsam sein?»

«Aber das Gewicht Ihres Schiffs beträgt doch nicht Null!»

«Was beträgt dann Null?»

«Die Null bedeutet nur, dass das Gewicht Ihres Schiffs dem Volumen des verdrängten Wassers entspricht.»

«Und was ist dann mit meiner Null?»

«Das ist eine ganz andere Null. Und eigentlich ist es gar keine Null. Es ist lediglich ein Gleichgewicht. Das heißt aber nicht, dass Ihr Schiff nichts wiegen würde. Wenn es keine Erdanziehung gäbe, dann hätten Sie vielleicht recht. Dann würden Sie Ihrem Schiff einen Stupser geben, und schon würde es davonfliegen. Aber wenn Ihnen dann jemand einen Stupser gäbe, wären Sie gleich auf dem Mond.»

Ob Sie's nun glauben oder nicht, aber ein solcher Disput hat zwischen uns nie stattgefunden. Wir waren allesamt Kinder. Und er ein ausgewachsener Mann um die fünfzig. Keiner von uns redete neunmalklug daher. So glaubte er weiter, er könne alles auf null reduzieren. Er blies auf das Schiffchen ein, das ihm schwerelos erschien, leichter noch als Luft, und wir halfen alle beim Blasen. So fuhr das aus dünnen Brettchen und Aluminium bestehende Gefährt auch flott dahin. Am Kiel war es an einer Schnur festgebunden, die er von einer großen Spule ablaufen ließ. Mit strahlender Miene fragte er: «Na, Kinder, wie gefällt euch das?»

Wir waren angetan, mit so einem Mann Umgang zu haben, und seufzten nur leicht spöttisch: «Ach, Sie sind ein großer Gelehrter!»

Als er dann sein Schiffchen wieder an Land zog, war er unheimlich bei der Sache, und aus seinen Augen blitzte es in bescheidener Zufriedenheit. Er schickte sich an, das Gefährt zu verpacken, und wir bettelten: «Ach bitte, noch ein bisschen!»

«Morgen, Kinder, morgen. Gleich kommt der Dampfer, *mes enfants*[97] ...»

War er Italiener? Levantiner? Ich weiß es nicht so recht. Ich erinnere mich lediglich, dass er sehr gut Türkisch sprach und als Buchhalter in einer Bank arbeitete.

Nur in Gedanken stritt ich damals mit dem Mann herum; ich war noch nicht so besserwisserisch wie heute. Ich war noch ein Kind, trotz meiner zwanzig Jahre. Inzwischen sind weitere zwanzig Jahre vergangen. Wozu hätte ich den Mann damals aus seinem süßen Traum reißen sollen?

Neulich habe ich ihn in Kadıköy[98] wiedergetroffen. Ein Wunder, dass er mich überhaupt erkannt hat. Er verzog das Gesicht und errötete leicht. Höflich lüpfte er den Hut.

«Na», sagte ich, «wie geht es Ihrem Überseedampfer?»

Da lächelte er derart gequält, dass ich sogleich begriff. Irgendein Neunmalkluger musste seine Träume zertrampelt und ihm das Archimedische Prinzip einmal richtig erklärt haben. Er erwiderte nichts und hastete davon. Dass es eine Schwerkraft gab, hatte er wohl ebenfalls eingesehen. Und war er auch aus seinen Träumen gerissen worden, so sah ich doch an seinem Lächeln, dass er längst daran arbeitete, zur Überwindung jener Kraft an seinem Schiff riesige Magneten anzubringen.

Ich habe nicht gesehen, wie sie ihm das Hummernetz entwunden haben, das er krampfhaft festhielt. Dumm war das von ihnen, elendiglich dumm.

Ganz offensichtlich wollte er mit dem altvertrauten Netz begraben werden. Jetzt mag einer einwenden, so ein Hummernetz sei ziemlich teuer und selbst eines zu fertigen daure sehr lang. Na und? Wäre Apostol nicht wenigstens das zu gönnen gewesen? Und hatte er das Netz nicht selbst geknüpft?

Man zieht einem Ziegenkopf die Haut ab. In Metzgereien sieht man, wie so eine Haut am Haken hängt und das Blut nur so heruntertropft. Die Haut stinkt wie die Pest. Und je mehr sie stinkt, umso mehr hilft sie. Mit Kutteln ginge es auch, aber die sind teuer. Und stinken nicht so.

Der Hummerfischer Apostol zerschneidet die dünne Haut des Ziegenkopfes in kleine Fetzen, mit denen er später das Netz bestückt. Dann stopft er die Fetzen in den Fischkasten.

«Kann ich mit?», frage ich ihn.

«Willst du's lernen?»

«Vielleicht...»

«Dafür bist du nicht geschaffen, tut mir leid. Aber komm trotzdem mit, wenn du willst.»

Als wir das Kap umrundet haben, lässt er das Ruder los und steht auf.

«Gefaulenzt wird hier nicht! In Apostols Boot sitzt man nicht herum wie ein feiner Herr. Los, ans Ruder mit dir, ich bereite inzwischen das Netz vor.»

Kaum hebt er den Deckel des Fischkastens an, dringt ein entsetzlicher Gestank heraus, wie aus den Untiefen des Meeres. Mal lässt er ein wenig nach oder scheint sich ganz zu verflüchtigen, dann wieder fährt er einem scharf in die Nase.

«Stinkt ganz schön, was, Apostol?»

«Lass es nur stinken, je mehr, umso besser.»

«Dann ist der vermaledeite Hummer also ein Freund von Gestank?»

«Wie?»

«Ich meine, er muss für Aas etwas übrighaben?»

«Was soll er machen, er kriecht ja auf dem Meeresgrund herum, was soll er da schon fressen?»

«Könnte man es nicht mit frischem Köder versuchen?»

«Mit frischem Köder? Tja, könnte man schon. Wenn man darauf aus ist, dass er dran vorbeischwimmt und nicht mal hinschaut. Denkst du vielleicht, an so was riecht er auch nur? Nein, mein Lieber, stinken muss die Sache, und zwar gewaltig. Er muss schon von Weitem etwas riechen, damit er angeschwommen kommt. Meinst du denn, Geld verdient sich so leicht? Soll ich dir mal was sagen? Geldverdienen ist eine stinkende, dreckige Angelegenheit, aber Gestank ist nicht gleich Gestank, denn mancher Gestank, so wie der meine hier, ist ganz offensichtlich, aber bei anderen stinkt es heimlich.»

Wenn Apostol zu philosophieren anhebt, setzt er nicht nur ein Gesicht auf wie ein antiker griechischer Fischer, sondern er zieht wie in den Dialogen des Sokrates[99] über das Geld her, über die hohen Herren, über Gott und Gottes Sohn, und – etwas zurückhaltender – sogar über den Hummer.

«Du philosophierst ja schon wieder, Apostol...»

«Ja, natürlich! Meinst du, mir gefällt dieser Gestank? Am Anfang habe ich mir genauso die Nase zugehalten wie du. Aber man gewöhnt sich daran… Der Hummer hört ja nicht auf einen. Zu dem kann man nicht sagen: ‹Was, Hummer, das Zeug willst du fressen?›»

«Vielleicht riecht er es gar nicht.»

«Noch so ein Unsinn! Würde er sonst herschwimmen und sich fangen lassen? Von wegen! Er riecht es, aus Gott weiß welcher Entfernung, und schon kommt er angerauscht.»

«Was uns der Duft eines Koteletts ist, das ist dem Hummer also der Gestank der Ziegenhaut.»

«Jetzt hast du es kapiert. *Endaxi.*»

Wie gern ich seinen geschickten knotigen Fingern zusah! Wenn meine paar Fischerfreunde mal nicht mehr sind, müssen die Jungen sich ziemlich anstrengen, um so zu werden wie sie. Noch nagt an ihnen der Neid, die Unerfahrenheit, die Sorge ums tägliche Brot, sodass sie eher wirken, als zählten sie zum schlechteren Teil der Menschheit. Dabei sind Fischer keine schlechten Menschen, nur eben wie Oliven, denen auch erst durch Salz das Bittere entzogen wird.

Kurz nach dem Felsen, den sie «Kumbaros»[100] nennen, blickte Apostol eine Weile umher und übernahm dann selbst das Ruder.

«Wenn ich dir ein Zeichen gebe, lässt du den

Stein langsam ins Wasser. Rühr danach nichts mehr an.»

Ich ließ den Stein los, Apostol tat einen Ruderschlag, und das Riesennetz, das mir vorgekommen war wie ein einziger wirrer Haufen, glitt lautlos ins Wasser, so sorgfältig waren die Senkbleie angeordnet. Bald schon war nichts mehr von ihm zu sehen.

«Und wie findest du das Netz wieder, Apostol?»

«Das kommt ohne uns zurecht. Was meinst du, warum ich vorhin so lange umhergespäht habe? Du kannst dir aussuchen, an welchem Knoten ich es wieder hochziehen soll.»

Dass der Hummer, der immer so vornehm mit Salat und Mayonnaise verzehrt wird, am liebsten stinkende Ziegenkopfhaut frisst, habe ich zu Apostols Lebzeiten keinem erzählt, um Apostol und Leuten wie ihm nicht zu schaden, aber heute spreche ich darüber, denn ich weiß jetzt, dass der Hummer fressen kann, was er will, und die Betuchten ihn trotzdem verschlingen. Das Mistvieh schmeckt einfach so gut!

Apostol hat, wenn's hochkommt, in seinem Leben zwei, drei Hummer gegessen. Vielleicht sogar überhaupt keinen. Nicht etwa wegen der Sache mit der Ziegenkopfhaut, nein, sondern wegen seines Werts. Für einen Hummer konnte er ein paar Glas Raki trinken und brachte ein halbes Kilo Hackfleisch, ein bisschen Salz, ein paar Rollen Baumwollgarn und eine Dose Bootsfarbe nach Hause.

Wenn der Lodos[101] ein paar Tage lang das Meer aufwühlte, war Apostol besonders zufrieden.

«Genau am richtigen Tag haben wir es ausgeworfen.»

Dann sagte er eines Abends: «Komm morgen ganz früh, dann ziehen wir es hoch.» So fuhren wir hinaus. Er hatte einen hölzernen Haken dabei; wenn er den auswarf, erwischte er damit sofort das Netz. Wir zogen und zogen. In dem Netz hatte sich verfangen, was der Lodos an Algen hatte aufwühlen können. Insgesamt haben wir an die vierzig Mal das Netz zusammen eingeholt, und nur etwa sieben-, achtmal fanden wir einen Hummer. War einer drin, sang Apostol ein Liedchen, war keiner drin, sang er es auch.

Eines Tages – ich war schon einen Monat nicht mehr auf der Insel gewesen – wurde er in der Nähe des Kumbaros-Felsens in seinem Boot tot aufgefunden, mit der einen Hand sein Hummernetz umklammernd, mit der anderen die Bootsreling. Ein Großteil des Netzes war um seinen Körper gewickelt.

Na schön, mit seinem Boot zusammen konnten sie ihn nicht gut begraben, aber das Netz! Es wäre doch wahrhaftig möglich gewesen, ihn mit dem Netz, das er über alles liebte, zu begraben. Gefleht habe ich, gebettelt, doch haben sie mich nur angesehen, als wäre ich völlig übergeschnappt.

Als ich ihn wachsbleich in der Kirche liegen sah, in dem Anzug, den er auf Hochzeiten trug, bei christlichen Festen oder wenn er einem Freund in Istanbul einen Hummer brachte, fiel mir jener Satz wieder ein: «Das Leichentuch des Fischers ist sein Netz!»

Ob er selbst den Satz je gesagt hat, kann ich nicht beschwören, doch gehört habe ich ihn bestimmt ein halbes Dutzend Mal.

Apostol hatte nur von seinem Netz gelebt, hatte fünfundsiebzig Jahre lang dank dieses Netzes keinen Hunger gelitten und nie um ein Almosen bitten müssen.

Dumm war das von ihnen, elendiglich dumm!

Hätte er in sein Netz gewickelt dagelegen, mit kleinen runden Korkstücken auf der einen Seite und dunkel verfärbten Senkbleien auf der anderen, wäre er mir dann vorgekommen, als sei er kalt wie Eis?

DIE ANGEL,
DIE IHREN BESITZER FAND

Abendnebel senkte sich über die Stadt. Er zog vom Goldenen Horn[102] heran und ließ Schleppkähne, Motorboote und allmählich auch Brücken, Türme und Geschäfte verschwinden. Vom Hafen her klang ein Tuten durch den Nebel, das klagende Heulen der Dampfer. Dann war es still. Mehr und mehr Lichter schienen auf. Alles wurden größer, breiter. Mir zuckte Freude durchs Herz, war mir doch, als könnte ich ohne diesen Nebel nicht mehr sein. So ruhig stand ich da, als hätte ich den Kopf in den Sand gesteckt. Ich blickte auf den Hafen: Das Wasser schwebte.

Da sah ich den Mann in einem Lichtschein stehen. Er lehnte an einem Strommast, einen Fuß auf den Betonsockel des Kaigitters gestützt, und rauchte. Wer mochte er sein? Niemand anderer stand so am Gitter und rauchte wie er. Und überhaupt: Um an einem nebligen Abend sinnierend am gottverlassenen Kai des Istanbuler Hafens zu stehen, musste der Mann Romane gelesen haben, ganz bestimmte sogar, die von den schummrigen Kneipen der Hafenstädte erzählten, von den Nutten, den Mördern, den Absteigen, den Abenteurern. Keine zwei Schritte von hier fände er eine Haschischhöhle, und noch mal vierzig Schritte weiter war ein Kaffeehaus, in dem Galgenvögel mit jungen Frauen beim Glücksspiel saßen und dazu Tee und Kaffee tranken, unter ihnen der Verrückte Hurşit, der nur aus Stolz auf seine Marika so kühn und verwegen war, so wie auch bei Marika all das Unerschrockene und Spitzzüngige allein mit ihrem Hurşit zusammenhing. Die Herumtreiberei der beiden machte den Hafen erst zum Hafen.

Im Istanbuler Hafen gab es weder berüchtigte Huren noch furchterregende Schwarze, und auch keine Heerscharen von Chinesen. Durchstreifte man seine stillen, dunklen, schmutzigen Straßen, konnte man meinen, dass alles schliefe. Doch wach gehalten wurde der Hafen von Marika und dem Verrückten Hurşit.

Ja, Freunde, wer da einen Fuß auf den Betonsockel des Kaigitters stützte und rauchte, das war kein anderer als ich. An einem nebligen Istanbuler Abend dachte ich mir am Kai von Galata[103] irgendeine Marika und ihren Freund, den Verrückten Hurşit, aus. Außer mir lehnte keiner am Strommast und rauchte, und darauf bin ich stolz. Es hätte mich nun gereizt, in jenem Kaffeehaus einen Tee zu trinken. Doch wäre ich dort aufgefallen, also ließ ich es. Ich kramte in den Taschen und stieß dabei auf meine Angel. Mein Entschluss war unumstößlich. Ich hatte für die Angel mein ganzes Geld ausgegeben. Ich würde Fische fangen, sie verkaufen und meine Einnahmen abends vertrinken. Frühmorgens würde ich schon fischen, und abends noch mal, und eine Flasche hätte ich dabei. Ich war ein Schriftsteller. Doch zum Schreiben war nicht mehr die rechte Lust in mir. Um wieder schreiben zu können, musste ich frei sein wie eine Blume, frei wie ein Vogel. Nicht irgendwelche kleinen Freiheiten suchte ich, sondern die große Freiheit eines Kindes, das alles darf. Genau das hatte ich nötig. Alles andere war doch nur ein Wiederkäuen. Was also tat ich? Nahm fünf Lira und legte sie in einer Kunststoffangel an. Ich befestigte einen Angelhaken daran, brachte ihn mit dem Taschenmesser zum Glänzen und spießte eine Makrele darauf. Dann ließ ich die Angel ins Wasser hängen, bevor noch der Nebel aufkam. Nichts rührte sich. Ein anderer Händler gab mir Quecksilber, damit ließ ich den Angelhaken noch mehr glänzen. Wieder nicht das leiseste Zucken. Da ließ ich es bleiben. Ich lehnte mich an den Mast, setzte den Fuß auf den Sockel und dachte nach. Und kam zu dem Schluss: Wenn nicht heute, dann eben morgen! Das Meer ist unser. Es birgt Schätze in sich. Die Angel ist anständig, der Fisch stumm, das Meer trübe, es lebe die Freiheit! Ich versetzte dem Strommast einen Fußtritt und ging zur Galatabrücke, hinunter ins Untergeschoss[104], da setzte ich mich hin. Vor mir ein glänzendes Boot, auf dem eine Karbidlampe brannte, am Rand ein schnapstrinkender Alter und neben ihm ein schmächtiger, verwahrloster Junge, der übernächtigt wirkte. Aus der Manteltasche zog ich eine feuchte, zerrissene Papiertüte, der ich eine Makrele entnahm. Mit einer Rasierklinge schnitt ich zwei Fetzen davon ab, steckte sie an den Angelhaken und ließ diesen in das blattgrüne Wasser unter der Brücke gleiten. Bei allen anderen bissen die Fische, bei mir nicht. Es standen Leute herum, und ich schämte mich allmählich. Nicht weil ich nichts fing, sondern weil ich überhaupt hier angelte. Zwar dachte ich, «Was geht das die anderen an?», aber zugleich verkroch ich mich immer mehr in meinem Mantelkragen. Da sagte der verwahrloste Junge zu mir: «Sind das Blaufische, was Sie da fangen?»

«Ja.»

Ich sah mir sein Gesicht näher an: Es war schmutzig weiß, hellblau, milchfarben. Seine Nasenflügel waren verklebt, die Zähne schwarze Stumpen. Er hatte einen dünnen Hals, schmutzige, aber schöne Finger und trug eine abgerissene Mütze.

«Wo bist du denn her?»

«Aus Sormageç.»

«Halt doch mal kurz meine Angel!»

Ich holte mir einen Simit[105]. Als ich zurückkam, wollte er mir die Angel wieder geben.

«Behalt sie noch eine Weile, dann kann ich mich ein bisschen ausruhen.»

Ganz offensichtlich hatte er schon einmal geangelt. Wie er die Angel in der Hand wog und den Fisch, der schließlich anbiss, unaufgeregt herauszog, das alles verriet, dass er kein Anfänger war. Innerhalb von drei Minuten fing er zwei Fische. Er merkte, wie ich ihm zusah.

«Wenn ich so eine Angel hätte ...», sagte er.

Ich wollte mir noch einen Simit holen. Dazu musste ich auf die andere Seite der Brücke, sodass ich hinter dem Lichtschein der Karbidlampe zu stehen kam und von dort den kleinen Angler beobachten konnte. Einmal sagte er etwas über die Schulter hinweg, und als er keine Antwort bekam, drehte er sich um. Er blickte suchend umher, doch hinter der Lampe war ich nicht zu sehen. Da zerlegte er hastig die Angel und machte sich mit den Fischen, die an einer Schnur hingen, schnell über die Eisenträger davon. Ich ging ihm hinterher, und an einem Brückchen zwischen zwei Anlegestellen holte ich ihn ein. Als er mich sah, sagte er ungerührt: «Hier gibt es mehr Fische.»

Dann setzte er sich hin und streckte die Füße zwischen die Stäbe des Brückengeländers.

Vielleicht wähnte er mich dann noch lange neben sich und mühte sich mit einer Begründung ab, warum er dorthin gewechselt war. Ich aber hatte längst in dem Kaffeehaus am Kai, vor dem die Schwielensalbe verkauft wird, meinen Tee bestellt, Stift und Papier herausgeholt und schrieb an meiner Erzählung.

EIN PUNKT AUF DER LANDKARTE

Schon seit meiner Kindheit suche ich auf Landkarten immer sofort nach Inseln; von Städten und Ländern schweift mein Blick zum blauen Strand. Gewiss habe ich «Robinson Crusoe»[106] gelesen, doch ist er längst vergessen, und ich glaube auch kaum, dass er daran schuld ist, wenn ich bei jedem Inselnamen im Meeresblau sogleich Sehnsucht bekomme. An Romanen wird es nicht liegen, oder wer weiß, vielleicht ja doch? Jedenfalls brauche ich auf der Karte so eine Insel nur zu erblicken, und schon erfasst mich ein wohliges Kribbeln. Dann kommt mir ein Hund in den Sinn, der mich treuherzig anschaut, ein wortkarger Fischer im weiten Überwurf, mit flinken Händen, doch schwerem Gang, ein grob gefügtes Boot mit abgesplitterter Farbe, geschwärzten Planken und dem Geruch nach zerrissenem Segeltuch, ein Vogel, der ständig das Boot umkreist, Netze, Fische, Fischschuppen, wunderhübsche Kinder am Strand, fest gezimmerte Hütten, gekochter Knurrhahn und Petersfisch, der Duft nach Sellerie, ein dampfender schwarzer Kochtopf, ein nebelverhangenes Meer...

Die Natur ist uns meistens ein Freund. Selbst wenn sie uns feindlich erscheint, gleicht sie doch nur einem abweisend wirkenden Vater, indem sie dem Menschen Gelegenheit gibt, sein Geschick und seine Kraft zu erproben; wenn im Sturm sein Boot zerschellt, lehrt die Natur ihn schwimmen; wenn der Wind ihm das Dach von der Hütte reißt, bringt sie ihm bei, solider zu bauen; und in Kämpfen mit reißenden Tieren prüft sie seine Muskelkraft.

Wenn ich auf einer Karte abseits der Kontinente inmitten all des Meeresblaus ein Inselchen erblicke, stelle ich mir immer vor, an solch meerumschlungenen Orten sind Stürme und Seeungeheuer einzig dazu da, den Menschen starke Arme und starke Freundschaften zu bescheren, Tage und Nächte voller Anstand, auf dass sie einander helfen und zueinanderstehen; und die Wellen, die tage- und wochenlang an die Felsen branden, sollen den Menschen daran erinnern, so zu leben, wie die Natur es ihm gebietet; und große Muskelkraft ist einem nur gegeben, damit man Schwächeren beisteht, und mit scharfem Verstand ist man nur begabt, um anderen, die sanfter und langsamer und mit weniger Verstand oder gar ohne einen solchen dahinleben, ein Freund zu sein; und Suppen riechen nur deshalb so gut, damit man lernt, sie mit anderen zu teilen, und womöglich braucht man es nicht mal zu lernen, denn auf wunderbare Weise wird man auf einer Insel mit diesem Wissen schon geboren.

Auch in meinem Schlafzimmer habe ich eine Karte aufgehängt, damit abends, wenn ich von zäher Lektüre gelangweilt aufsehe, mein Blick darauf fällt. Und dann sehe ich auch schon eine Insel, und die Insel ruft mir Haie und brausende Stürme in Erinnerung, und schließlich die anständigen Menschen, von denen sie wohl bewohnt ist. So unförmig die Insel auch sein mag, ergehe ich mich doch sogleich in den verstiegensten Vermutungen, nicht anders als eine alte Hellseherin, die einem unglücklich Verliebten beim Bleigießen das Blaue vom Himmel verspricht; aber noch lieber ist es mir, wenn so ein Inselchen nichts weiter ist als ein Punkt auf der Landkarte.

Und dann fährt eines Nachts ein Motorboot an eine geteerte Anlegestelle heran, und ich betrete den Punkt auf der Landkarte, dessen Lichter wie Blutorangen leuchten. Sogleich kommt ein kurzbärtiger Mann mittleren Alters im Schaffellmantel mit hochgestelltem Kragen lächelnd auf mich zu.

«Da bist du ja, Brüderchen!»

«Ja, da bin ich.»

«Jetzt gehst du aber nicht wieder fort, oder?»

«Ach, wo denkst du hin?»

«Was Besseres als unsere Insel gibt es nicht.»

«So ist es, Bruderherz.»

«Der Vater… Er ist gestorben.»

Mit feuchten Augen erreichen wir das Haus, das hinter dem hohen Zaun kaum zu sehen ist. Als wir die Laube durchqueren, sage ich: «Ich wasche mich erst mal ein bisschen.»

Mir ist der Brunnen rechts vom Haus wieder eingefallen. Zitternd vor Aufregung, vor Trauer und Scham, spritze ich mir ein paar Handvoll Wasser ins Gesicht. Einige Menschen umarmen mich. Nachbarn rufen mir etwas zu. Verschreckte Hühner gackern, meine Mutter weint, mein Bruder schneidet Brot, meine Schwester schenkt mir ein Glas ein, ich starre auf die Netze an der Wand.

«War heute Südwind?», frage ich.

«Morgens schon. Nachmittags hat er Richtung Westen gedreht, und jetzt kommt er immer mehr von Norden.»

«Meinst du, es wird schneien?»

«Da, wo du herkommst, schon, aber hier wohl kaum. Wie geht es dir? Gesund siehst du aus!»

«Gott sei Dank! Was gibt es Neues im Dorf?»

«Hat sich nichts verändert. Die jungen Kerle spielen jetzt Karten, ansonsten kann man nichts Schlechtes über sie sagen.»

«Spielen sie um Geld?»

«Ach was! Wo sollen sie denn Geld herhaben? Um Fische spielen sie, um Schwimmleinen, um Angelschnüre und Angelhaken. Von wegen Geld!»

Bei den Christen gibt es das Gleichnis vom verlorenen Sohn, das trifft so recht auf mich zu. Nach all meinen Prassereien, Narreteien, Herumtreibereien liege ich wie einst zu Hause im Bett. Ich lösche das Licht. Bevor der Schlaf mich übermannt, umtanzen mich Ruderboote, ein sonniger Morgen, ein Fischerdorf mit all seinen Menschen. Dann gleiten die Boote, an denen vorn und hinten Fisch- und Blumenbilder prangen, auf einmal davon.

Das Meer ist mir heute eine liebevolle Mutter. Doch sie soll es nicht übertreiben, soll nicht gar so sehr leuchten und friedlich daliegen und glänzen wie ein Gummistiefel. Denn es gibt ja auch ein Morgen, an dem die Wellen uns wieder peitschen, kalt und scharf wie Glasscherben, und das

Wasser zum Ungeheuer wird und uns zum Kopf hineinfließt und zum Hintern wieder heraus.

So haben die Inseln auf den Landkarten meiner Kindheit und Jugend mich eines Tages wie ersehnt wieder auf eine Insel entlassen. Ich bin zwar um vieles älter, doch endlich zurück in der Heimat. Fortgegangen bin ich als blonder Junge von vierzehn Jahren. Ein Boot hat mich in die großen Städte gebracht. Ich habe gelebt. Habe Geld in den Taschen gehabt. Frauen gehabt. Wollust und Glücksspiel kennengelernt. Bin zum Dieb geworden. Bin im Gefängnis gewesen und im Freudenhaus. War mit Taschendieben und Einbrechern gut Freund. Habe gelockt und bin gelockt worden. Bin hungrig zu Bett gegangen. Habe Geld gestohlen. Unzucht getrieben. Habe geliebt, ohne geliebt zu werden. Müde, erschöpft, um alles gebracht, bin ich mit dem gleichen Boot wieder zurück nach Hause.

Unter den ehrbaren Menschen des Dorfes schleiche ich nun gesenkten Hauptes herum, ohne zu lachen, ohne mich zu amüsieren, voller Duldsamkeit, und erkenne ich auch das Böse schon an einem Zwinkern und kann mich ihm mutig entgegenstellen, so werde ich doch still und stumm und voller Ergebenheit nur zum Fischen gehen und voller Sehnsucht nach Wohltaten hier glücklich bis zum letzten Atemzug den Rest meines Lebens verbringen.

Ein schöner langer Herbst vergeht. Die Blätter in den Lauben färben sich langsam intensiv rot, und sie schaukeln, bevor sie abfallen, noch lange in tiefrotem Farbenspiel.

Meines Vaters Haus ist dank meiner Mutter wohlbestellt. Ich stecke zunächst wie der Vogel Strauß nur den Kopf in den Sand, und nur allmählich wage ich mich wieder unter Menschen. Ich werde hier nun meine Tage und meine Nächte verbringen. Die Leute um mich herum scheinen mir allesamt besser und ehrbarer als ich, denn ich bin eben der verlorene Sohn. Nicht einmal schreiben will ich mehr. Ich werde zum Fischen aufs Meer hinausfahren, werde den Kaffee trinken, der hier nur zehn Kuruş[107] kostet, und das billige Kraut rauchen, das es um zwanzig Kuruş gibt. Alles, was ich verloren habe, Menschlichkeit, Mut, Gesundheit, Geradlinigkeit, Freundschaft, Arbeitseifer, Ruhe, all das will ich zurückgewinnen; und wenn aus mir auch nichts Rechtes mehr werden soll, so will ich doch voller Anstand, voll beschämter Verwunderung und Verzweiflung meinen Tod erwarten. Falls mich der Wunsch zu schreiben wieder packt – was heißt der Wunsch, die schlechte Gewohnheit vielmehr, die einzige, die ich noch habe –, und sei es auch ohne Gedanken an Ruhm und Erfolg, eher mit dem Vorsatz «Der Teufel soll mich holen, wenn ich an dergleichen denke», dann werde ich mich ohne Stift und Papier irgendwohin flüchten oder zum Fischen gehen. Ich werde nicht mehr schreiben. Ich weiß, dass die Menschen mich hier nicht mögen. Weil ich nicht bin wie sie. Fahre ich zum Fischen hinaus, so werden sie sagen: «Er hat doch Geld genug, was will er da beim Fischen? Ist er verrückt? Seinen Anteil will er auch nicht.» Oder es wird heißen: «Der Dummkopf kann von Glück reden, dass er seine Mutter hat, sonst würde er alles verprassen und bald mit leeren Händen dastehen.» Nie werden sie erfahren, dass mein Leben dahinsiecht, Minute für Minute, unerträglich lang, doch in demütiger Liebe zum Wind, den Fischen, den Netzen, dem Meer, bis einst der Tod mich ereilt.

Was schadet es schon? Ich werde sie mit den Menschen meiner Inselträume vergleichen, werde verschämte Zuneigung zu ihnen empfinden und ihnen als größten Fehler ihre Engherzigkeit anrechnen, und abends werde ich bei Zigarette, Salbeitee und Kartenspiel den windigen Tag beschließen, mich dann wie neugeboren und sündenlos zu Bett legen und den Erinnerungen freien Lauf lassen, und der Gedanke an die guten, die heldenhaften, die ehrbaren Menschen, die der harten Natur ihr täglich Brot abringen und sich dabei füreinander aufopfern, wird mich in tiefen, traumlosen Schlaf fallen lassen. Am Morgen werden mich der gleiche Wind und der gleiche Regen wecken. In einem Kaffeehaus mit beschlagenen Scheiben werde ich zwischen Menschen mit schwieligen Händen und von Wind und Sonne gegerbten Gesichtern wieder einen Tag hinter mich bringen, ohne eine Sünde oder besser gesagt eine Schlechtigkeit zu begehen.

So habe ich als stiller Zuschauer unter diesen Menschen tatsächlich recht glücklich dahingelebt. Ich fuhr nicht einmal in die Stadt. Es war alles, wie ich es mir vorgestellt hatte. Bis ich hörte, dass es beim Verteilen der Fische zu hässlichen Szenen kam. Da konnte ich nicht so tun, als ob mich das nichts anginge.

Es geschah eines Morgens. Ein Boot war, genau wie in meiner Fantasie, vom Fischen zurückgekommen. Man verlud die Körbe mit dem Fang auf einen Dampfer, dann wurden die Netze zum Reinigen aufs Wasser gepeitscht. Von den Petersfischen, die auf dem Fischmarkt nichts galten und dort nicht einmal mit einem Preis versehen wurden, zappelten auf dem Bootsdeck an die zehn, fünfzehn Exemplare mit ihren hauchdünnen Flossen. Bald würden die Helfer ihre Arbeit erledigt haben und jeder von ihnen mit einem Petersfisch am Finger davonziehen. So wie ich es mir immer wünschte, würde in vielen Häusern ein Topf mit Fischsuppe dampfen.

Es waren acht Leute mit dem Reinigen beschäftigt. Sieben davon stammten von der Insel. Der achte war ein magerer, kränklich wirkender Blondschopf, den ich noch nie gesehen hatte. Er war mit Feuereifer bei der Sache.

Wenn sich herumsprach, dass es reichen Fang gegeben hatte, kamen auch Leute von außerhalb, denen allerdings nichts zustand. Sie mussten sich mit dem begnügen, was der Kapitän ihnen gönnte.

So tat jener Fremde, was er nur konnte, um sich seinen Fisch zu verdienen.

Schließlich waren sie fertig. Der Kapitän warf zwei große Petersfische vor die Kajüte und sagte dann zu einem der Matrosen: «Die da bringst du uns nachher, die anderen kannst du verteilen.»

Manche bekamen drei Fische. Der Fremde stand wartend da, in der Hoffnung, dass wenigstens einer für ihn abfiele. Er lächelte, und sein Gesicht war von der Arbeit leicht gerötet. Diese Röte hielt an, bis der Mann, der die Verteilung vornahm, nur noch einen letzten Fisch in der Hand hatte. Da war die Röte plötzlich weg. Und das Lächeln fror auf gefährliche Weise ein. Ich dachte schon, der Mann würde sein Leben lang mit diesem gefrorenen Lächeln hier stehen bleiben. Er sah sich um. Auf einmal zersetzte sich sein Lächeln wie eine überreife Frucht, und seine Augen weiteten sich erstaunt. Als der letzte Fisch auf den Kai geschleudert wurde, hatten die Gesichtszüge des Mannes fast wieder ihren vorherigen zufriedenen Zustand angenommen, der eher einer frischen Frucht glich. Der Mann tat zwei Schritte nach vorn und streckte die Hand nach dem Fisch aus, als ein anderer Helfer, der schon einen riesigen Petersfisch am Finger hatte, mit seinem groben Stiefel auf den am Boden liegenden Fisch trat.

«He, Freundchen, was soll das? Was bildest du dir ein?»

Der Mann zog die Hand zurück. Ohne einen Ton zu sagen, denn dazu war er nicht in der Lage. Er ging einfach auf das Kaffeehaus am Kai zu. Von den Leuten, die davorsaßen, rief einer herüber: «Lass ihn doch! Er hat doch auch gearbeitet. Gib ihm wenigstens den einen. Gott weiß, was er für einen Weg zurückgelegt hat.»

«Dann hätte er eben nicht kommen sollen. Haben wir mit dem Schwanz gewedelt, damit er kommt? Heute ist mal ein bisschen Fisch da, aber wenn es nicht so läuft, kommt keiner von denen und macht uns die Netze sauber. Also Finger weg!»

Keiner der anderen tat den Mund auf und sagte: «Jetzt gib ihm doch den Fisch, das gehört sich so!»

Ein paar der Matrosen, die nämlich, auf die ich am meisten hoffte, machten aber doch Anstalten, etwas zu sagen. Ich wartete ab. Wartete, dass einer von ihnen von seinem Anteil einen Fisch, meinetwegen den kleinsten, vom Finger nehmen und ihn dem Fremden zuwerfen würde. Der Kapitän trank mittlerweile seinen Kaffee und blickte in aller Gemütsruhe herüber.

Der Mann, der zuvor protestiert hatte, rief nun: «Eine Schande ist das, wahrhaftig eine Schande!»

Einer von denen, auf die ich so gehofft hatte, machte den Mund auf: «Misch du dich da nicht ein! Du hast schon genug gestänkert. Was heißt hier Schande?»

«Gehört das Meer vielleicht euch allein?»

«Gehört es ihm allein?»

«Das nicht, aber er hat schließlich mitgearbeitet.»

«Es hat ihn keiner gerufen.»

Der Fremde ließ sich auf einen der Kaffeehaushocker sinken. Sofort stand der Wirt neben ihm, doch zu dem sagte er nur: «Ich stehe gleich wieder auf.»

Als er aufstand, wandte er sich an den Mann, der sich seinetwegen hatte Vorwürfe anhören müssen: «Ist nicht weiter schlimm. Dann geben sie eben nichts.»

Darauf ging er mit kleinen Charlie-Chaplin-Schritten auf den Dampfer zu.

Ich hatte mir geschworen, nicht mehr zu schreiben. Wo doch das Schreiben nichts weiter ist als eine Sucht. Unter den ehrbaren Menschen hier wollte ich in aller Ruhe den Tod erwarten, was sollte ich da mit Sucht und Eifer? Allein es ging nicht. Ich eilte zum Kiosk, besorgte mir Stift und Papier und setzte mich hin. Dann zog ich das Taschenmesser heraus, mit dem ich mir manchmal auf den einsamen Inselwegen einen Stock zurechtschnitzte, und ich spitzte damit den Bleistift an. Danach verpasste ich ihm einen Kuss. Hätte ich nicht geschrieben, ich wäre verrückt geworden.

Sie hatte ein bleiches, wunderhübsches Gesicht. Aus ihren glasklaren, außergewöhnlich hellen Augen lachte einem etwas Freundliches entgegen. Immer wenn mir ein Gesicht zusagt, muss ich es mit weit geöffneten Augen anschauen. Und auch nun kann ich nur deshalb nicht gleich loserzählen, weil die Frau mich ansah, als würde ich ihr leidtun.

«Ach, ich mit meinen Augen!», dachte ich und meinte, auf meine Augen noch mehr schimpfen zu müssen. «Was starren sie auch jedes Gesicht, das ihnen gefällt, gleich an wie verrückt!», würde ich etwa sagen, oder: «Nicht sie selbst erwecken Mitleid, sondern ich. Und was heißt Mitleid, manchmal erregen sie auch Ärger!» Plötzlich wurde in meinem Kopf ein Schalter umgelegt, und es brannten ganz andere Lichter. Es drehte sich alles, bis vor meinem inneren Auge das Städtchen erstand, in dem ich einen Teil meiner Jugend verbracht hatte.

Ich war damals mit dem Sohn einer gut situierten Familie befreundet. Der Junge hatte in

Istanbul ausländische Schulen besucht, mehrere Sprachen gelernt und besaß nun tadellose Umgangsformen. Nach seiner Rückkehr in unser Städtchen hatte er seinen Platz im Laden der Familie im Viertel Kömürpazarı[108] eingenommen. Zunächst loderte noch etwas Rebellisches in ihm. Es lockte ihn, die Familienbande mit einem Schlag zu lösen. Was er aber nicht schaffte. Innerhalb von zwei Jahren wurde er in dem Laden nur immer fülliger und schlafmütziger, und vor gänzlicher Lethargie bewahrte ihn einzig und allein, dass regelmäßig Säcke angeliefert wurden und verschickt werden mussten.

Die Familie wusste nicht, wie sie dem immer verschlossener und dicker werdenden jungen Mann zu mehr Schwung verhelfen sollte. Es gingen Säcke nach Istanbul, und es kamen Säcke aus Istanbul (mehr verstehe ich nicht vom Handel; mein Freund allerdings auch nicht), und die Kasse füllte sich mit Geld. Doch selbst was mit Geld anzufangen war, hatte der junge Mann inzwischen vergessen. Als sein Vater sah, dass auch die drei Glas Raki, die er einmal pro Woche trank, ihn nicht aus seinem Tiefschlaf zu wecken vermochten, muss ihm entweder im Traum eine Lösung erschienen sein, oder er konsultierte irgendwelche Ärzte, vielleicht trat auch der Ältestenrat der Familie zu einer Geheimsitzung zusammen, um etwas auszubaldowern. Genau weiß ich es leider nicht. Nur so viel ist sicher, dass in der ganzen Familie nicht einer war, der als Einzelner auf eine Lösung hätte kommen können. Gedacht wurde in dem Haus nämlich nicht, es wurde lediglich gegessen, getrunken, gerechnet und geschlafen. Die Idee jedenfalls war, den Jungen zu verheiraten.

Man stelle sich ein Büro mit lauter schmutzigen Scheiben vor, auf den Registern reiht sich Fliegenschiss an Fliegenschiss, der Tintenfleck neben dem Kassenbuch ist zwei Jahre alt, die Glasplatte auf dem Schreibtisch sieht vor lauter Staub aus wie eine Milchglasscheibe, der Tageskalender ist seit siebeneinhalb Monaten nicht abgerissen worden, und von den schwarzen Registerbüchern über die Kopierpresse bis hin zu dem höchstens mal mit Getöse umfallenden Aktenschrank liegt alles – außer dem Geld – in sommerlichem Mittagsschlaf. Die Sitzkissen waren abgewetzt, und von den Stühlen wusste kaum mehr jemand, dass es eigentlich Drehstühle waren. Absolut nichts, und somit auch nicht der Gedanke an eine Heirat konnte meinen Freund, der selbst schon zum abgewetzten Kissen, zum eingerosteten Stuhl, zum fliegenschissübersäten Register geworden war, aus seinem ewigen Schlaf reißen. Er hatte kurz über die Sache nachgedacht, kurz daran Gefallen gefunden, sich eine Frau vorgestellt, Pantöffelchen, Pyjama, Puderduft, und hatte dann ein flaues Gefühl bekommen. Bei dem Gedanken «Was wohl aus mir wird, wenn ich heirate?» war das flaue Gefühl gleich wieder verflogen, und stattdessen hatte sich eine Befürchtung eingestellt. Als auch die verging, dachte er nach. Wobei man sich keineswegs etwas Heftiges, Zupackendes vorstellen darf, wie man es mit dem Wort «nachdenken» ansonsten verbindet. Er sagte sich nur: «Wie wird es mir ergehen, wenn ich heirate?», starrte die schmutzige Fensterscheibe an und schlief darüber ein. Und was war das für ein süßer Schlaf, mein Gott! Tief und traumlos. Aufgeweckt wurde er erst von einem Insekt, wie bisher noch nie eines in seinem Büro gewesen war, von einer Wespe nämlich. Er vernahm in dem kleinen Raum den Lärm eines Düsenjägers und wachte auf. In ihrer verzweifelten Suche nach einem Schlupfloch brummte die Wespe wie verrückt. Sie schien von einem verrückten Piloten gesteuert. Unser junger Mann war es bald müde, ihr mit seinen schlaftrunkenen Augen hinterherzublicken, und ohne sich klarzumachen, dass er milliardenfach größer als die Wespe war, rührte er nicht mal einen Finger, und in seinem Kopf setzte sich wieder der Gedanke fest: «Wie wird es mir ergehen, wenn ich heirate?» Ganze achtundzwanzig Tage dachte er darüber nach. Warum nicht neunundzwanzig? Nun, ich bin einen ganzen Februar lang Zeuge seines Nachdenkens gewesen. Als er begriff, dass er durch Nachdenken allein auf keinen grünen Zweig kommen würde, verlegte er sich auf praktische Erwägungen. Mit reichlich deprimierendem Ergebnis: Er würde ja als verheirateter Mensch nicht einmal mehr in der Lage sein, seine Pantoffeln anzuziehen. Darauf empfahl ich ihm, weniger zu essen. Daran hielt er sich tatsächlich. Als er nach zwei Monaten von seinem überschüssigen Fett einiges eingebüßt hatte, wog er siebzehn Kilo weniger. Und war doch nicht munterer als zuvor. Darauf klagte er sein Leid einem Arzt, der in unserem Städtchen bei den Reichen ein und aus ging.

Auf Vermittlung dieses Arztes reiste er dann schließlich nach Istanbul. Istanbul war die Stadt der Therapien. Er besuchte Bars, Kneipen, Restaurants und Strände. Nein und abermals nein, er würde nach einer Heirat nicht mehr in der Lage sein, seine Pantoffeln anzuziehen. Zu diesem Schluss kam er im Verein mit angeblichen Ärzten und mit seinem Masseur, der ihn elektrisch behandelte. Betrübt war er nicht darüber, denn er hatte vergessen, den Mechanismus der Betrübung in Gang zu setzen. Doch mit dem Essen hielt er es nun nicht mehr wie zuvor. Da endgültig feststand, dass er nach einer Heirat nicht mehr in der Lage wäre, seine Pantoffeln anzuziehen, wurde er in Istanbul wieder dicker. Das allerdings verschaffte dem Revolver der Betrübung neue Munition. Im Kopf des jungen Mannes begann es zu rebellieren. Solch einer Rebellion mit Wein, Raki und Schlafmangel zu begegnen hieß natürlich nichts anderes, als Öl ins Feuer zu gießen. Er gab eine Unmenge Geld aus, und seine Familie schreckte vor keinem Opfer zurück. Jedem, den er traf, klagte er sein Leid. Ärzte, Huren, Freunde setzten dem Jungen zu, wie sie nur konnten, aber umsonst!

Da lernte er eines Abends in einer Bar Melâhat kennen, jene Melâhat, die ich vorhin getroffen habe. Er schüttete ihr sein Herz aus, nicht aber seinen Geldbeutel. Melâhat war in diesen Jungen mit der traurig-hübschen Miene, bei dem es ständig zwischen dick und dünn, bestrebt und träge hin und her ging, binnen einer Woche verliebt. Als er ihr sein spezielles Problem gestand, sagte sie nur: «Davon kuriere ich dich schon.» Da schwor mein Freund ihr hoch und heilig, dass er sie in diesem Falle heiraten werde. Melâhat erwiderte lächelnd: «Ach, lass nur!»

Anderthalb Jahre lang lebten sie zusammen. Nach wie vielen Monaten mein Freund in der Lage war, selbst seine Pantoffeln anzuziehen, muss man Melâhat fragen. Doch war er nach diesen anderthalb Jahren ein junger Mann wie alle anderen auch.

Im November des Kriegsjahres 1940 wurde im «Parkhotel» unseres Städtchens zwischen dem Sohn des Geschäftsinhabers C.H. und der Tochter des Chirurgen H.O. Hochzeit gefeiert.

Unsere Melâhat aber, die ich vorhin getroffen, jedoch nicht gleich erkannt habe, war mittlerweile selbstverständlich im Stich gelassen worden. All die Dienste, die das Barmädchen meinem Freund erwiesen hatte, waren ihr schmählich vergolten worden. Ich sehe sie manchmal auf der Straße mit einem dicklichen Jungen, und wenn ich dann so bedenke, wie beständig das Glück mancher Familien ist, frage ich mich, warum mein millionenschwerer Freund vor seinem stattlichen Haus nicht längst eine bronzene Statue von Melâhat aufgestellt hat.

KAFFEEHAUS «EFTALIKUS»

Neulich wurde ich von einem jungen Mann angesprochen.

«Guten Tag!»

«Guten Tag …», erwiderte ich.

Er habe mich schon längst einmal kennenlernen wollen, aber bisher keine Gelegenheit gefunden. Wir gingen nebeneinander her. Aus seinen Fragen ging für mich nicht hervor, ob er wirklich aufrichtig war. Wenn ja, so war um seinetwillen Vorsicht geboten, und andernfalls um meinetwillen. Es konnte sich ja um einen heimlichen Spötter handeln. Es galt also, sich darauf einzustellen und bei erster Gelegenheit die Flucht zu ergreifen. War seine Bewunderung allerdings ehrlich, so musste man sie seiner Jugend und Unerfahrenheit zuschreiben. Sie würde sich bald verflüchtigen, war sie doch nur aus einem Gefühl heraus geboren. Auf solche Bewunderung ist nicht allzu viel zu geben. Sollte sie andauern, wäre es gut für mich und für ihn. Daher mein Misstrauen, denn wäre das nicht ein Zeichen dafür, dass wir beide nicht von der Stelle kommen?

Da der junge Mann selbst schreiben will, ist die Wahrscheinlichkeit recht hoch, dass er sich nur so herzlich gibt und mich dabei insgeheim auslacht. Doch was soll's? Es hat auch keinen Sinn, den Gewieften zu geben, der sich nichts vormachen lässt, denn das wäre dann auch nur Angeberei. Gegen die Gefahr, verspottet zu werden, wappnet man sich am besten, indem man auf den anderen eingeht und so tut, als würde man alles für bare Münze nehmen. Ist der junge Mann sehr intelligent, hält er die Bewundererrolle durch bis zum Schluss. Nun, soll er doch, was hat er schon davon? Und falls er es wider Erwarten ehrlich meint, umso besser! Es kann ja durchaus sein. Hast du nicht auch in seinem Alter Autoren, die du heute nicht mehr ausstehen kannst, als Menschen von einem anderen Stern angesehen und dich nicht einmal getraut, sie anzusprechen? Und gibt es nicht heute noch ein paar französische Schriftsteller, die du über jede Vernunft hinaus verehrst? Würde ich eines Tages André Gide[109] begegnen, wie sollte ich den nun schon Achtzigjährigen nicht bewundernd anstarren und ihm wer weiß was für unmögliche Fragen stellen?

«Ich hätte nie gedacht, dass ich mal mit Ihnen in einem Kaffeehaus sitzen würde.»

Verstohlen mustere ich sein Gesicht. Das ist tatsächlich kein Spott. Wenn er schon nicht spottet, soll ich es dann tun?

«Ihre Erzählungen …»

Ich muss sofort abwehren, damit er den Satz nicht zu Ende spricht, denn er würde ihn vielleicht bereuen. Er will ja auch Kritiker werden. Und wie er den Satz bereuen würde! Von dem Kurs muss er sofort abgebracht werden.

«Schreiben Sie denn auch Erzählungen?»

«Ich schreibe Gedichte, wie die meisten in meinem Alter. An ein paar Erzählungen habe ich mich ebenfalls schon versucht, aber erfolglos. Jetzt probiere ich es mit Literaturkritik. Ich darf behaupten, dass es wohl keine auf Türkisch erschienene Erzählung gibt, die ich nicht kenne. Aber Ihre …»

«Sehen Sie sich doch mal den Mann da drüben an. Er ist von Geburt an blind. Vorhin hat er ‹Mahmut!› über die Straße gerufen. Er weiß also, dass er sich vor dem ‹Taksim-Kino› befindet und dass in dem Pastetenladen gegenüber ein Mahmut arbeitet. Wir stellen uns vor, dass er das nur ahnt, aber wer weiß, wie entsetzlich lang er an dieser Erkenntnis gearbeitet hat.»

«Und so etwas formen Sie dann gleich zu einer schönen …»

«Mag sein, aber in diesem Fall nicht. Ich sinne nur darüber nach. Orientiert ein Blinder sich an den Geräuschen um ihn herum, an der Atmosphäre? Oder zählt er seine Schritte ab? Was meinen Sie? Er sagt sich vielleicht: ‹Wenn ich achtundneunzig Schritte nach rechts gehe, stehe ich vor dem ‚Taksim-Kino'. Als ich das Haus verließ, war es eine Minute vor neun. Da ich langsam gehe, muss es jetzt genau neun sein. Und dass Mahmut um neun nicht im Laden ist, hat es noch nie gegeben.›»

In die Dunkelheit seiner Augen muss über die äußeren Sinneseindrücke ein Licht treten. Vielleicht ist er in Şişli aufgebrochen und weiß in Harbiye, dass er noch nicht in Taksim[110] angekommen ist, weil er aus der Geräuschkulisse irgendetwas heraushört, was uns völlig entgeht. Vielleicht ist auch die Luft nicht überall die gleiche? Lässt die Augenfinsternis ein Tasten in der Finsternis der Seelen zu? Mir scheint aber doch, als orientierte er sich eher an Geräuschen, an solchen nämlich, die uns willkürlich erscheinen, während sie für ihn unverwechselbar bleiben.

Uns wird ja auch die Geometrie der Straßen nicht bewusst. Er dagegen mag sich alle Kurven und Rechtecke eingeprägt haben, den ganzen Stadtplan mit sämtlichen Details. Dann hat vielleicht auch jedes Viertel seinen eigenen Geruch, und womöglich jeder einzelne Laden. Mit der Fußsohle erkennt er jedes Loch und jede Erhebung. So gleicht das Blindsein einer längst aus der Mode gekommenen Literatur, die noch jedes Wort genau abwog…

Während mir all dies durch den Kopf ging, bedachte mich der junge Mann mit Lob. Gerade deshalb sann ich wohl so lange über den Blinden nach.

Da kam Mahmut herüber und führte den Blinden über die Straße. Kaum setzte jener einen Fuß auf den Gehsteig, sagte er sogleich: «Guten Morgen, Sadık.»

«Ah, Monsieur Ivan, heute sind Sie aber früh dran», erwiderte Sadık.

«Was heißt hier früh? Es ist zehn nach neun.»

Auf der Uhr am Taksim-Platz war es tatsächlich zehn nach neun.

Das war doch unglaublich. Der junge Mann fragte mich gerade, welche meiner Erzählungen mir selbst denn am besten gefalle.

«Weiß ich nicht. Sagen Sie mal, haben Sie das gehört?»

«Was denn?»

«Der Blinde hat gesagt, dass es zehn nach neun ist. Gerade eben.»

«Tatsächlich?»

«Wenn ich es sage!»

«Das gibt's doch gar nicht!»

Doch, das gab es. Auf einmal kam ich dahinter! Als Mahmut den Blinden über die Straße geführt hatte, mochten die beiden etwas geredet haben, was mir wegen des Straßenlärms entgangen war. Und dabei hatte der Blinde wohl nach der Uhrzeit gefragt.

Der junge Mann und ich wurden allmählich warm miteinander und konnten daher über andere Leute klatschen. Besonders gefiel mir, wie er meine Erzählungen vor unbarmherzigen Kritikern in Schutz nahm. Dann schwiegen wir eine Weile, als dächten wir darüber nach, woher der Blinde wohl die Uhrzeit wissen konnte.

«Wie gehen Sie beim Schreiben eigentlich vor?», fragte der junge Mann schließlich.

Schmunzelnd forschte ich in seinem Gesicht, ob er mich nun nicht doch verspotten wollte. Nein, wollte er wirklich nicht. Ein guter Junge.

«Am allerbesten gefällt mir Ihre Erzählung ‹Ein überflüssiger Mensch›. Sehr schön sind auch ‹Vater und Sohn› und ‹Die Gebetskette›. Und ‹Das Laubengrab› ist gut.»

Ich schwieg, verlegen und verzückt zugleich.

«Aber Sie haben mir meine Frage noch nicht beantwortet.»

«Welche denn?»

«Wie Sie beim Schreiben vorgehen.»

«Das weiß ich selber nicht.»

Ich dachte nach. Von der Straße war die Stimme des Blinden zu hören, der sich laut mit Sadık unterhielt.

«Ich weiß nicht, ich schreibe einfach drauflos. Jetzt gerade schreibe ich zum Beispiel an einer Erzählung. Ich weiß auch schon den Titel.»

«Wie heißt sie denn? Sie legen also zuerst den Titel fest» – das sagte er nicht.

Und ich erwiderte nicht: «Nein, aber der Titel hat mir spontan gefallen, also nenne ich die Erzählung so.»

Und er fragte auch nicht: «Und wie heißt sie?»

«‹Kaffeehaus Eftalikus›. Oder auch nur ‹Eftalikus›, ohne ‹Kaffeehaus›. Der Bezug zur Erzählung darf ruhig zweitrangig sein.»

Als hätte er alles begriffen, was ich nicht gesagt hatte, folgerte er: «So also schreiben Sie Ihre Erzählungen.»

«Wie bitte?», fragte ich diesmal tatsächlich.

«Na ja, Sie legen erst den Titel fest, und dann überlegen Sie, worauf die Erzählung hinauslaufen soll.»

«O nein», widersprach ich. «So mache ich das nicht. Soll ich Ihnen sagen, wie es ist? Ich weiß gar nicht, wie man eine Erzählung schreibt.»

Wir standen auf, um zu zahlen. Der junge Mann war aufrichtig bemüht, mich nicht bezahlen zu lassen, doch ließ ich das nicht gelten. Zwei am Nebentisch Tavla[III] spielende Männer verfolgten schmunzelnd unseren edlen Wettstreit.

Beim Anblick meiner Mütze, meines schmutzigen Regenmantels, überhaupt meines ganzen Erscheinungsbilds kam der Kellner recht schnell zu dem Schluss, dass es wohl ratsamer war, mein Geld eher nicht anzunehmen. So zahlte der junge Mann unseren Kaffee.

«Das hätten Sie nicht tun sollen», tadelte ich ihn. Wir gingen die Treppe des «Eftalikus» hinunter.

Wenn nun mein junger Freund, der wissen wollte, wie ich als Autor vorgehe, morgen irgendwo schreibt, dass ein Erzähler, dessen Themen in eine Nussschale passen, kein guter Erzähler sein könne, taugt meine Erzählung dann etwas? Und wenn nicht, was soll's? Es ist nun mal das, was ich unter einer Erzählung verstehe.

DER TOD DES PETERSFISCHS

Sie haben alle wunderschöne Augen. Und in lebendigem Zustand sind ihre Schuppen eine Zierde für jedes Frauenkleid, jedes Frauenohr, jedes Dekolleté. Was sind dagegen Diamanten, Rubine, Achate, Smaragde?

Könnten Frauen auf einem Ball in den schillernden Farben von Fischrücken paradieren, so würden die Fischer Millionen verdienen und den Fischen würde ewiger Ruhm zuteil. Nur ist es leider mit dem Glanz ganz und gar vorbei, sobald der Fisch stirbt, weil seine Haut dann eher der eines schrumpeligen Babys gleicht. Der Fisch, von dem ich hier berichten möchte, hat nicht einmal so schillernd glänzende Schuppen, ja eigentlich hat er gar keine. Er ist von blassgrüner Farbe und im Grunde der hässlichste aller Fische. Er hat ein riesiges, zahnloses, durchsichtiges Maul, das er aufreißt, sobald man ihn aus dem Wasser zieht. Es bleibt dann offen stehen.

Habe ich bereits erwähnt, dass sein Grün ziemlich schmutzig wirkt? Dass er völlig flach ist? Und zu beiden Seiten dunkle Flecken hat, die wie Fingerabdrücke aussehen?

Der Hrisopsaros (Christusfisch), wie er von den griechischen Fischern genannt wird, soll früher einmal ein furchtbares Meeresungeheuer gewesen sein. Vor Christi Geburt versetzte er den Mittelmeerraum in Furcht und Schrecken. Wehe dem Phönizier, der zu damaliger Zeit ins Meer fiel! Die Zahl der karthagischen Galeeren und israelitischen Fischerboote, die von dem Ungeheuer zum Kentern gebracht wurden, ist Legion. Zerreißen, zerbrechen, zerfetzen, zertrümmern – etwas anderes kannte der Fisch nicht. Die verwegensten Piraten, die sich weder vor Mensch noch vor Tier fürchteten, nicht vor Sturm und Blitz, vor Unglück und Folter, wurden blass, sobald sie den Namen «Petersfisch» nur hörten.

Da begab es sich, dass Jesus am Meeresstrand dahinwandelte und Fischer sah, die sich entsetzt aus ihren Booten an Land flüchteten. «Was ist euch denn?», sprach er, und sie erwiderten voller Angst: «Gott verschone uns vor diesem Ungeheuer! Es hat unsere Boote zerfetzt und unsere Kameraden verschlungen. Und schlimmer noch, wir können nicht mehr fischen und leiden alle Hunger.»

Da trat der barfüßige, kahlköpfige Jesus ans Meer, in dem es vor Petersfischen nur so wimmelte. Er fasste hinein, zog mit seinen langen Fingern den größten von ihnen aus dem Wasser, hielt ihn zwischen seinen Daumen fest und flüsterte ihm etwas ins Ohr.

Von jenem Tag an war der schrecklich anzusehende Petersfisch ein zahmes, ja armseliges Lebewesen. Wegen der gräten- und knochenartigen Zacken, die überall aus ihm herausragen und aussehen wie Nägel, Krummhauen, Messer, Zangen, Sägen und Feilen, wurde er von manchen auch Zimmermannsfisch genannt.

Umhüllt werden all jene Gerätschaften von einer ziselierten, nylondünnen durchsichtigen Haut, die nach hinten zu etwas dicker und dunkler wird und etwa die Form eines Fischschwanzes annimmt.

Gerät der Petersfisch an einen Angelhaken, ist er seiner Welt, dem Wasser, furchtbar gram. Welche Ängste er wohl aussteht? Die Welt ist ihm nun völlig leer. Sich von der Angel loszureißen wäre sinnlos. Er legt sich dann flach auf das Wasser und sieht einen aus seinen riesigen Augen unendlich traurig an. Zieht man ihn ins Boot, kann man noch minutenlang seine Stimme hören, jawohl, seine Stimme! Sowohl der

Petersfisch als auch der Knurrhahn geben im Todeskampf immer wieder Laute von sich, die einem schnappenden Atmen, ja einem Hilferuf gleichen. Drischt der Petersfisch dann auch noch mit dem dünnhäutigen Maul auf das Netz ein, sieht man so richtig, wie sehr er einem grollt.

Vor einer Fischerkneipe sah ich einmal an dem Ast einer halb rot, halb weiß blühenden Akazie einen Petersfisch hängen. Farblich wirkte er noch wie frisch aus dem Meer gezogen. Der Fischleib an sich war völlig reglos, doch die Haut, die, dünner selbst als Seide, seine Auswüchse umhüllte, wurde von einem spielerischen Zittern durchschauert, wie ich es noch nie gesehen hatte. Ja, es war ein Spiel, das von einem unsichtbaren inneren Wind gespielt wurde. Doch dieses Zittern, das auf den ersten Blick so vergnüglich und spielerisch wirkte, war in Wirklichkeit ein Todestanz. Als wollte die Seele des Petersfischs Hauch für Hauch durch die dünne Haut entfliehen, bis auch kein bisschen mehr davon übrig bliebe.

An manchen Tagen läuft, obwohl es eigentlich windstill ist, über die Meeresoberfläche ein leichtes Zittern, und genau so ein ästhetisches Zittern, das beim Menschen einen wohligen Schauer hervorruft, ging nun auch durch den

Fisch. Wenn man bedenkt, dass der Fisch im Begriff war zu sterben, musste man sein Zittern doch eher als Äußerung des Schmerzes deuten. Gerade das aber versucht der Mensch zu vermeiden. Viel lieber stellt er sich einen ganz besonders süßen Tod vor.

Vielleicht wähnt der Fisch sich ja noch immer in tiefem Wasser? Es ist Abend, der Petersfisch ist bester Dinge, der Sand am Meeresboden kitzelt ihn am Bauch. Der Laich schaukelt im Wasser herum, darüber der Samen. Den Petersfisch erfüllt ein wollüstiges Zittern …

Da sah ich plötzlich etwas Schreckliches: In ganz merkwürdiger Weise wurde der Fisch fahler und fahler, ja schien seine ganze Farbe regelrecht abzustoßen. Es bedurfte gar nicht der Frage, ob das denn überhaupt möglich sei, und auch nicht eines genaueren Hinschauens, denn ganz offensichtlich hatte ich mich nicht getäuscht.

Das Zittern der schmückenden Flankenhäutchen beschleunigte sich, und von Sekunde zu Sekunde wurde der Fisch weißer und weißer. Ich spürte tief in mir die Furcht, die das Herz des Fischs erfüllen musste. Es war jene Furcht, die wir alle kennen: die Furcht vor dem Tod.

Nun hatte er begriffen. Sein Leben dort unten am Meeresgrund war zu Ende. Er würde nie wieder seinen flachen Leib der Strömung überlassen, nie wieder in lichtlose Wasser und dunkelgrüne Algen abtauchen. Und auch nicht mehr frühmorgens von jenem Leuchten erwachen, das von weit droben bis zu ihm hinabdrang, nicht mehr mit Flossenschlägen durch blaugrünes Tageslicht schweben, keine Luftbläschen mehr hervorbringen und nicht mehr zur Oberfläche emporstoßen. Nie mehr mit den Stacheln durchs strahlend reinigende Meer fahren, sich nie mehr in Algen betten. Das war nun alles vorbei.

Das Sterben eines Petersfischs dauert wirklich lang. Als würde der Fisch sich an das Gas, das wir Luft nennen, allmählich gewöhnen. Mir kam es gar so vor, als würde er das tatsächlich schaffen, wenn er sich nur ein bisschen mehr anstrengte.

Sollte es gelingen, die zwei Stunden währende Sterbensphase des Petersfischs auf vier Stunden zu verlängern, dann von vier auf acht und von acht auf vierundzwanzig Stunden, könnte es wohl sein, dass der Fisch bald mitten unter uns irgendeiner Beschäftigung nachginge.

Den Tag, an dem er sich an unsere Atmosphäre (an unser «Wasser») gewöhnt, rufen wir zum Festtag aus. Wir werden uns viel darauf einbilden, ein so hässlich und fürchterlich aussehendes, aber im Grunde genommen doch nur schmollendes, stilles, empfindliches, harmloses und furchtsam dreinblickendes Wesen für uns gewonnen zu haben, und dann alles uns zu Gebote Stehende tun, um jenes Wesen nach Gebühr zu vergraulen. Der Petersfisch wird sich zunächst lediglich wundern und alles über sich ergehen lassen. Wir aber werden einen Verbitterten aus ihm machen, einen Unverstandenen, einen einsamen Dichter. Den einen Tag werden wir an seiner Empfindlichkeit herummäkeln, den nächsten an seinem weichen Kern, dann an seiner Furchtsamkeit, seiner Schweigsamkeit, bis er schließlich des Ganzen vollends überdrüssig ist. Was auch immer er an Schönem in sich trägt, werden wir nacheinander aus ihm herausprügeln. Dann wird er ein bitteres Grinsen aufsetzen und die Stellen an seinen Flanken, an denen ihn Jesus einst festhielt, mit Hilfe seiner Messer, Zangen, Sägen und Feilen ausradieren. Und wird sich wieder in das Ungeheuer zurückverwandeln, das er in antiken Zeiten gewesen ist.

Soll er sich nur erst einmal an unser Wasser gewöhnen. Wir werden keine Gelegenheit versäumen, ihn zum Monster zu machen.

ICH KANN NICHT MEHR IN DIE STADT

Fange ich etwa wieder mit dem Schreiben an? Monatelang hatte ich keinen Stift in der Hand. Und hätte ich zum Stift gegriffen, was wäre dabei schon groß herausgekommen? Wohl kaum etwas. Gut, dann kann ich ja zufrieden sein. Was treibt mich ausgerechnet heute Abend, dass ich mich hinsetze und wieder zu kritzeln beginne? Ich könnte mir eine Lüge abringen und behaupten, irgendetwas Unbekanntes zwinge mich dazu. So ist es aber nicht. Es ist vielmehr immer das Gleiche. Wenn ich auf einen Dampfer warte oder in der Zwickmühle bin, fange ich an zu schreiben.

Man könnte meinen, ich wäre gefragt worden: «Wie gehen Sie denn so vor beim Schreiben?» Wie ich vorgehe, kümmert mich nicht. Ich möchte lediglich wissen, was mich heute Abend dazu treibt. Zugegebenermaßen sitze ich vor dem groben, gelblichen Papier aus reinem Verdruss.

Wie immer jener beschaffen sein mag: Anstatt mich davon abzulenken, halse ich mir durchs Schreiben nur noch mehr Verdruss auf.

Tja, warum eigentlich? Ich hätte genug Bücher zu lesen. Ich habe auch Geld, habe eine Wohnung, einen Ofen, mein Essen. Unten ist ein Radio … Nur in die Stadt kann ich nicht mehr. Und wenn schon, ich kann doch sonst überall hin! Den Hut aufgesetzt, und ab ins «Kalpazankaya»[112]. Bald geht die Sonne unter. Aber aufgepasst: Bei Sonnenuntergang verfalle ich gleich ins Beschreiben. Dabei habe ich gar keine Lust, die Wellen in irgendwelchen Farben auszumalen und den Horizont zu rösten wie eine Scheibe Brot. Sehen Sie: Schon ist es passiert! Wellen ausgemalt, Horizont geröstet … So bin ich nun mal, was hilft's? Es bricht immer gleich der Dichter in mir durch.

Wie gesagt, ich kann nicht mehr in die Stadt. Und warum nicht? Das ist gerade das Heikle. Es steckt ein Geheimnis dahinter, das ich in den paar Zeilen hier nicht erklären will. Der Schlüssel ist dieser Satz selbst: Ich kann nicht mehr in die Stadt. Sie wissen gar nicht, wie gerne ich diesen Knoten zum Platzen brächte. Aber das liegt nicht in meiner Hand. Na ja, irgendwie natürlich schon. Aber hinschreiben kann ich das nicht. Weil ich mich damit lächerlich mache? Was liegt mir schon groß daran! Wenn der Mensch auch nicht unbedingt geboren ist, um sich lächerlich zu machen, so doch, um andere auszulachen. Läuft beides aufs Gleiche hinaus. Nein, tut es nicht. Und lässt sich auch nicht gegeneinander austauschen. Was ich aber dennoch tue. Ich lache nicht gerne jemanden aus. Mache ich mich gerne lächerlich? Wo hätte man so was schon gesehen? Natürlich nicht. Was soll dann die Tauscherei? Wenn ich nun erkläre: «So kann ich mein Menschsein besser auskosten», dann hängen Sie mir wenigstens nicht gleich irgendwelche Krankheiten an. Fehler meinetwegen, und zwar alle möglichen, seien es menschliche oder tierische!

Nun könnte ich sagen: Ich bin ein kleiner Angestellter und verdiene vier-, fünfhundert Lira[113] im Monat. Ich habe zwei Töchter, die da und da zur Schule gehen. Meine Frau ist ein eingebildetes, aufgetakeltes Weib. Was ich verdiene, trage ich nach Hause. Ich selbst leiste mir gerade mal einen Liter Raki im Monat. Irgendwie habe ich es geschafft, mir einen Kühlschrank zuzulegen; in dem steht die Flasche. Am Monatsende sind manchmal sogar noch zwei Fingerbreit übrig. Das ist ein Opfer, das ich für den Fall bringe, dass mal ein Freund hereinschneit und ich ihm etwas anbieten möchte. Wie dem auch sei! Jetzt stellen Sie sich vor, dass ich noch dazu die schlechte Angewohnheit habe, hie und da Schulden zu machen. Am Monatsanfang soll natürlich alles immer zurückgezahlt werden. Meiner Frau luchse ich ein Taschengeld von dreiundsechzig Lira und fünfundachtzig Kuruş ab. Stellen wir uns vor, das hätte ich letzten Monat ganz und gar verludert. Beim Kioskbesitzer habe ich Zigaretten- und Zeitungsschulden, in der Gaststätte habe ich Bier und Limonade anschreiben lassen, und auch beim Konditor stehe ich mit siebzehn Lira in der Kreide. Wo ich letzten Monat schon nicht zahlen konnte und diesen Monat für eine dringende Angelegenheit sechsundfünfzig Lira brauche, wie soll ich da noch in die Stadt gehen? Das kann ich natürlich nicht, oder? So könnte die Geschichte nun enden. Der eine lacht darüber, der andere hat Mitleid, und der dritte sagt: Na, das ist ja eine Geschichte! Und so mancher wird sich freuen, dass ich folglich auch nichts mehr habe, worüber ich schreiben kann... Dabei wisst ihr doch alle, dass der Verfasser dieser Zeilen kein Beamter ist. Er könnte beim Krämer und beim Kiosk und sonst wo anschreiben lassen, aber er tut es nicht. Er würde ja doch beim Kiosk nicht mehr als zehn Schachteln «Bafra»[114] bekommen, beim Eisverkäufer nicht mehr als drei Portionen und im Kaffeehaus nicht mehr als sieben Tassen Kaffee. Deswegen tue ich es also nicht.

Das ist nicht der Grund, warum ich nicht

mehr in die Stadt kann. Ja, was denn dann? Ist Ihnen vielleicht wichtig, warum ich nicht mehr in die Stadt kann? Wohl kaum. Es ist Ihnen vielmehr egal. Sie können mir ruhig böse sein, wenn ich so viel Aufhebens darum mache. Aber bevor ich mit dieser Erzählung anfange, ist es mir wichtig festzuhalten, dass ich nicht mehr in die Stadt kann. Dies zu erklären würde viel zu lang dauern und auch gar nichts nützen. Sagen wir einfach, da ist jemand, den ich nicht treffen will.

So, Schluss jetzt! Ich kann nun mal nicht mehr in die Stadt, und damit basta.

Ach, diese verdammten Verbote, die wir uns selbst auferlegen, oder andere uns, oder wir anderen, oder der Staat seinen Bürgern, oder die Bürger ihrem Staat, oder die Gemeinde ihren Einwohnern oder die Einwohner ihrer Gemeinde!

Selbst in einer nicht von Verboten geregelten Welt könnten wir ohne Verbote nicht leben. Wie gut kommen dagegen die Tiere ohne Verbote aus, vor allem die Haustiere. Leben sie nicht liebenswert heiter dahin, ganz nach ihrem Gutdünken, mal abgesehen vom Streit um den besten Leckerbissen? Wir dagegen haben das Verbieten schon verinnerlicht. Man könnte den Menschen als ein Verbotstier bezeichnen. Sind nicht sogar die Mikroben verboten? Die Liebe?

Verboten! Und selbst das Essen und das Trinken wird man uns noch verbieten. So wie wir uns gegenseitig verboten sind. Ich kann dich nicht einfach küssen, nur weil ich Lust dazu habe, du schönes Kind! Kann nicht einfach ins Meer hinein, der Doktor hat's verboten. Kann nicht trinken, so viel ich will, bis hin zur Besinnungslosigkeit, denn wegen der Leber darf ich es nicht. Kann nicht einfach mit dem Dampfer hinüber nach Haydarpaşa[115] und von da zu Fuß bis ganz in den Osten, nach Van[116], denn ich würde unterwegs ja doch nur zugrunde gehen. Und ich kann nicht mehr in die Stadt. Der Teufel soll sie holen, die Stadt. Da kann sich der Krämer aus Karaman[117] meinetwegen Perlen in den Schnurrbart stecken, sich die Haare vergolden oder den ganzen Körper versilbern lassen. Silber, na und?

Wenn der Imbissverkäufer unten am Kai ein Feuer entfacht und seine Würstchen grillt und alle Katzen herbeieilen und die Hunde bellen und Fackeln brennen und wenn man vor lauter Würstchen und Wein die Hand nicht mehr vor Augen sieht und unser Istanbuler Feriendorf mit seinen Katzen, Hunden, Würstchen, Fischern und kurdischen Lastenträgern vierzig Tage und vierzig Nächte lang feiert und lärmt, nur dann ist der Imbiss leer zu kriegen. Und kauft der

Besitzer am einundvierzigsten Tag Würstchen, Salami, Käse und Wein nach, ist er reich, bevor die nächsten vierzig Tage um sind. Dann kann er wieder durch die Stadt spazieren mit seinem Knoblauchschnurrbart, seinen Knoblauchzähnen und seiner Knoblauchhaut, mit seinem käsigen Bauch, der unsäglichen Schürze und seinen beindicken Handgelenken.

Genauso dieser Bäcker, der morgens den zaundürren Arbeiterkindern seine in stinkendem Fett gebratenen Pasteten zu fünfunddreißig Kuruş das Stück verkauft und für keinen Wechselgeld hat, aus lauter Angst, zu viel herauszugeben! Reihenweise lässt er Mietshäuser bauen, und seine Ziegen fressen sämtliche Bäume kahl.

Gar nicht zu reden vom Metzger, der jedem Pfund Hack, das aus seiner Maschine kommt, ekelerregenden Talg untermischt; der schon auf fünfzig Schritte Entfernung an seinem Geruch zu erkennen ist, den ganzen Tag auf seinem Stuhl hockt und an seinen Talg und seine Ziegen und seine Büffel denkt!

Jetzt könnte ich behaupten, dass ich nicht in die Stadt gehe, um diesen Leuten nicht zu begegnen, aber das ist nicht der Grund. Auf dem Weg durch die Stadt würde ich dem Krämer «Hallo Niko!» zurufen, dem Metzger «Wie geht's so,

Haralambo?» und dem Bäcker «Na, Abdülkadir?», darauf können Sie Gift nehmen.

Es gibt ja auch noch andere Leute in der Stadt, Iskanavi zum Beispiel, den Kaffeehauswirt, der sich um gar nichts schert. Nicht einmal Geld bedeutet ihm etwas. Wenn er keines hat, kommt er höchstens kurz ins Grübeln, so wie jeder. Hat er aber welches, lacht er nur dröhnend los. Zwischen einem Hunderter und einem Zehner macht er keinen Unterschied, und nach mehr steht ihm nicht der Sinn. Ein prima Kerl. Irgendeinen Krieg lang hat er sich auf dem Dachboden versteckt und kam erst nach dem Waffenstillstand wieder hervorgekrochen. Von der Zeit auf dem Dachboden erzählt er gern.

Es herrschte ja Not! Im Krieg musste er sein Haus den Sommer über vermieten. Seine Frau schaute immer wieder zur Decke und konnte sich nur wundern, wie still ihr Mann da oben halten konnte. Als sie eines Tages hörte, wie er zu singen anfing, wäre sie fast verrückt geworden. Ein andermal musste sie mit ansehen, wie aus einem Loch in der Decke ein an einer Schnur befestigtes Messer heruntersauste und im Käse stecken blieb, der daraufhin vor den Augen der Mieter zur Decke hochgezogen wurde, und sie fragte sich, ob ihr Mann nun völlig wahnsinnig geworden sei. Doch als die Mieter, sobald sie Bescheid wussten, Iskanavi jeden Abend zum Essen einluden, wurde ihr klar, dass ihr Mann so verrückt gar nicht war.

Ein gerissener Bursche, dieser Iskanavi!

Dann war da noch der Friseur Hilmi … Wenn dieser kahlköpfige Mensch mit den listigen Augen erst mal anfing, seine Weibergeschichten zu erzählen, blieb kein Auge trocken. Der hübsche Kerl gab zum Besten, wie er seinen Freundinnen mitgespielt hatte. Wie er es verstand, alles Groteske abzufedern und nie ins Ordinäre abzugleiten, das waren schon Kabinettstückchen aus einer scherzhaft-gemütlichen Welt.

Was noch? Im Laden des Milchhändlers Pandeli hängt eine Pistole. Nach sechs Uhr abends betreten nur Vereinsmitglieder den Laden. Sie gehören einem Knallverein an, in dem jegliche Art von Knallen erlaubt ist.

Das hört sich jetzt unschicklich an, aber wenn ein Vereinsmitglied durch die Tür kommt und nicht mit dem Mund oder sonst einem Körperteil ein Knallen hervorzubringen weiß, dann hat er in der Gesellschaft dieser erfahrenen alten Gemüsehändler, Gärtner und Köche nichts zu suchen. Lässt er es hingegen knallen, weist Pandeli ihm sogleich einen Ehrenplatz zu. Es lacht übrigens niemand dabei. Quittiert wird das Knallen je nach Intensität mit einem mehr oder weniger heftigen Aufblitzen der Augen, das dann langsam wieder verlischt. Danach geht man zu den Themen des Tages über, die meist um die Dummheit jener kreisen, die nur Geld anhäufen, aber das Leben nicht genießen. Beschlossen wird die Sitzung mit dem Fazit, dass solche Menschen ihren Rachen letztendlich nur mit Erde vollkriegen.

Warum sollte ich nicht mehr in die Stadt können? Ich bin Mitglied in diesem Verein. Bei einem Friseurbesuch erfahre ich alles Nötige über die Welt und halte mir vor Lachen den Bauch. Wenigstens in Iskanavis Kaffeehaus könnte ich gehen. «Also, Iskanavi», sage ich dann, «wie hat die alte Frau reagiert, als der Käse an die Decke gesegelt ist?»

«Ein Kreuzzeichen hat sie geschlagen. Und dann entsetzt auf Griechisch ausgerufen: *‹Panaia mu! Viresi. Kalliopi. Ti pzama, tinafnoini?›*[118]»

«Welcher Teufel hat dich da überhaupt geritten?»

«Ich habe es einfach nicht mehr ausgehalten. Die sollten endlich merken, dass da oben jemand haust. Nachts habe ich ja genügend Lärm veranstaltet, aber die beiden sind einfach nicht aufgewacht. Haben geschlafen wie die Toten.

Und sind sie doch mal wachgeworden, haben sie zu meiner Frau gesagt: ‹*Viresi! Kalliopi!* Sie müssen da oben Ratten haben, so groß wie ein Mensch!› Da habe ich Angst bekommen, dass sie das auch mal woanders erzählen. Und damit den beiden klar wird, dass da keine Ratten sind, bin ich auf diesen Ausweg verfallen.»

Ja, mir ist die Stadt nunmehr verboten. Dabei sehne ich mich nach ihr, samt ihren armseligen, von Fliegen vollgeschissenen Fünfundzwanzig-Watt-Birnen. Ich würde ja gerne erzählen, warum ich nicht mehr in die Stadt kann. Aber wozu? Wen interessiert das?

Einmal habe ich mir die Mütze aufgesetzt, die Fischerjacke angezogen und mir ums ganze Gesicht einen Schal gebunden, als ob ich Zahnweh hätte. So bin ich losgezogen. Am Kaffeehaus vorbei. Da war sie, die Person. Sofort bin ich wieder nach Hause und ins Bett. Ich habe das Licht gelöscht und nachgedacht. Und zwar daran, dass ich den Menschen, der mir die Stadt so vergällt, am liebsten umbringen würde. Dabei hatte ich mein Lebtag noch nie solche Gedanken.

So zog ich mich wieder an und ging aus dem Haus. Im Kaffeehaus setzte ich mich der Person gegenüber. Als sie mich sah, erbleichte sie, und ihre Lippen begannen zu zittern. Im Kaffeehausspiegel erblickte ich einen bleichen, fahlen Mann. Ich erschrak, denn der Mann war ich. Schleunigst nahm er Reißaus. «Iskanavi», sagte ich da, «bring mir doch einen Kaffee. Sag mal, wie war das damals auf dem Dachboden?»

Iskanavi war gerade abgebrannt und daher etwas missmutig. «Na, du hast deine Schäfchen im Trockenen, ich die meinen nicht.»

So könnte ich meine Geschichte beenden. Es wäre ein für mich typisches Ende. Wäre es wirklich. Aber nein. Ich gehe weder in die Stadt, noch gehe ich käseweiß ins Kaffeehaus zu dem Menschen, den ich nicht sehen will, noch spreche ich mit dem Wirt.

Ich bleibe zu Hause, in meinem Zimmer. Ich kann nicht mehr in die Stadt. Ich habe neununddreißig Grad Fieber und Schüttelfrost. Meine Mutter macht mir Essigumschläge. «Hör auf zu lesen, geh endlich ins Bett», sagt sie. Sie macht das Licht aus und geht. Ich horche. Der Hund auf der Insel Kaşık[119] bellt noch immer. Der Wind drückt an die Fenster und rüttelt an den Türen. Ich mache das Licht wieder an …

So könnte es auch lauten, das Ende. Tut es aber nicht. Tut es ganz einfach nicht. Ich kann nicht mehr in die Stadt, und damit basta.

Erst in letzter Zeit sind wieder Fälle aufgetreten, und es scheint, dass Antibiotika dem Virus noch immer nicht Einhalt gebieten können. So wird diese furchtbare Krankheit wohl noch generationenlang ihr Unwesen treiben. Nun, was heißt furchtbar? So kommt sie nur denen vor, die nicht von ihr befallen werden. Wer sie hat, dem erscheint sie höchstens furchtbar amüsant. Jawohl: amüsant, denn kaum bildet man sich auch nur ein, von der Krankheit infiziert zu sein, da sieht man sich plötzlich kostenlos mit Straßenbahn, Bus und Zug fahren, schwingt Rede auf Rede, hält Besprechungen ab, tagt in Ausschüssen, hat Kontakt zu Ministern und tauscht Visitenkarten aus. Sobald man sich also in einen Abgeordneten hineinversetzt, fühlt man sich gut, und so hat das Kind auch schon einen Namen, nämlich Abgeordnetenkrankheit.

Es ist eine Geisteskrankheit, und wie heutzutage in solchen Fällen üblich, versucht man ihr mit einer «Schockbehandlung» beizukommen. Dagegen entwickeln manche Patienten allerdings eine Resistenz und lassen sich auch von der zwanzigsten Wahlniederlage in Folge nicht schockieren. Die Begebenheit, von der ich hier berichten will, liegt dreißig, vierzig Jahre zurück und ist ganz anders geartet als die Fälle in der heutigen Zeit, in der jedermann kandidieren, Wahlbroschüren herausgeben und Propaganda betreiben kann. Heute tritt ein Krankheitsbefall unter Umständen gar nicht richtig zutage. Wenn jemand tatsächlich eine gewisse Bildung besitzt, den einen oder anderen konstruktiven Gedanken zu äußern vermag und aufgeschlossen genug ist, dann leidet er an und für sich nicht an der Abgeordnetenkrankheit, egal ob er nun gewählt wird oder nicht. Und wenn einer vier Jahre lang die Zähne zusammenbeißt und sich nichts anmerken lässt und erst dann wieder einen kurzen Anfall erleidet, kann man ohnehin nicht recht von einer Krankheit sprechen. Ausschlaggebend ist, dass man nach dem Anfall wieder zur Ruhe kommt. Bei dem armen Kerl, von dem ich hier berichte, brach der Anfall Tag für Tag aufs Neue aus.

Er stammte aus einem Dorf in der Nähe meiner Heimatstadt. Die Dörfer ringsum waren alle so nahe gelegen, dass man gerade mal ein Feld überqueren musste, um in das große Dorf zu gelangen, das unser Städtchen eigentlich war. In den Dörfern waren sie ganz stolz, zu den «Stadtmenschen» Kontakt zu haben, und wer gar mit dem Gemeindesekretär, dem Standesbeamten, dem Bürgermeister oder dem Leiter des Telegraphenamts persönlich bekannt war, glaubte damit auch den Makel alles Dörflichen losgeworden zu sein und im Grunde genommen gar nicht mehr auf dem Land zu wohnen. Wer es sich leisten konnte, besuchte die Kaffeehäuser in der Stadt oder ging abends in die Kneipen, in denen sich die Beamten zum Zechen niederließen. Hatte einer mit dem Französischlehrer ein paar Bier getrunken, konnte er, zurück im Dorf, gar von Paris erzählen.

Aus einem dieser Dörfer nun stammte Rahmet Hoca, der lesen und schreiben, Gedichte aufsagen und Saz[120] spielen konnte. Er wirkte als Vorbeter und trug bei religiösen Feiern Koranverse vor. Damals, vor etwa sechsunddreißig, siebenunddreißig Jahren, war er ein aufgeweckter, freundlicher junger Mann. War die Ernte erst einmal vorbei, erwartete niemand, nicht einmal der eigene Vater, von einem so vielversprechenden Menschen, dass er die ganze Zeit im Dorf herumhockte – wo die Stadt doch so nah war. Also machte sich Rahmet Hoca schon im Morgengrauen auf, ging in die Kaffeehäuser, aß ein Fladenbrot mit Kebab, verrichtete mittags in der großen Moschee sein Gebet, plauderte nachmittags mit dem Ladenbesitzer Hacı Hasan und galt mit seinem rosigen Gesicht und seinen wachen kaffeebraunen Augen als wackerer junger Mann. Manches, was er sagte, mochte einfältig klingen, doch schien er das Herz auf dem rechten Fleck zu haben.

Ich war noch zu klein, um mitzuerleben, wie die Krankheit bei ihm ausbrach. Zum ersten Mal nahm ich ihn als Jugendlicher während des Ersten Weltkriegs wahr. Ich sehe ihn vage vor mir, wie er mit blutunterlaufenen Augen inmitten einer Ansammlung von Beamten in der Gaststätte des Rathauses stand, mit Bauernhose, Gehrock, einem gestärkten Hemd und einer schwarzen Krawatte, unter der ihm die Halsadern anschwollen. An seine damaligen Worte erinnere ich mich kaum noch. Wir Kinder und Jugendlichen standen aufgereiht draußen am Gitter.

Der Direktor der Schuldenverwaltung rief Rahmet Hoca vom Gartenteich aus zu: «Hierher, kommen Sie hierher!»

Als Rahmet Hoca kam, wies der Direktor ihm eifrig einen Stuhl zu.

«Kellner! Einen Kaffee für den Herrn Abgeordneten, eine große Tasse!»

Der Gemeindeschreiber wandte ein: «Aber es steht uns doch nicht zu, dass wir einem Parlamentskandidaten einen Kaffee bestellen? Eigentlich müsste es umgekehrt sein.»

«Wenn ich erst mal Abgeordneter bin, werde ich das alles nachholen», erwiderte Rahmet Hoca. «Gegenwärtig besitze ich außer meinen acht Tagwerk Land lediglich eine Kuh und zwei Ochsen, und die sind gepfändet, weil ich den Zehnten nicht bezahlen konnte. Demzufolge wäre ich nicht einmal in der Lage, Sie zum Kaffee einzuladen.»

Das war gelogen. Rahmet Hoca war lediglich geizig; in seinem Dorf galt er als einer der Wohlhabendsten.

Der Standesbeamte rief ihm nun zu: «Wie wäre es, wenn der Herr Professor uns mit einer kleinen, instruktiven Rede beehren würde?»

Verärgert entgegnete Rahmet Hoca: «Ich denke, um als Abgeordneter die Sorgen und Nöte meines Wahlkreises zu begreifen und die Rückständigkeit in den Dörfern zu beheben, muss ich kein Professor sein. Ein mittlerer Schulabschluss reicht vollauf.»

Er hatte an der als «Besenbinderschule» bekannten Anstalt als Klassenbester abgeschlossen.

Der Landrat warf ein: «Sehen Sie, jetzt haben Sie unseren guten Rahmet wieder gekränkt! Was soll denn das? Machen Sie sich nichts daraus, Rahmet! Diesmal werde ich Ihnen meine volle Unterstützung zukommen lassen. Und Sie werden uns dann im Parlament unter Ihre Fittiche nehmen.»

«Ihr Wunsch ist mir Befehl», erwiderte Rahmet Hoca und küsste dem Landrat die Hand.

«Aber ich bitte Sie», wehrte dieser ab und bat Rahmet Hoca, sich wieder zu setzen. «Eine kleine Rede könnten Sie allerdings tatsächlich halten. Auch ich würde Sie darum bitten.»

«Gewiss, wird gemacht.»

So stellte sich Rahmet Hoca auf einen Stuhl und begann zu reden.

«Liebe Mitbürger! Um die Dörfer unseres schönen Vaterlands in Paradiese zu verwandeln, bedarf es keiner großen Umgestaltungen. Wenn aus den Reihen der Dorfbewohner nur genügend Abgeordnete gewählt werden, erledigt sich diese Angelegenheit von selbst. Es ist bekannt, wie es derzeit um die Dörfer bestellt ist: Die Lage ist besorgniserregend. Ihr wisst das genauso gut wie ich. Wenn ihr mich zum Abgeordneten wählt, werde ich mich mit ganzer Kraft dafür einsetzen, dass das Folgende geschieht: Als Erstes werde ich den Zehnten abschaffen …»

«Jawohl! Bravo!»

Rahmet Hoca nickte erfreut und fuhr fort. «Ich werde dafür sorgen, dass die Wälder nicht mehr sinnlos abgeholzt werden.»

«Hoch soll er leben!»

«Die Hügel, die heute schon ganz kahl sind, werde ich wieder aufforsten lassen.»

«Es lebe unser Abgeordneter!»

«Ich werde Dämme anlegen lassen, damit der Sakarya nicht mehr über die Ufer tritt und unsere Felder überschwemmt.»

«Bravo!»

«Ich werde alle öffentlichen Flächen unter den Dorfbewohnern aufteilen. Ich werde Lagerhäuser bauen lassen.»

Selbst als keine Beifallsrufe mehr ertönten, verneigte er sich leicht.

«Ich werde Maulbeergärten, Seidenraupenzüchtereien und Museen anlegen und Ausgrabungen vornehmen lassen.»

«Es lebe Rahmet Hoca!»

Als der Landrat merkte, dass der Redner es zu weit trieb und mittlerweile neben den Schülern auch schon Krämerlehrlinge, Friseure und

Metzger am Gitter standen und Beifall klatschten, schickte er sogleich einen Polizisten los, der uns verscheuchte.

Aus der Ferne sahen wir dann nur noch einen Mann mit hochrotem Kopf und schäumendem Mund auf einem Stuhl stehlen, und hören konnten wir lediglich Satzfetzen wie: «Freiheit... Gleichheit... Gerechtigkeit... Mauern... Dämme... dürre Böden... Zehnte... Ochsen... Ochsenstachel[121]... Kohlfeld... Paradies... Freundschaft... zum Beispiel... auf diese Weise... es so weit ist... Gutsbesitzer...»

Dann gingen alle Beamten in das einzige Restaurant der Stadt und aßen und tranken zu Ehren von Rahmet Hoca. Es wurden noch einmal Reden geschwungen, bis es schließlich Mitternacht war. Da bestieg Rahmet Hoca sein Pferd und ritt, trunken von seinen eigenen Worten, in sein Dorf zurück.

Als er am folgenden Morgen kreideweiß wieder im Kaffeehaus auftauchte, brauchte man ihn gar nicht mehr zu einer Rede zu animieren, um sich über ihn lustig zu machen. Jedermann begrüßte ihn mit «Donnerwetter, Herr Abgeordneter!», was ihn vor Scham rot und röter werden ließ. Er stieg von seinem hohen Ross, denn er bekam es mit der Angst zu tun.

«Gestern Abend habe ich wohl eine Dummheit begangen. Ich habe einfach so drauflosgeredet, aber ihr habt das doch hoffentlich nicht alles ernst genommen, oder? Ich und Abgeordneter? Das sollte doch bloß ein Scherz sein…»

Ein kleiner Beamter sah von seinem Tavla[122]-Tisch auf. «Was heißt hier Scherz? Der Landrat hat heute Morgen vor unseren Augen an das Regierungspräsidium geschrieben. Wenn du diesmal nicht zum Abgeordneten gewählt wirst, dann tritt er glatt zurück. Ein tüchtiger Mann, unser Landrat! Eine Schande sei es, eine absolute Schande, dass jemand von derartiger Statur und Geistesgröße schon so und so oft nicht gewählt worden sei, und er könne das nicht mehr auf sich sitzen lassen.»

«Das hat er im Ernst gesagt?»

«Ich schwöre es dir!»

Und wieder eine kleine Rede! Wieder ab ins Restaurant und wieder ein Festessen!

Nachdem Rahmet Hoca auf diese Weise ein von seinem Vater geerbtes Goldstück unters Volk gebracht hatte, ließ er sich in der Stadt nicht mehr blicken. Der Erste Weltkrieg ging zu Ende. Während des Befreiungskrieges[123] tauchte er einmal mit einem Patronengürtel um den Leib auf, aber genauso schnell war er auch wieder verschwunden. Etwa in der dritten Wahlperiode nach Ausrufung der Republik[124] kam er plötzlich in die Stadt, völlig glatt rasiert, mit einer Smokinghose, die er Gott weiß wo aufgetrieben hatte, einem Frack und einem Zylinder, den er aber nur in der Hand hielt, da er viel zu groß war für seinen fast kahl geschorenen Kopf. Einer der Frackschöße hing ihm bis zu den Fersen hinab, und ans Revers hatte er sich eine Rose gesteckt.

Als eines Tages in einem Lokal ein Amtsdiener verkündete, der Bürgermeister habe Rahmet Hoca feierlich zum Abgeordneten erwählt, konnte dieser das daraufhin fällige Festessen gerade noch mit dem Geld bezahlen, das er in seinen Taschen hatte. Scherzeshalber brachten sie ihn danach zum Bahnhof, zum Zug nach Ankara. Als dieser einfuhr, hielten sie Rahmet Hoca vom Einsteigen ab: Es käme etwas später ein Sonderzug für ihn, mit dem solle er fahren. Dann gingen sie davon. Rahmet Hoca wartete am Bahnhof geschlagene vierundzwanzig Stunden. Schließlich bestieg er irgendeinen Zug und machte es sich im Abgeordnetenabteil bequem. Er soll auch eine ganz schöne Strecke so gefahren sein. Wann die Sache aufflog und an welchem Bahnhof er hinauskomplimentiert wurde, ist dagegen unbekannt.

Es heißt, er soll daraufhin immer wieder in Züge gestiegen und im Abgeordnetenabteil ein paar Stationen weit gefahren sein. Bis Ankara kam er natürlich nie. Als er irgendwann in die Stadt zurückkehrte, war der längere der beiden Rockschöße abgerissen, die Krawatte war abgeschnitten, das einst blütenweiße gestärkte Hemd rabenschwarz, und an den Füßen trug er zwei verschiedene Schuhe. Er wurde in sein Dorf gebracht, doch bei der ersten Gelegenheit kam er wieder in die Stadt, eilte zum Bahnhof und wartete auf den Zug nach Ankara. Wenn der Bahnhofsvorsteher gut gelaunt und das Abgeordnetenabteil gerade leer war, durfte Rahmet Hoca ein paar Minuten lang darin Platz nehmen. Dann ließ man ihn aussteigen, bereitete ihm einen Empfang voll Glanz und Gloria, als wäre er in Ankara eingetroffen, und ein Polizist brachte ihn zurück ins Dorf.

ANMERKUNGEN

1 Teil des fünfmal täglich zu vollziehenden islamischen Gebetsrituals.

2 Halıcıoğlu, Kağıthane: Stadtteile auf der europäischen Seite von Istanbul.

3 Vor allem im Winter konsumiertes Getränk aus Knabenkrautpulver, Milch, Zucker und Zimt.

4 Bosporusbucht, die die beiden europäischen Teile Istanbuls voneinander trennt.

5 Mit Backgammon eng verwandtes Brettspiel. Das Nationalspiel der Türken.

6 Romanheftserie über eine amerik. Detektivagentur.

7 Viertgrößte Stadt der Türkei, liegt zu Füßen des Uludağ-Gebirges.

8 Stadt am Marmarameer, ca. 30 km von Bursa entfernt.

9 Bezeichnungen für in Istanbul vorherrschende Winde; Lodos: SW, Poyraz: NO, Karayel: NW und Günbatısı: W.

10 1845 erstmals und in ihrer heutigen Form 1912 errichtete Brücke über das Goldene Horn. Ein Geschoss unterhalb der Fahrbahn beherbergt Restaurants und Cafés.

11 Stadtteil auf der asiatischen Seite Istanbuls; das antike Chrysopolis. Vom Çamliça-Hügel in Üsküdar lässt sich ganz Istanbul überblicken.

12 Galata: Istanbuler Stadtviertel nördlich des Goldenen Horns. Trägt heute den Namen Karaköy. Frühere genuesische Handelskolonie mit eigener Stadtmauer. Bis in die 1850er-Jahre stark europäisch geprägt. – Şehza-

debaşı: Viertel im historischen Teil Istanbuls auf der europäischen Seite.

13 Steile, von Galata hinauf nach Beyoğlu, einem Stadtteil auf der europäischen Seite Istanbuls, führende Straße.

14 Stadt in Zentralanatolien.

15 Türk. Währungseinheit. Eine Lira hat hundert Kuruş.

16 Griech. «Guten Morgen», «Guten Tag».

17 Geröstete Kichererbsen.

18 Vgl. Anm. 5.

19 Vgl. Anm. 9.

20 Gedünsteter Reis.

21 Inselgruppe im Marmarameer, zu osmanischen Zeiten hauptsächlich von Angehörigen der nichtmuslimischen Minderheiten bewohnt.

22 Stadtteil auf der asiatischen Seite von Istanbul, in dem auch heute noch zahlreiche Angehörige christlicher Minderheiten leben.

23 Vgl. Anm. 9.

24 Volkstümliches Saiteninstrument mit langem Hals.

25 Vgl. Anm. 3.

26 Geschnürte Jacke der alttürk. Tracht.

27 Vgl. Anm. 7.

28 Türk. Schattenspiel, das früher insbesondere während des Ramadan und bei Hochzeiten aufgeführt wurde. Den Kern bilden die Dialoge des bauernschlauen Karagöz und seines distinguierteren Nachbarn Hacivat.

29 Bei Hochzeiten oder nach dem Sieg in einem Fußballspiel werden gelegentlich Freudenschüsse in die Luft abgefeuert; dabei kommt es nicht selten zu Verletzten und Toten.

30 Stadt in der Ägäisregion.

31 Um den Galataturm gelegenes Viertel.

32 Türk. Währungseinheit. Vgl. Anm. 15.

33 Frz. «lächerlich».

34 Kleinstadt im Südwesten der Türkei.
35 Stadt in der Südosttürkei, nahe der iran. Grenze.
36 Östlicher Vorort von Istanbul an der Bahnlinie nach Ankara.
37 Stadtteil auf der asiatischen Seite Istanbuls.
38 Vgl. Anm. 21.
39 Eine der Prinzeninseln. Vgl. Anm. 21.
40 Meerenge zwischen Ägäis und Marmarameer. Während des Ersten Weltkriegs Schauplatz der Schlacht um Gallipoli, in der es den osmanischen Truppen unter der Führung von Mustafa Kemal Atatürk (1881–1938) in verlustreichen Kämpfen gelang, brit., frz., austral. und neuseeländ. Verbände zurückzuschlagen.
41 Stadtviertel im historischen Teil Istanbuls.
42 Türk. Kartenspiel.
43 Zu Lira und Kuruş vgl. Anm. 15.
44 Stadtviertel am europäischen Ufer des Bosporus.
45 Im Türk. steht «Pasta» für tscherkessisches Maisbrot wie für Baklava, eine Blätterteigpastete mit Honig und Mandel- oder Nussfüllung.
46 Heutiger Name des Viertels Galata. Vgl. Anm. 12.
47 Lautmalerische, aber natürlich unkorrekte Schreibweise für frz. *Bonjour, monsieur, comment allez-vous?* («Guten Tag, mein Herr, wie geht es Ihnen?»)
48 Lautmalerische, aber unkorrekte Schreibweise für frz. *C'est ça.* («So ist es!»)
49 Aus dem Irak stammender Dichter (1480–1556), der seine Werke auf Aserbaidschanisch, Persisch und Arabisch verfasste.
50 Oboenartiges türk. Musikinstrument.
51 Unkapanı, Saraçhane: Viertel im konservativ geprägten Stadtteil Fatih, in dem das historische Zentrum Istanbuls liegt.
52 Das Valens-Aquädukt aus dem 4. Jh. ist Teil einer alten

Wasserleitung, von der nur noch der Aquädukt im Zentrum Istanbuls übrig ist.

53 Ehemalige islamische Hochschule am Valens-Aquädukt.

54 Vgl. Anm. 51.

55 Stadtviertel nördlich des Goldenen Horns. Heute wohlhabende, moderne Wohngegend.

56 Wohnviertel nördlich des Goldenen Horns.

57 Bebek, Arnavutköy: Am europäischen Teil des Bosporus gelegener Ort. Ehemals Fischerdörfer, heute Villengegenden.

58 Vergnügungsviertel auf der europäischen Seite Istanbuls.

59 Stadtteil auf der europäischen Seite Istanbuls. Unter dem alten Namen Pera ebenfalls eine frühere genuesische Handelskolonie wie das benachbarte Galata. Heute als Ausgehviertel bekannt.

60 Vgl. Anm. 58.

61 Ortschaft am europäischen Bosporusufer, heute ein beliebtes Ausflugsziel.

62 Istanbuler Stadtviertel nördlich des Goldenen Horns, heute ein modernes Geschäftsviertel.

63 Vgl. Anm. 57.

64 Eine der Prinzeninseln. Vgl. Anm. 21.

65 Vgl. Anm. 9.

66 Anspielung auf den Roman *Leben und Abenteuer des Robinson Crusoe* (*The Life and Strange Surprising Adventures of Robinson Crusoe;* 1719) des engl. Schriftstellers Daniel Defoe (1660–1731): Erzählt wird das Leben des Schiffbrüchigen Robinson Crusoe, dessen nahezu dreißig Jahre währender Aufenthalt auf einer einsamen Insel den Gang der menschlichen Zivilisation spiegelt. Robinson rettet unter anderem einen Wilden vor zwei Kannibalen, nennt ihn – nach dem Tag der Begegnung – Freitag, bringt ihm die englische Sprache bei

und macht ihn mit der europäischen Lebensweise und christlichen Lehre vertraut.

67 Stadt in Zentralanatolien von konservativ-islamischer Prägung.

68 Vgl. Anm. 21.

69 Vgl. Anm. 9.

70 Eine der Prinzeninseln. Vgl. Anm. 21.

71 Figur aus dem gleichnamigen türk. Schattenspiel. Vgl. Anm. 28.

72 Es bleibt unklar, welche vier Schriften Sait Faik genau meint.

73 Vgl. Anm. 9.

74 Vgl. Anm. 35.

75 Türk. Stadt zwischen Bursa und Izmir.

76 Vers des türk. Dichters und islamischen Gelehrten Şeyhülislam Yahya (1552–1592).

77 Istanbuler Viertel im Stadtteil Fatih. Vgl. Anm. 51.

78 Am Marmarameer gelegenes Viertel von Istanbul, dessen Name («Burg der sieben Türme») sich von einer als Teil der byzantinischen Stadtmauer erbauten Burganlage herleitet.

79 Eine der Prinzeninseln. Vgl. Anm. 21.

80 Frz. «Es ist Ihre Hand, Madame».

81 Vgl. Anm. 59.

82 Vgl. Anm. 13.

83 Platz im historischen Zentrum Istanbuls, zwischen dem Großen Basar und der Universität Istanbul gelegen.

84 Verkehrsknotenpunkt im Stadtteil Beyoğlu (vgl. Anm. 59). Der Platz rund um das «Denkmal der Republik» wird häufig für Veranstaltungen und Aufmärsche genutzt.

85 Vgl. Anm. 59.

86 Leuchtturm auf einer kleinen Insel im Bosporus.

87 Vgl. Anm. 59.

88 Vgl. Anm. 13.
89 Vgl. Anm. 15.
90 Münir Nurettin Selcuk (1900–1981): äußerst beliebter türk. Tenorsänger; Tino Rossi (1907–1983): auch in der Türkei populärer frz. Sänger und Leinwandidol vor allem der 30er- und 40er-Jahre; Safiye Ayla (1907–1998): wohl berühmteste und erfolgreichste klassische Sängerin der Türkei mit auf über 500 Platten eingespieltem, breitem Repertoire, in dem sich westliche und östliche Musikrichtungen verbanden.
91 Hafiz Burhan (1897–1943), türk. Komponist und Interpret.
92 Vgl. Anm. 15.
93 Vgl. Anm. 45.
94 Vorort von Istanbul; auf der asiatischen Seite, im Stadtteil Kadıköy gelegen.
95 Eine der Prinzeninseln. Vgl. Anm. 21.
96 Ebenfalls eine der Prinzeninseln.
97 Frz. «meine Kinder».
98 Vgl. Anm. 22.
99 Griech. Philosoph (469–399 v. Chr.), Lehrer u. a. des Platon.
100 Ein Felsen hinter der Prinzeninsel Burgazada. Vgl. auch Anm. 21.
101 Vgl. Anm. 9.
102 Vgl. Anm. 4.
103 Vgl. Anm. 12.
104 Vgl. Anm. 10.
105 Ein Sesamkringel.
106 Vgl. Anm. 66.
107 Vgl. Anm. 15.
108 Viertel der rund 120 km ost-südöstlich von Istanbul gelegenen Stadt Adapazarı, aus der Sait Faik stammte.
109 Frz. Schriftsteller und Nobelpreisträger (1869–1951).

110 Nördlich des Goldenen Horns (vgl. Anm. 4) liegende Viertel Istanbuls.
111 Vgl. Anm. 5.
112 Ein Restaurant auf der Prinzeninsel (vgl. Anm. 21) Burgazada.
113 Vgl. Anm. 15.
114 Türk. Zigarettenmarke.
115 Hafengelände und Bahnhof auf der asiatischen Seite Istanbuls. Der Bahnhof wurde Anfang des 20. Jh. von dt. Architekten erbaut und war Ausgangspunkt der Bagdadbahn.
116 Vgl. Anm. 35.
117 Hauptstadt der gleichnamigen Provinz, südwestlich von Antalya gelegen.
118 Griech. «Heilige Maria! Mensch, Kalliopi. Was ist denn das da fürn Ding?» (Korrekte Schreibung in pont. Dialekt: *Panajiá mu! Vre esi, Kalliópi. Ti prama íne aftó ekí?*)
119 Eine der Prinzeninseln. Vgl. Anm. 21.
120 Vgl. Anm. 24.
121 Stachelartiger Stock zum Antreiben von Ochsen.
122 Vgl. Anm. 5.
123 Von 1919 bis 1922 unter der Führung von Mustafa Kemal Atatürk gegen die Besatzungsmächte und gegen die Pläne einer Aufteilung Anatoliens geführter Krieg.
124 Am 29. Oktober 1923. Offizielles Ende des Osmanischen Reichs.

NACHWORT

Sait Faik starb am 11. Mai 1954 im Alter von nur 47 Jahren an Leberzirrhose. Die Krankheit war 1948 bei ihm diagnostiziert worden, und allein ein völliger Alkoholverzicht hätte ihn davor bewahren können, sich buchstäblich zu Tode zu trinken. Doch abgesehen von kurzen Abstinenzperioden bestand Sait Faiks einziges Zugeständnis darin, zugunsten von Bier manchmal auf den geliebten Raki zu verzichten. 1951 fuhr er nach Paris, um sich ärztlich behandeln zu lassen. Dort hielt er es nur fünf Tage aus, denn die Vorstellung, womöglich fern der Heimat zu sterben, schreckte ihn allzu sehr. Im Januar 1953 ließ er sich nochmals für einen Frankreichaufenthalt einen Pass ausstellen, trat die Reise aber nicht mehr an.

An seiner Beerdigung auf dem Zincirlikuyu-Friedhof im Norden Istanbuls, einem der wenigen Friedhöfe der Stadt ohne strikte Trennung nach Religionsgemeinschaften, nahm trotz strömenden Regens eine große Menschenmenge teil. Zahlreiche Prominente liegen hier bestattet, unter anderem der Schriftsteller Orhan Kemal. Auf Sait Faiks Wunsch hin führte der Leichenzug durch die Kırağı-Straße, in der er lange gewohnt hatte.

Sait Faik (mit vollem Namen Sait Faik Abasıyanık, der Nachname Abasıyanık wird meist unterschlagen) wurde am 18. November 1806 in Adapazarı geboren, einer Stadt westlich des Marmarameers, in der sein Vater kurzzeitig als Bürgermeister amtierte. Während einer dreijährigen Trennung seiner Eltern von 1913 bis 1916 sah er seine Mutter nur einmal pro Woche. Als Adapazarı 1920 von den Griechen besetzt wurde, zog die Familie weg und ließ sich nach mehreren Zwischenstationen 1924 in Istanbul nieder, unter anderem, damit Sait Faik das renommierte Gymnasium «Istanbul Erkek Lisesi» besuchen konnte. Allerdings wurde nach einem Schulstreich (ein Lehrer hatte auf seinem Stuhl eine Nadel gefunden, und keiner der Schüler wollte verraten, wer sie dort hingelegt hatte) 1925 seine gesamte Klasse der Schule verwiesen. Sait Faik musste seinen Abschluss in der Stadt Bursa machen.

Der Vater, von Beruf Kaufmann, wollte ihn gerne in der Geschäftswelt unterbringen. Nach einem zweijährigen, eher nachlässig betriebenen Literaturstudium in Istanbul wurde Sait Faik daher nach Lausanne geschickt. Er sollte Wirtschaft studieren. Gerade mal vierzehn Tage hielt er es dort aus und zog danach auf eigene Faust weiter nach Grenoble, wo es ihm weit besser gefiel. Er blieb drei Jahre in Grenoble, schrieb sich an der Literaturfakultät ein und ging in erster Linie seinen schriftstellerischen Neigungen nach. Seine äußerst kurz gefassten Schreiben an den Vater deuten auf ein sehr distanziertes Verhältnis der beiden hin; immer wieder stößt man auf den lakonischen Satz: «Es gibt von hier kaum etwas zu berichten.»

1934 wurde Sait Faik vom Vater in die Heimat zurückberufen. Zunächst verdingte er sich als Türkischlehrer an einer Schule für armenische Waisenkinder. Da er mit dem Lehrberuf und den Kindern nicht zurechtkam und die Schule schon bald wieder verließ, brachte sein Vater ihn im Getreidehandel unter. Sait Faik fehlte es in eklatanter Weise an Geschick und Willen, sodass er nach wenigen Monaten lediglich einen leeren Lagerraum vorzuweisen hatte. Jahre später, nachdem er sich mit einer seiner Erzählungen einen Prozess wegen «militärfeindlichen Inhalts» eingehandelt hatte und seine Mutter ihn daraufhin beschwor, von der Schriftstellerei die Finger zu lassen, unternahm er als Gerichtsreporter für die Zeitung *Haber-Akşam Postası* das letzte Mal den Versuch, einen Brotberuf auszuüben. Er hielt zwar wiederum lediglich einen Monat durch, verfasste aber in dieser Zeit Reportagen von literarischem Wert. Sein Ansatz war keineswegs ein nüchtern-analytischer, sondern die vor Gericht verhandelten Fälle – ob nun Diebstahl, Betrug oder Mord – waren ihm Anlass zu Milieuschilderungen von atmosphärischer Dichte.

In späteren Jahren, als er sich bereits als Schriftsteller einen Namen gemacht hatte, wurde er von der Zeitschrift *Yedigün* abermals als «Reporter» losgeschickt. Auf Fotos ist er neben dem «längsten Mann der Türkei» zu sehen oder lächelnd zwischen Teilnehmerinnen eines Schönheitswettbewerbs. Er selbst bezeichnete allerdings das, was er bei der Zeitschrift ablieferte, als «Erzählungen» und bemerkte in einem Interview, hätte er die gleichen Texte als «Erzählungen» eingesandt, wären sie abgelehnt worden, so mussten sie eben als «Reportagen» firmieren. Die «literarischen» Freiheiten, die er sich beim Verfassen herausnahm, manifestierten sich unter anderem darin, dass er an bestimmten Ereignissen beteiligten Menschen Worte in den Mund legte, die sie nie gesagt hatten, und sich dadurch den Unmut der Betroffenen zuzog.

Ansonsten betätigte sich Sait Faik nur noch als Schriftsteller. Allerdings nicht kontinuierlich und diszipliniert, sondern eher in der Manier jener Müßiggänger, denen man in seinem Werk immer wieder begegnet: Schon am Morgen sehnen sie den Abend mit seinen Lichtern herbei, oder sie sitzen Stunde um Stunde im Kaffeehaus und sinnieren über andere Gäste.

Wie in seinen Reportagen stellte Sait Faik jene einfachen Leute in den Mittelpunkt seines Erzählens, die in der älteren, eher einer Bildungselite vorbehaltenen türkischen Literatur so gut wie nicht vorkamen. Während solchen Figuren oft seine unverhohlene Sympathie gehörte, schnitt ein anderes Milieu ziemlich schlecht ab, nämlich ausgerechnet das der Händler und Geschäftsleute, dem er selbst entstammte. Bezeichnenderweise heißt es in einer Lobeshymne auf *Grammophon und Schreibmaschine*: «Das Schlimmste, was man der Schreibmaschine ... vorwerfen kann, sind die Geschäftsbriefe, die man darauf tippt.»

Bei seiner Schilderung armer, einfacher Menschen und ihrer Nöte geriet Sait Faik weder in das Fahrwasser des sozialistischen Realismus, noch finden sich bei ihm Anklänge an den sogenannten Dorfroman, ein Genre, in dem – wie es der Schriftsteller Hasan Ali Toptaş einmal augenzwinkernd ausdrückte – «stets ein Bürgermeister, ein Imam und schließlich der kemalistisch geprägte Lehrer auftreten muss, der die Probleme dann löst». Um eine Problemlösung war es Sait Faik auch nicht zu tun, vielmehr stellte er die Unausweichlichkeit des menschlichen Schicksals in den Vordergrund. In *Das Veilchental* etwa wird der vagabundenhafte Lebensweg des schließlich zu seiner Familie zurückkehrenden Protagonisten so geschildert, als hätte er gar nicht anders ablaufen können, und bei der Lektüre von *Das seidene Taschentuch* erscheint einem der Tod des jungen Diebes als ein geradezu mit Notwendigkeit eintretender Umstand.

Ob Flaneure oder hart arbeitende Fischer: Viele der Figuren Sait Faiks tragen Namen wie Apostol, Stelyanos oder Antimos und sprechen Griechisch, Armenisch und andere Sprachen, die von der Bevölkerungsvielfalt des verflossenen Osmanischen Reichs zeugen. Die Stadt Istanbul, die heute geschätzte fünfzehn Millionen Einwohner zählt, hatte 1950, also vier Jahre vor Sait Faiks Tod, noch nicht einmal die Millionengrenze erreicht. Dennoch war sie mit ihrem hohen

Anteil von nichtmuslimischen Einwohnern, insbesondere Griechen, Armenier und Juden, auch zu jener Zeit bereits kosmopolitisch.

Sait Faik hielt sich gerne auf den Istanbul vorgelagerten Prinzeninseln im Marmarameer auf, wo viele Angehörige jener sogenannten Minderheiten wohnten. Das dort vorherrschende Bevölkerungs- und Kulturengemisch war seine Lebenswelt – und stets bedroht von nationalistischen Auswüchsen. Es war ein Grundanliegen der jungen türkischen Republik, in Abgrenzung vom Osmanischen Reich einen homogenen Nationalstaat zu schaffen. Um den Stolz der Türken auf ihre Herkunft zu stärken, verstieg sich eine nationale Geschichtskommission zu mehr als fragwürdigen Thesen und führte selbst die hethitische Besiedlung noch als Beweis für sehr frühe «prototürkische» Präsenz auf anatolischem Boden an. Kampagnen warben unter dem Motto «Bürger, sprich Türkisch!» für den alleinigen Gebrauch des Türkischen im Alltagsleben. Der kosmopolitischen Grundauffassung Sait Faiks lief dergleichen gänzlich zuwider. Er handelte sich so manchen Protest ein, indem er zahlreiche seiner Erzählungen im Milieu der griechischstämmigen Fischer spielen ließ. Einmal wurde ihm von einer Literaturzeitschrift nahegelegt, aus einem griechischen einen türkischen Protagonisten zu machen, ein Ansinnen, dem er sich energisch verweigerte.

Zugleich war Sait Faik ein Anhänger der Sprachreform, durch die ab 1928 das in Literatur, Zeitungen und Behörden verwendete Osmanischtürkische von seinen zahlreichen arabischen und persischen Elemente weitgehend befreit werden sollte. In einer überstürzten Aktion wurde die Schrift vom arabischen auf das lateinische Alphabet umgestellt. Die hinterlassene Korrespondenz zeigt, dass Sait Faik zwar auf den gleichsam «öffentlichen» Postkarten, etwa aus Frankreich, die neue Schrift pflichtschuldigst übernahm, jedoch bis zu seinem Tod in vielen Briefen weiterhin die arabischen Buchstaben benützte. In seinen Kurzgeschichten befleißigte er sich einer eher volkstümlichen Sprache, schaute gewissermaßen dem Volk aufs Maul. Und da das Volk um ihn herum in vielerlei Zungen redete, tat es das bei Sait Faik auch auf Griechisch oder Französisch.

Zahlreiche Figuren in Sait Faiks Werk zeugen von Lebensüberdruss und Missmut des Autors. Der war selbst alles andere als ein einfacher Zeitgenosse. Wem er am einen Tag noch freundlich und aufgeräumt begegnete, den konnte er am nächsten Tag schlichtweg ignorieren. Aus permanenter Unsicherheit heraus witterte er insbesondere hinter jedem Lob für seine Arbeit versteckten Spott. «Wenn man mit ihm über seine Kunst sprach, musste man sich sehr behutsam äußern», erinnerte sich der Schriftsteller Oktay Akbal. So freute sich Sait Faik beispielsweise über die Aufnahme in die amerikanische Mark-Twain-Gesellschaft kurz vor seinem Tod, reagierte aber unwirsch auf die Bemerkung, nun sei er doch ein Schriftsteller von Ruf. Wie sehr ihm an Anerkennung dennoch gelegen war, zeigt die Szene, in der Sait Faik auf die Vorhaltungen eines mit ihm bekannten Autors, er schreibe nicht wie die Schriftstellergrößen Orhan Kemal und Sabahattin Ali, wütend ein herzförmiges Feuerzeug aus der Tasche zog und es dem Freund mit den Worten präsentierte: «Und das da, weißt du, wer mir das geschickt hat?» Es handelte sich um ein Geschenk, das kein Geringerer als der Dichter Nâzım Hikmet aus dem Gefängnis von Bursa an Sait Faik geschickt hatte, bei dem es seine Wirkung nicht verfehlte.

Während er also gegenüber Bekannten nie ein Blatt vor den Mund nahm und für seine losen Sprüche bekannt war, reagierte er äußerst empfindlich, sobald man ihm selbst zu nahe trat. So war Sait Faik trotz vieler Kontakte zu Schriftstellerkollegen – unter anderem eben Nâzım Hikmet, Orhan Kemal und Yaşar Kemal – wie auch zu den Menschen, mit denen er in Kneipen und Kaffeehäusern zusammensaß, im Grunde ein Einzelgänger, der keinerlei Freundschaften pflegte. Nicht nur die Erzählung über den einsamen Pfarrer, dessen Lebenseinstellung von seiner Gemeinde missbilligt wird, scheint sehr direkt den Gemütszustand des Autors zu spiegeln. In *Der Tod des Petersfischs* heißt es am Ende über den Fisch, dem es gelingen könnte, außerhalb des Wassers unter den Menschen zu leben: «Wir aber werden einen Verbitterten aus ihm machen, einen Unverstandenen, einen einsamen Dichter.»

Sait Faiks Einsamkeit prägte nicht zuletzt auch sein Verhältnis zu Frauen. Er lebte bis zu seinem Tod vorwiegend mit seiner Mutter zusammen, die sich, als er heiraten wollte, so energisch dagegen sträubte, dass dies zum Scheitern der Beziehung beitrug. Ein zweiter Heiratsantrag wurde von der Umworbenen abgelehnt, und eine auf Betreiben seiner Mutter eingegangene Verlobung löste Sait Faik nach zehn Monaten. Er blieb der aus der Ferne schmachtende Verehrer, wie er ihn etwa in *Der Brunnen* und in *Die vier Pluszeichen* darstellt. Aus einigen seiner Erzählungen lassen sich Hinweise darauf ablesen, dass er sich auch zu Knaben hingezogen fühlte.

Seines Charakters und seiner einzelgängerischen Lebensweise wegen musste Sait Faik vielen als Sonderling gelten. In seinem Werk klingt das Verständnis an, das er für Menschen mit skurrilen Zügen aufbrachte, auch wenn sie sich – wie etwa *Der verhinderte Erfinder* – mit ihrem Gebaren lächerlich machten.

Fluchtort war ihm immer wieder die Welt der Prinzeninseln. Auf einer von ihnen, auf Burgaz, verbrachte er nach dem Tod des Vaters regelmäßig den Sommer; die letzten zehn Lebensjahre hielt er sich schließlich ganzjährig dort auf, in einem Haus, das heute das Sait-Faik-Museum beherbergt. Er fuhr mit Fischern aufs Meer hinaus und bewahrte kritische Distanz zur Stadt. So entstanden ökologisch angehauchte Texte, die heute zeitgemäßer wirken denn je, literarisch aber nicht seine allerstärksten sind. Ganz traute er der Idylle jedoch nie, und gerade der Unfriede, der manchmal unter den Fischern herrschte, trieb ihn oft zum Schreiben.

Eine andere Art der Flucht trat er nach und nach in seinen Texten an: die Flucht ins zunehmend Surreale. Entbehren Sait Faiks Kurzgeschichten manchmal einer allzu stringenten

Logik, dann mag das darauf zurückzuführen sein, dass er nicht zu den Schriftstellern gehörte, die akribisch an einem Werk feilen. Er lebte gewöhnlich in den Tag hinein, nicht wenige seiner Erzählungen nahmen ihren Anfang in einem Kaffeehaus. Irgendeine Beobachtung dient als Aufhänger, und man meint förmlich zu sehen, wie Sait Faik an seinem Tisch zu Stift und Papier greift, um eine Eingebung festzuhalten und daran weiterzuspinnen. So spontan, wie eine Erzählung einsetzt, so unvermutet kann sie enden. Sait Faik hatte eine Vorliebe für den offenen Schluss und wollte dem Leser nichts Abgerundetes und Vollständiges bieten, sondern vielmehr einen Ausschnitt aus dem gewöhnlichen, für jedermann sichtbaren Leben. Es darf vermutet werden, dass Sait Faik an manchen Kurzgeschichten nach dem spontanen Niederschreiben keine größeren Eingriffe mehr vornahm. Sprunghaftes, Elliptisches scheint oft dem impressionistischen Schreibstil geschuldet. Aus dem Nichts heraus zauberte er eine Geschichte, die in ihrer Unvollkommenheit den Charme einer Stegreifaufführung besitzt. Hier war kein kühl planender und berechnender Autor am Werk, sondern ein spontaner, plötzlichen Eingebungen folgender Mensch.

Das Wie und Warum seines Schreibens thematisierte Sait Faik in nicht wenigen seiner Geschichten. Mag man auch manchmal den Eindruck haben, er ließe sich in die Karten blicken, was seine Vorgehensweise angeht, so verriet er diese jedoch letztlich an keiner Stelle. Was die Gründe für sein Schreiben betrifft, geht aus etlichen Kurzgeschichten hervor, dass verletztes Gerechtigkeitsempfinden eine der stärksten Triebfedern war. «Hätte ich nicht geschrieben, ich wäre verrückt geworden», lautet lapidar der Schlusssatz seiner Erzählung *Ein Punkt auf der Landkarte.*

Neben seinen meist in Literaturzeitschriften veröffentlichten etwa hundertachtzig Kurzgeschichten, von denen hier vierzig vorliegen, verfasste Sait Faik zwei Romane sowie Gedichte. Er gehörte zu den Pionieren, die in der ersten Hälfte des 20. Jahrhunderts die türkische Literatur von überkommenen Strukturen befreiten. Als Erneuerer hat er im Bereich der Kurzprosa Ähnliches geleistet wie Nâzım Hikmet und Orhan Veli in der Poesie und Yaşar Kemal in der Romanliteratur. Im Wesentlichen unbeeinflusst von westlichen Vorbildern schuf Sait Faik ein Werk, von dem die moderne türkische Literatur bis heute befruchtet wird, und nicht von ungefähr wurde er im Jahr 2010 von den Schriftstellern seiner Heimat in einer Umfrage mit großer Mehrheit zum besten türkischen Erzähler gewählt. So bekannte auch der wohl berühmteste türkische Gegenwartsautor, der Literaturnobelpreisträger Orhan Pamuk: «Ich liebe Sait Faiks poetische Kurzgeschichten: das Istanbul der Prinzeninseln, der Fischerkneipen, der Herumtreiber, der Arbeitslosen, der ‹überflüssigen› Menschen…»

Gerhard Meier

INHALT

(Die türkischen Sammelbände, denen die Erzählungen entnommen wurden, sind im Folgenden kursiv gesetzt.)

Verlag und Übersetzer danken TEDA und dem Kultus- und Tourismusministerium der Türkei für die großzügige Förderung der Übersetzung.

Diese Buchausgabe der *Manesse Bibliothek der Weltliteratur*
wurde aus der Berthold Bembo gesetzt
und in Fadenheftung gebunden.
Das FSC-zertifizierte Dünndruckpapier
Pro-Manesse liefert Drewsen, Lachendorf.
Alle verwendeten Materialien entsprechen alterungsbeständiger Qualität, die Papiere sind
chlor- und säurefrei.
Printed in Germany 2012
ISBN 978-3-7175-2288-1

www.manesse.ch